Janette Oke und T. Davis Bunn

Lena und Sophie

Freundinnen fürs Leben

Janette Oke / T. Davis Brunn

Lena
&
Sophie

Freundinnen fürs Leben

Schulte & Gerth

Die amerikanische Originalausgabe erschien im Verlag
Bethany House Publishers, Minneapolis, Mn
unter dem Titel „Return to Harmony".
© 1996 by Janette Oke & T. Davis Bunn
© der deutschen Ausgabe 1997 Verlag Klaus Gerth, Asslar
Aus dem Amerikanischen übersetzt von Beate Peter

Best.-Nr. 815 497
ISBN 3-89437-497-7
1. Auflage 1997
Umschlaggestaltung: Dan Thornberg/Ursula Stephan
Satz: Typostudio Rücker
Druck und Verarbeitung: Ebner Ulm
Printed in Germany

Vorwort

Janette Oke gehört zu den beliebtesten Autoren Nordamerikas. Mit ihrem Namen verbinden ihre Leser eine klare, biblisch orientierte Linie, Herzenswärme und einen ansprechenden Stil. Sie ist nicht nur die Trägerin des begehrten *Gold Medallion Award* in der Kategorie „Roman", sondern bekam 1992 von der Vereinigung christlicher Verlagshäuser in Anerkennung ihres prägenden Einflusses auf die christliche Belletristik auch den *President's Award* verliehen.

T. Davis Bunn ist ein preisgekrönter Schriftsteller von außergewöhnlicher Kreativität, von dem bereits über fünfzehn Erzählungen erschienen sind. Sein Werk umfaßt ebenso spannungsgeladene Thriller wie stille, bewegende Geschichten, in denen es um die Komplexität zwischenmenschlicher Beziehungen und die Unwandelbarkeit der Liebe Gottes geht. Mit seinen Erzählungen spricht er Leser aller Altersstufen und Interessengebiete an.

Janette Oke und T. Davis Bunn lernten sich auf verschiedenen Verlagskonferenzen kennen, und eine Freundschaft entstand. Diese Gelegenheitstreffen und eine rege Korrespondenz führten zu einer wechselseitigen Wertschätzung, was ihre Berufung und schriftstellerischen Stärken betraf. Die Idee, diese Stärken in einem gemeinsamen Projekt zu vereinen, wurde in die Tat umgesetzt, und das Ergebnis ist das vorliegende Buch.

1

Den karierten Rock mit der einen Hand gerafft, einen bunten Wimpel in der anderen, rannte Sophie die staubige Straße entlang. Die breite Schleife, die hinter ihr herflatterte, stammte von der Wahlkampfparade, mit der für die Wiederwahl von Präsident Woodrow Wilson geworben wurde. Ihre Füße steckten in ledernen Schnürschuhen, die sie noch immer furchtbar unbequem fand, obwohl sie sie schon fast seit einem Monat trug. Sie hatte sie zum dreizehnten Geburtstag bekommen, ein Geschenk, das sie noch immer wurmte. Ihre Mutter hatte gemeint, daß es höchste Zeit für ein junges Mädchen aus anständigem Hause sei, ordentliche Schuhe zu tragen, daß es mit dem Barfußlaufen nun vorbei sei und daß sie sich Sophies Betteln lange genug angehört habe. Ein solides Paar knöchelhoher Schnürschuhe sollten es dann auch sein. Sophies Proteste waren erfolglos geblieben, so energisch sie sie auch vorgebracht hatte.

Beim Anblick einer Gestalt, die ihr irgendwie bekannt vorkam, bremste Sophie ihr Tempo. Das Mädchen, kleiner als sie selbst, kauerte auf der untersten Stufe einer Treppe, den Kopf auf den Knien und die zuckenden Schultern jammervoll gekrümmt.

Das Wimpelband sank unbeachtet auf den schmutzigen Bürgersteig, während Sophie auf das schmächtige Mädchen zuging.

„Was ist denn mit dir los?"

Das Mädchen schluchzte so heftig, daß sie kaum sprechen konnte.

„Ich ... ich hab' einen ... einen kleinen Hund gefunden", brachte sie endlich hervor.

Sophie zögerte einen Moment lang. Von sämtlichen Mädchen in Harmony, die etwa in ihrem Alter waren, kannte sie Lena Keene am allerwenigsten. Lena war still, schüchtern und für ihr Alter ausgesprochen klein. Ihr schmales, blasses Gesicht war von kupferfarbenen Lockenmassen eingerahmt. Wenn die Lehrerin morgens die Anwesenheitsliste verlas, brachte sie es vor lauter Schüchternheit kaum fertig, „Hier!" zu sagen. Weil sie so klein und still war, wurde sie oft von den anderen Kindern gehänselt. Außerdem war da die Sache mit ihrem Auge. Lena hatte ein träges Auge, so hatte Sophies Vater es ihr einmal erklärt.

Sophies Vater war der Inhaber der Apotheke von Harmony und kannte sich mit solchen Dingen aus. Sophie hatte wissen wollen, wie denn ein Auge träge sein könne, doch ihr Vater hatte ihr nicht geantwortet. Er hatte selten Zeit, auf ihre Fragen einzugehen. Sophie hatte ihn einmal zu einem Kunden sagen hören, wenn er auch nur die Hälfte von ihren Fragen beantwortete, sei der Tag schon fast vorbei. Als Sophie jetzt auf die schluchzende, kleine Lena heruntersah, schien das eine Auge seitwärts hinauszuschwimmen, als sei es tatsächlich träge.

Sophie hockte sich neben Lena auf die Stufe.

„Warum heulst du dann so? Ein kleiner Hund ist doch etwas ..." Sie angelte nach einem passenden Wort. Neulich hatte sie ein neues von ihrer Mutter aufgeschnappt. „... etwas Phantastisches."

Jetzt flossen die Tränen um so stürmischer.

„Meine Mama erlaubt nicht, daß ich ihn behalte. Nicht mal für eine Nacht."

Damit war die Sache also endgültig entschieden. Martha Keene, Lenas Mutter, galt als eine resolute Frau. Sophies Mutter sagte des öfteren, daß sich hinter Marthas rauher Schale ein herzensguter Kern verstecke. Das könnte sogar stimmen, meinte Sophies Vater dann immer, aber die Schale sei ungefähr so rauh wie ein Käsehobel.

Sophie streckte ihre Hand nach dem kleinen Hund aus, der vor Aufregung – oder war es Angst? – heftig zitterte.

„Der ist aber mickrig geraten", meinte sie.

„Er ist vollkommen ausgehungert. Ich habe ihm Milch, ein paar Fleischreste und eine Scheibe Brot gegeben, aber ich glaube, er ist immer noch hungrig."

Mit ihrer schmalen Hand strich sie dem Hündchen über den Rücken. Durch das weiche Fell hindurch konnte man jeden Wirbel und jede Rippe sehen.

„Vielleicht ist er ausgesetzt worden", mutmaßte sie.

Sophie musterte das kleine Geschöpf mit dem geübten Blick eines Mädchens, das in einer ländlichen Gegend aufwuchs und zudem einen medizinisch bewanderten Vater hatte. Der bebende kleine Hund war eine Promenadenmischung, vermutlich zum Teil Jagdhund, und garantiert der Kümmerling seines Wurfs. Seine Augen jedoch waren ausgesprochen klar, und dafür, daß er so ausgehungert war, machte er einen erstaunlich intelligenten und aufgeweckten Eindruck.

„Er kann höchstens ein paar Wochen alt sein", stellte sie fest.

Lena nickte, schnüffelte und wischte sich über die Augen. Sophie sah, daß sie dem Hündchen eins ihrer rosafarbenen Zopfbänder um den Hals gebunden hatte. Ab und zu setzte sich der kleine Hund, um mit der Pfote daran zu zerren, doch dann hatte er das Interesse daran schnell wieder verloren und sah Lena anhänglich an.

„Mama hat gesagt, ich muß ihn wieder laufen lassen. Aber wer füttert ihn denn dann?" klagte sie.

Lena streichelte liebevoll das Hündchen, wobei immer noch ihr Kinn vor lauter Kummer bebte. Sophie wußte selbst nicht warum, aber Lenas Anblick und ihr Zögern, den kleinen Hund seinem Schicksal zu überlassen, rührte sie irgendwie.

Plötzlich fiel ein Schatten über die beiden Mädchen.

„Was habt ihr denn da?"

Sophie sah auf. Es war Kirsten Smith, die das Hündchen neugierig musterte. Kirstens Vater war der Inhaber der Metzgerei, und ihre Mutter war die strengste Lehrerin an der ganzen Schule. Als das größte Mädchen in ihrer Klasse überragte sie sogar viele der Jungen. Und überheblich, wie sie war, kommandierte sie andere mit Vorliebe herum. Mit ihrem flinken Blick hatte sie Sophie, Lena und das Hündchen blitzschnell erfaßt. Sie verzog den Mund zu einem spöttischen Grinsen, drehte sich um und rief lauthals über die ganze Straße: „He, alle mal hergucken: Zwei Winzlinge haben sich gesucht und gefunden!"

Lenas Kinn bebte, doch sie sagte mit beherrschter Stimme: „Laß meinen Hund in Ruhe."

Kirsten schien es großes Vergnügen zu bereiten, jeden, der kleiner und schwächer war als sie, nach allen Regeln der Kunst zu quälen, und Lena gehörte zu ihren Lieblingsopfern. Mit einem bösartigen Funkeln im Blick streckte sie eine Hand nach dem kleinen Hund aus.

„Ich spiel' mit ihm, wann's mir paßt."

Mit einer Wut, die sogar sie selbst überraschte, duckte sich Sophie und warf sich mit voller Wucht gegen Kirsten, die völlig überrumpelt der Länge nach im Straßenstaub landete. Sophie spürte eine Mischung aus Triumph und Überraschung. Mit einem solchen Erfolg hatte sie nicht gerechnet. Die Schadenfreude war jedoch nicht von langer Dauer. Auf dem Bürgersteig näherte sich eine Frau, weshalb sich Sophie schnell um eine reuevolle Miene bemühte und Kirsten eine Hand entgegenstreckte.

„Entschuldige. Komm, ich helf' dir. Ich ... ich muß irgendwie das Gleichgewicht verloren haben."

Kirsten stieß ihre Hand zornig von sich und stand mit geballten Fäusten wieder auf.

„Das hast du mit Absicht getan! Warte bloß, bis ich ..."

„Aber, aber! Was geht denn hier vor?" wollte Miss Charles, die neue Lehrerin, wissen. „Nicht so hastig, Kirsten. Hast du nicht gehört, was Sophie gerade gesagt hat? Es war doch nur ein Versehen."

Sophie trat einen Schritt zurück und atmete erleichtert auf. Aus Gründen, die sie sich nicht erklären konnte, hatte Miss Charles sie gleich von Anfang an gemocht. Deshalb wagte sie es jetzt auch, naseweis zu behaupten: „Ich weiß gar nicht, wie das passiert ist. Ich muß wohl irgendwie gestolpert sein."

„Daß ich nicht lache!" zischte Kirsten durch ihre Zähne hindurch. Sie bedachte Sophie mit einem Blick, der ihr unmißverständlich sagen sollte, daß sie sehr wohl wisse, was passiert war, und daß Kirsten sich zu gegebener Zeit revanchieren würde.

„Die Sache ist ein für alle Mal erledigt. Wenn ich euch bei dem geringsten Zank darüber erwische, werde ich höchstpersönlich eure Mütter verständigen. Habe ich mich klar genug ausgedrückt?"

Kirsten schnitt eine wütende Grimasse, während Sophie unterwürfig den Blick senkte und nickte.

„Dir galt diese Frage ebenfalls, Kirsten", beharrte Miss Charles mit forscher Stimme.

Kirsten nickte kurz, drehte sich um und zog davon. Über die Schulter hinweg rief sie Sophie noch zu: „Du bist unausstehlich, Sophie Harland!"

Sophie drehte sich wieder zu Miss Charles um und knickste, was sie normalerweise nur tat, wenn ihre Mutter sie dazu zwang oder ihr Vater ihr ein Fünf-Cent-Stück zugesteckt hatte.

„Vielen Dank, Miss Charles. Tut mir leid, daß Sie sich unseretwegen bemühen mußten."

„Nicht der Rede wert, Sophie. Ich hoffe doch sehr, daß die Angelegenheit damit jetzt ausgestanden ist." Sie warf den beiden Mädchen ein Lächeln zu, sah hinter der davonlaufenden Kirsten her und drehte sich dann wieder zu den beiden auf dem Bürgersteig um.

„Ich wünsche euch noch einen schönen Nachmittag. Auf Wiedersehen."

Als die Lehrerin außer Hörweite war, sah Lena ihre Schulkameradin mit erstaunten Augen an.

„Ich hätte nie gedacht, daß du so was für mich tun würdest."

Und auch Sophie war selbst noch ein wenig über ihr Verhalten überrascht.

„Ich konnte doch nicht stillschweigend zusehen, wie Kirsten auf dir herumhackt."

„Danke", sagte Lena, und es war kaum mehr als ein Flüstern. Bevor Sophie darauf antworten konnte, setzte sie hinzu: „Aber du hast Miss Charles angelogen."

„Nee, hab' ich nicht", entgegnete Sophie, überlegte kurz und berichtigte sich dann: „Jedenfalls nicht so arg."

„Aber gelogen hast du. Ich hab's genau gehört." In ihrer Stimme lag kein Vorwurf. Es war nur eine sachliche Feststellung. „Wenn du meine Freundin sein willst, dann mußt du mir aber versprechen, von jetzt an nie wieder zu lügen. Das darf man nämlich nicht. So steht es in den Zehn Geboten."

„Ach, du grüne Neune!" meinte Sophie. Diesen Ausdruck hatte sie von ihrem Vater aufgeschnappt. Vor Verblüffung setzte sie sich neben das kleinere Mädchen. „Das hast du gerade im Ernst gemeint, nicht wahr?"

„Klar", antwortete Lena. „Das heißt, wenn du wirklich meine Freundin sein willst. Der Anfang ist ja schon gemacht. Freunde helfen sich gegenseitig, und gerade hast du mir geholfen."

„Ich hab' nur wenige Freunde", gab Sophie zu.

„Freu dich über jeden", antwortete Lena auf ihre stille, ernste Art. „Ich hab' überhaupt keine Freunde. Bloß Daniel, aber der ist mein Bruder, also zählt er nicht."

Wie aus heiterem Himmel sprang Sophie plötzlich auf.

„Was ist denn los?" fragte Lena besorgt, als erwartete sie einen Racheanschlag von Kirsten, doch Sophie war bereits auf dem Weg.

„Komm, es ist schon fast zwölf!" rief sie Lena zu. „Ich hab' eine Idee, aber wir müssen uns beeilen. Mama kann's nicht ausstehen, wenn ich zu spät zum Essen komme."

Lena stand auf und folgte ihr unsicher.

„Aber wo gehen wir denn hin?"
Sophie fing an zu rennen.
„Das Hündchen braucht doch ein Zuhause, oder nicht?"

Im Jahr 1915 war Harmony eine blühende Stadt, die zwar rapide wuchs, aber trotzdem deutlich von der bodenständigen Mentalität der Farmer geprägt wurde. In den Häusern herrschte Ordnung, Ruhe und Frieden. Die Bäume waren uralt, ausladend und genauso stattlich wie die großen Gebäude um den Rathausplatz. Harmony war eine Kreisstadt, weshalb an der Hauptkreuzung ein Gerichts- und ein Regierungsgebäude standen, beide aus grauem Granit. Sie verliehen der Stadt eine Atmosphäre von Erhabenheit und Beständigkeit und veredelten mit ihrer Eleganz die einstöckigen, rot verklinkerten Ladenbauten der Stadtmitte.

In ganz Harmony wäre es niemandem in den Sinn gekommen, seine Haustür abzuschließen, wenn er in der Stadt Besorgungen zu machen hatte. Wer auf seiner Veranda saß, gab so aller Welt zu verstehen, daß Besucher jederzeit willkommen waren. Und um die kleinen Dinge des Alltags wurde noch immer ein gebührendes Aufheben veranstaltet: Johnnys erstes Zähnchen, das Fohlen einer preisgekrönten Stute, Geburtstage und Hochzeitstage. Man feierte die Feste, wie sie fielen, und lud die ganze Nachbarschaft dazu ein.

Für Anfang April war es ausgesprochen warm, und die zahlreichen Besucher von außerhalb waren bereits ein Vorgeschmack auf den Sommer. Im Schatten der großen Bäume standen Farmgespanne mit Markterzeugnissen, die mit frischem Heu abgedeckt waren. Geduldig warteten die Pferde auf ihre Besitzer, fraßen dabei träge aus ihren Futterbeuteln und schlugen mit den Schwänzen nach den ersten Fliegen dieses Jahres. Farmersfrauen zauberten bunte Tischdecken hervor und packten Weidenkörbe mit deftigen Leckereien aus, während ihre Kinder vor Begeisterung über ein paar Geld-münzen für Himbeersaft, Kräuterlimonade oder sogar eine Lakritzstange umherhüpften.

Harmony lag im Herzen des sogenannten Farmgürtels der Vereinigten Staaten von Amerika, im östlichen Teil von North Carolina. Das rasante Wachstum der Stadt war einerseits auf die Tatsache zurückzuführen, daß sie direkt an der Überland-straße von Richmond nach Fayetteville und weiter nach Columbia lag; zudem hielt hier der Zug von Raleigh nach Wil-mington. Dazu kam außerdem, daß Harmony die landinnerste Station am Yancey River war, die mit einem Frachtkahn zu erreichen war. Sogar aus dem entlegeneren Greenville und Selma kamen Farmersfamilien angereist, um ihre Erzeugnisse hier zu verkaufen, sich beim Doktor die Lungen abhorchen zu lassen, ihr Testament aufzusetzen oder sich mit Kurzwaren ein-zudecken, die es in den Gemischtwarenhandlungen in den Dörfern nicht zu kaufen gab.

Hinter dem Gerichtsgebäude bog Sophie links ein, lief an einem schmalen, verdreckten Rangiergleis entlang und steu-erte auf eine lange Reihe von Holzbaracken zu.

„Hoffentlich ist er zu Hause!"

Lena verlangsamte ihre Schritte und sah sich verwundert um.

„Ich wußte ja gar nicht, daß es hier solche Baracken gibt", sagte sie. Ihre Stimme war nicht nur von dem kleinen Dauer-lauf atemlos, sondern auch vor lauter Erstaunen über diesen Stadtteil, von dessen Existenz sie bisher nicht das Geringste geahnt hatte.

„Ich erforsche gern Neuland", erklärte Sophie, während sie die Eingangstreppe der dritten Baracke hochging und an die Tür klopfte. „Mama schimpft ständig deswegen. Sie meint, ich sei bereits als rastloser Geist zur Welt gekommen."

Plötzlich rief eine mißmutige Stimme: „Wer is'n da?"

„Ich, Mr. Russel. Und ich hab' jemanden mitgebracht – zwei sogar." Sophie drehte sich zu Lena um, die mit ihrem Hünd-chen auf dem Arm in sicherer Entfernung wartete. „Keine Sorge. Er hat früher bei uns im Garten gearbeitet. Jetzt ist er so gut wie blind. Mama kommt aber immer noch ab und zu her und sieht nach ihm."

„Das stimmt. Haargenau sogar. Deine Mama ist ein echter Engel, kleines Fräulein." Anscheinend hörte der Mann einwandfrei, denn seine Stimme war aus dem Inneren seines sonderbaren Quartiers zu hören. Jetzt wurde die mit Fliegendraht bespannte Außentür knarrend geöffnet, und ein alter Mann kam zum Vorschein. Er trug eine fleckige Hose mit Hosenträgern, dazu ein kragenloses Hemd. Sein wettergegerbtes Gesicht war von einem wirren weißen Haarschopf umrahmt. Er blinzelte auf Sophie herunter, und sein Grinsen entblößte mehr Zahnlücken als Zähne.

„Selten, daß sich einer dafür interessiert, wie's 'nem alten Soldaten geht."

„Mr. Russel hat im Bürgerkrieg gekämpft", erklärte Sophie ihrer neuen Freundin.

„Heutzutage scheren sich die Leute keinen Pfifferling mehr um so was." Der alte Mann starrte stirnrunzelnd in Lenas Richtung. „Komm mal 'n Stück näher und laß dich anschauen. Keine Angst, ich werd' dich schon nicht fressen."

Lena zögerte, doch Sophie winkte sie heran.

„Ich hab' zufällig mitgekriegt, wie Mama meinem Daddy erzählt hat, daß Ihr Hund gestorben ist."

Der Mann drehte sich wieder zu Sophie um. „Ist jetzt fast drei Wochen her", sagte er, und seine Stimme geriet ins Zittern. „Kann gar nicht sagen, wie ich ihn vermisse. Der kleine Kerl war mein bester Freund."

Daraufhin drehte er sich wieder zu Lena um, die sich gerade ein paar Schritte näher wagte.

„Und wie heißt du, Fräuleinchen?"

„Lena."

Lena sah, wie der alte Mann mühsam blinzelte, um das neue Gesicht besser erkennen zu können.

„Ich hab' auch ein schlimmes Auge", bekannte Lena offenherzig. „Aber nur, wenn ich mich zu sehr anstrenge. Mama sagt, es sei träge, und ich hätte es von Daddys Seite der Verwandtschaft."

„Tatsächlich? Na, dann paß bloß auf, daß es dir nicht noch träger wird", sagte er mit einer Mischung aus Humor und Besorgtheit. Er beugte sich vor. „Was hast du denn da im Arm?"

„Einen kleinen Hund", kam Sophie ihr mit der Antwort zuvor. „Lena hat ihn gefunden. Ihre Mama erlaubt nicht, daß sie ihn behält. Aber er braucht jemanden, der für ihn sorgt, sonst verhungert er. Außerdem ist er furchtbar einsam."

„Da geht's ihm ja genau wie mir, nicht?" Mit schwieligen, braunen Händen langte er nach dem Hündchen. „Darf ich ihn mal auf den Arm nehmen?"

Lena zögerte, doch als Sophie ihr zunickte, reichte sie dem alten Mann das Hündchen und sah atemlos zu, wie er es behutsam an sein fleckiges Hemd kuschelte. Der junge Hund reckte sich auf der Stelle nach oben und versuchte, das zerfurchte Gesicht des Mannes zu lecken, und das lückenreiche Grinsen breitete sich wieder auf seinem lederigen Gesicht aus.

„Der ist aber zutraulich, was? Fühlt sich bloß ziemlich ausgehungert an."

„Er muß ordentlich gefüttert werden", bestätigte Sophie.

„Und geliebt", fügte Lena mit einem sehnsüchtigen Unterton hinzu.

„Ich werd' gut für ihn sorgen, wenn ihr ihn bei mir unterbringen wollt", versprach der alte Mann und fügte hinzu: „Ihr könnt ihn natürlich jederzeit besuchen kommen."

Lenas Gesicht leuchtete auf.

„Das wäre ja fast so gut, wie ihn selbst behalten zu dürfen, nicht?"

„Ganz bestimmt." Der alte Mann hob das Hündchen ein Stück höher und ließ sich von ihm das Kinn beschnuppern. „Außerdem tätet ihr mir einen riesigen Gefallen. Schließlich braucht doch jeder 'nen guten Freund."

Sophie nickte nur und und warf Lena einen vielsagenden Blick zu. Wie recht der alte Mann mit seiner Feststellung hatte, hatte sie sich noch nie überlegt – jedenfalls nicht bis heute.

2

Es war noch nicht ganz sechs Uhr, als Lena sich im Bett aufrichtete. Die Luft war bereits mit vielen verschiedenen Gerüchen, Staub und der aufgehenden Sonne gesättigt. Morgens kamen ihr diese Gerüche immer viel stärker vor als sonst, scharf genug, um sie wachzurütteln. Sie rutschte von ihrem vierpföstigen Bett, ging ans Fenster, schob den weißen Vorhang beiseite und bestaunte den neuen Tag.

Die Welt dort draußen war hell, sauber und frisch und wartete nur auf sie – sogar der Schweinestall, der, wie Mama sich oft beschwerte, viel zu dicht am Haus lag. Lena teilte dagegen die Meinung ihres Daddys; sie fand, daß es gar keinen besseren Platz dafür geben könne. Sie genoß es, wenn ihre Eltern sich Wortgefechte über die Schweine lieferten, so merkwürdig das auch klingen mochte. Aber Daddy sagte immer, daß Mama nur dann das Thema Schweinestall anschneide, wenn sonst alles in Butter sei. Das wiederum leugnete Mama nie, sondern machte sich voller Eifer an irgend etwas zu schaffen und behauptete, Zufriedenheit sei ein gefährlicher Luxus, denn die Gewitterwolken des Lebens zögen immer in dem Moment auf, wenn man rundum zufrieden sei. Das Schimpfen über den Schweinestall war ein Zeichen des größten Behagens, das Mama sich gönnte.

Lena lehnte sich über die Fensterbank nach draußen und atmete tief die Morgenluft ein, um die vertrauten Gerüche ihrer Heimat in sich aufzusaugen: vom Obst, das schwer in den

17

Bäumen hing, dem Tabak, der auf dem Acker ihres Onkels reifte, und den Tieren und der Natur, in der sie diesen Tag mit ihrer besten Freundin verbringen würde. Heute war der letzte Ferientag vor dem neuen Schuljahr. Lena hatte viele Stunden damit verbracht, Pläne für diesen letzten freien Tag mit Sophie zu schmieden. Sie stützte sich auf die Fensterbank und formte die Worte „meine beste Freundin" mit den Lippen. Manchmal konnte sie ihr Glück noch immer nicht recht fassen.

Sie ging zu ihrem Bett zurück und kletterte wieder rauf. Das Bett hatte einmal ihren Großeltern gehört und bestand aus einem hohen Gestell, einer dicken, daunengefütterten Matratze und kunstvoll gedrechselten Pfosten. Lena ließ oft die Finger über die Holzrillen der Pfosten gleiten und wippte mit Vorliebe auf der elastischen Matratze, doch diesen Luxus gönnte sie sich jetzt nicht. Statt dessen nahm sie ihre Bibel vom Nachttisch und schlug sie auf. Sie hatte zwar noch kein einziges Wort darüber verlauten lassen, aber sie hatte sich vorgenommen, die ganze Bibel innerhalb von einem Jahr durchzulesen. Das Lesen fiel ihr nicht immer leicht, und besonders durch das Buch Jesaja, das zur Zeit an der Reihe war, mußte sie sich regelrecht hindurchkämpfen. Hier war sie auch auf den Vers gestoßen: „Hört, ihr Tauben, und schaut her, ihr Blinden, daß ihr seht!" Ich bin zwar nicht blind, hatte sie gedacht, aber ich wünschte mir, ich könnte besser sehen.

Lena behielt ihre Absicht, die gesamte Bibel innerhalb eines Jahres durchzulesen, tunlichst für sich, weil sie befürchtete, ihr Ziel womöglich nicht zu erreichen. Deshalb las sie jetzt allein in der Bibel, den ausgestreckten Zeigefinger über die Seiten führend, und quälte sich dabei mit einigen langen, unvertrauten Wörtern.

Dann klappte sie die Bibel wieder zu und schloß die Augen, um wie jeden Morgen für ihre beste Freundin zu beten.

„Lena!" erscholl plötzlich die Stimme ihrer Mutter durchs Treppenhaus. „Komm zum Frühstück herunter, Schatz, dein Vater muß gleich los." Erheblich energischer folgte dann die

Drohung: „Daniel! Wenn ich deinetwegen noch ein einziges Mal die Treppe hinaufsteigen muß, setzt's eine gehörige Tracht Prügel!"

Lena lief hastig an die Tür und tat ihr Bestes, dieses Unheil abzuwenden.

„Laß nur, Mama, ich höre ihn in seinem Zimmer. Ich glaube, er ist schon auf."

„Da hast du aber bessere Ohren als ich, Kind. Hoffentlich hast du recht."

Lena wartete, bis ihre Mutter wieder in die Küche gegangen war, und schlich sich dann über den Flur zum Zimmer ihres Bruders. Die Geräusche, die sie gehört hatte, waren keineswegs Zeichen von Geschäftigkeit – ganz im Gegenteil: Daniel schnarchte noch laut. Lena schloß deshalb leise hinter sich die Tür und ging an sein Bett. Daniel konnte zwölf Stunden an einem Stück schlafen und anschließend trotzdem noch hundemüde sein. Mr. Keene behauptete deshalb oftmals, sein Sohn würde es noch fertigbringen, die Wiederkunft des Heilands zu verschlafen, ohne sich ein einziges Mal im Bett umzudrehen. Mama winkte dann immer verächtlich ab und warf ihrem Mann vor, aus den unmöglichsten Gründen stolz auf seinen Sohn zu sein.

„Nur wegen deiner Faulheit mußte ich Mama anschwindeln", beklagte Lena sich. „Ich dachte, du seist schon längst wach."

Daraufhin wandte Lena wie schon so oft die einzig wirksame Methode an: Sie riß Daniel das Kissen unter dem Kopf weg, packte ihn bei den Schultern und schüttelte ihn mit beiden Händen. Wenn sie ihn nicht bald wach und auf den Beinen hatte, würde ihre Mama tatsächlich noch die Treppe hochkommen, und dann würde es für beide ein Donnerwetter geben.

„Das Frühstück steht schon auf dem Tisch", flüsterte sie zischend in das ihr zugewandte Ohr.

„Fünf Minuten", kam eine gemurmelte Antwort.

Lena schüttelte ihren Bruder heftiger, denn auf der Treppe waren bereits die ersten drohenden Schritte zu hören.

„Schnell! Mama ist schon im Treppenhaus!" warnte sie ihn besorgt.

Mit einer Geschwindigkeit, die ihm vorhin nicht zuzutrauen gewesen wäre, schoß Daniel unter seiner Decke hervor. Blind langte er nach seiner Hose, die über der Rückenlehne seines Stuhls hing, schlüpfte hinein, stopfte sich mit fliegenden Fingern die langen Nachthemdzipfel in den Hosenbund, knöpfte die Hosenträger fest und stolperte zur Tür.

Martha setzte den Fuß lautstark auf die vierte Treppenstufe und rief erbost: „Gleich schlägt's aber dreizehn, Daniel ..."

„Ich bin auf, Mama, ich bin ja schon auf", rief er atemlos zurück.

Die Schritte hielten inne. Einen Moment lang herrschte Stille; dann zogen sich die Schritte wieder nach unten zurück.

„Sag deiner Schwester, sie soll sich auch beeilen."

„Ja, Mama." Daniel lehnte sich erleichtert an die Wand und schob sich die wirren Haare aus der Stirn.

„Das war aber knapp!" flüsterte er verschwörerisch.

„Eines Tages erwischt sie dich noch", warnte Lena ihn.

„Nicht, solange mein Schutzengel am anderen Flurende wohnt." Verschlafen suchte er nach seinen Hosentaschen.

„Was ist bloß mit dieser Hose los?"

„Vielleicht probierst du sie mal andersherum an", meinte Lena kichernd und lief dann hastig in ihr eigenes Zimmer zurück, um sich anzuziehen.

Wenige Minuten später betrat Lena dann adrett gekleidet die Küche.

„Na endlich! Warum hat's denn nur so lange gedauert?" wollte ihre Mutter wissen. Martha Keene, die aus Wales stammte, war die praktisch Denkende in der Familie. Sie war bereits als Kind mit ihren Eltern nach Amerika ausgewandert, doch der melodische Tonfall ihrer Heimat haftete ihr noch immer an.

Bevor Lena eine Antwort zustande bringen konnte, sprach ihre Mutter auch schon weiter: „Ach, ist ja auch egal. Komm her und zeig mir dein Auge."

Lena stieß einen lautlosen Seufzer aus und stellte sich zur

allmorgendlichen Inspektion vor ihre Mutter. Vor diesem Moment graute ihr jeden Tag. Martha wandte sich dann vom Herd ab, beugte sich vor und studierte Lenas linkes Auge. Wie ein Auge nur träge sein konnte, wo Lena es ständig so hart trainieren mußte, war ihr selbst ein Rätsel.

„Gar nicht so übel", urteilte Martha und hob einen Finger. „Mach das andere Auge zu."

Lena hielt sich eine Hand vor das rechte Auge und verfolgte mit dem linken die Bewegungen, die der Finger ihrer Mutter in der Luft beschrieb. Daniel suchte sich diesen Moment aus, um auf leisen Sohlen in die Küche zu kommen. Er hob einen Finger hinter dem Rücken seiner Mutter und gestikulierte in wilden Schleifen damit herum. Lena entfuhr unweigerlich ein Lachen. Doch ohne sich umzusehen, warnte Martha ihn: „Hör auf mit dem Unsinn, junger Mann. Du bewegst dich heute morgen sowieso hart an der Grenze des Erlaubten."

Während Daniel sich auf seinen Platz setzte, beendete Martha ihr Morgenritual und gab ihrer Tochter einen Kuß auf die Stirn.

„Alles in Ordnung. Heute brauchst du die Augenklappe nicht."

„Danke, Mama", antwortete Lena mit stiller Erleichterung, denn die Augenklappe war ihr zutiefst verhaßt. Jeden Abend mußte sie das rechte Auge mit der Klappe abdecken, um das andere zum Sehen zu zwingen. Alle paar Wochen schielte sie aber bereits morgens beim Aufwachen, und dann mußte sie die Klappe den ganzen Tag lang tragen. Zu ihrer großen Erleichterung war ihr das bisher noch nie an einem Schultag passiert.

„Dein letzter Ferientag", sagte ihr Vater, während er vorgebeugt ihren Guten-Morgen-Kuß entgegennahm. „Verbringst du ihn mit Sophie?"

„Die beiden sind so verschieden wie Tag und Nacht", kommentierte ihre Mutter und stellte eine dampfende Schale mit Haferbrei vor Daniel auf den Tisch. „Grundverschieden. So etwas hab' ich mein Lebtag noch nicht gesehen."

„Ach, wieso?" sagte Kevin, was ungefähr das energischste

Widerwort war, das er seiner Frau je zu geben wagte. Sonderbarerweise reichte jedoch meistens schon eine solche kurze Bemerkung, so behutsam sie auch vorgebracht worden war, um die resolute Martha zu besänftigen. „Das ist alles nur äußerlich, finde ich. Im Grunde genommen gleichen sich die beiden doch wie ein Ei dem anderen. So verschieden sind sie eigentlich gar nicht, wenn man etwas genauer hinsieht."

Martha ließ die Sache auf sich beruhen.

„Danke, Mama", sagte Lena, als auch sie ihre Schale mit Haferbrei bekam. Sie wußte zwar nicht genau, welche Ähnlichkeiten ihr Vater in Sophie und ihr sah, aber sie hoffte aus tiefstem Herzen, daß er irgendwie recht hatte.

Martha stellte auch eine Schale für sich selbst auf den Tisch und setzte sich auf ihren Platz. Anschließend neigten sich alle zum Gebet, und Kevin betete: „Für all deine Gaben, Vater im Himmel, besonders für diese Familie, danke ich dir. Führe und segne uns heute, und segne auch die Speisen, die wir jetzt zu uns nehmen."

„Und halte uns auf deinen Wegen, und bring uns am Ende des Tages wieder wohlbehalten nach Hause", fügte Martha wie jeden Morgen hinzu. „Dies beten wir im Namen Jesu. Amen."

Kevin öffnete wieder die Augen, begutachtete das Frühstück, das vor ihm stand, und sagte wie vor jeder Mahlzeit: „Das sieht ja richtig fürstlich aus, Martha."

Dann öffnete auch Lena ihre grauen Augen und erwiderte den lächelnden Blick ihres Vaters, den sie auf sich ruhen sah. Kevin Keene war, wenn man seine Tochter fragte, der beste Vater der Welt. Er besaß eine Lebensfreude, die förmlich übersprudelte. Wenn Lena allein war, rief sie sich gern ihre Lieblingskommentare in Erinnerung, die sie von ihren Nachbarn über ihn gehört hatte, Bezeichnungen wie „eine Seele von Mensch", „ein patenter Kerl" und „ein rundherum glücklicher Zeitgenosse". Sie konnte von den lobenden Äußerungen der Leute über ihren Vater nicht genug bekommen, und selbst ihre sonst so kühle und sachliche Mutter konnte in diesen Momenten ihren Stolz nicht verbergen. Als Angestellter der bundesstaatlichen Farmbehörde wurde er überall geachtet. Die Farmer mochten ihn, weil er selbst ein Farmer war, also einer aus den eigenen Reihen, der sie stets gerecht behandelte. Lena hing so sehr an ihm, weil sie sich in seiner Gegenwart geliebt, umsorgt und beschützt fühlte.

Lena hing außerdem an dem ländlichen Haus ihrer Familie am Stadtrand von Harmony. Es stand an der Grenze des alten Keene'schen Pioniergrundstücks. Lenas Onkel, der ältere Bruder ihres Vaters, wohnte noch in dem alten Farmhaus und bewirtschaftete die größeren Felder. Lenas Eltern hielten nur ein paar Schweine und Kühe, züchteten preisgekrönte Leghorn- und Rhode-Island-Hühner und bewirtschafteten einen großen Gemüsegarten. Zu dem Anwesen gehörte außerdem noch eine drei Morgen große Obstplantage. Lena bezweifelte, daß ihr Daddy ohne ein wenig Farmarbeit morgens und abends leben könnte. Bestimmt wäre er todunglücklich, wenn er keine Kuh zu melken hätte, und keine Ferkel, die er an die Futtertröge rufen konnte.

Kevin warf seiner Tochter einen liebevollen Blick über den großen Eßtisch zu und erkundigte sich: „Sag mal, Lena, kann die Schule morgen wirklich anfangen, oder bist du noch nicht startbereit?"

„Ich werde wohl nie so richtig startbereit sein", gestand Lena, und ein Schatten fiel über ihren letzten Ferientag.

„Deine Freundin kann's anscheinend gar nicht abwarten, bis der Unterricht wieder losgeht", bemerkte ihre Mutter. „Ich habe ihr gestern genau dieselbe Frage gestellt. Denk dir bloß, sie hat sage und schreibe schon einen großen Teil ihrer neuen Schulbücher gelesen."

„Sophie ist einfach viel gescheiter als ich", bekannte Lena freimütig. Immerhin galt diese bewundernde Feststellung ihrer besten Freundin. „Das sagen auch alle Lehrer. Ich habe mitbekommen, wie Miss Charles meinte, Sophie sei die talentierste Schülerin, die sie je gehabt hat."

„Die talentierteste, Kind, talentierteste", berichtigte Martha und wandte sich zu ihrem Mann um. „Ich hätte nichts dagegen, wenn etwas von ihrem Verstand auf unsere Tochter abfärben würde, nicht das Geringste."

„Mach dir nur keine Sorgen um Lena. Die ist nämlich restlos in Ordnung", nahm Daniel sie in Schutz und schob seinen leeren Teller von sich. Daniel war vier Jahre älter als Lena, muskulös gebaut und unwiderstehlich sympathisch. In ihm fanden sich die stärksten Seiten seiner Eltern vereinigt: ein ausgeprägtes Pflichtgefühl und ein umwerfender Sinn für Humor. Manche befürchteten, sein gutes Aussehen werde ihm noch zum Verhängnis werden, aber Daniel hatte sich noch nie etwas auf seine äußere Erscheinung eingebildet. Ihm gelang alles gleich auf Anhieb, aber weil er sowohl sehr ehrlich als auch ausnehmend rücksichtsvoll war, nahm es ihm niemand übel, daß es das Leben mit ihm besser gemeint hatte als mit den meisten anderen. Die Mütter von Harmony mochten in ihm vielleicht eine Gefahr für ihre Töchter sehen, doch nur so lange, bis sie merkten, daß christlicher Glaube und Anstand für ihn nicht nur leere Phrasen waren, sondern echte Lebensgrundsätze. Oft ergriff er liebevoll Partei für seine jüngere Schwester, die ihn wiederum fast abgöttisch liebte.

„Ein Herz aus Gold ist mehr wert als alle Gescheitheit der Welt", fuhr er jetzt fort und warf Lena einen dankbaren Blick zu. Immerhin hatte sie ihn heute gerade noch rechtzeitig geweckt, um einen Zornesausbruch seiner Mutter abzuwenden.

„Das stimmt zwar, aber ich hätte auch nichts dagegen, wenn sie in der Schule bessere Noten bekäme", antwortete Martha unverblümt und deutete dann auf Lenas Frühstücksschale. „Du stehst erst auf, wenn deine Schale leergegessen ist, Kind. Bei den kleinen Portiönchen, die du ißt, würde sogar ein Spatz verhungern!"

„Er ist schon ein ganzes Stück gewachsen, nicht?" sagte Lena voller Entzücken und brachte ihr Gesicht vor der begierig leckenden Hundezunge in Sicherheit. Mit der einen Hand hielt sie das zappelnde Hündchen fest, um ihm mit der anderen den weichen Rücken zu streicheln. Durch das dichte, seidige Fell trat nun kein Knochen mehr hervor. Seitdem er regelmäßig von Mr. Russel gefüttert wurde und von den beiden Mädchen großzügige Leckerbissen zugesteckt bekam, hatte er sichtlich zugenommen. „Regelrecht fett wird er sogar", fügte Lena mit einem fröhlichen Kichern hinzu.

„Ich hab' dir ja gleich gesagt, daß er's bei Mr. Russel gut haben wird", sagte Sophie.

Lena sah Sophie an. Sie konnte es noch immer kaum fassen, daß Sophie Harland ihre allerbeste Freundin war, aber so war es tatsächlich. Ihre Freundschaft war in dem selben Maße gewachsen wie der kleine Mischlingshund, der sie zusammengeführt hatte. Lena konnte nur darüber staunen, daß Sophie, der es wahrhaftig nicht an Auswahl mangelte, ebensoviel an dieser Freundschaft zu liegen schien wie ihr selbst.

„Ja, das hast du", nickte Lena, „und du hast recht gehabt."

Sophie streckte eine Hand nach dem kleinen Hund aus, und die beiden Mädchen streichelten gemeinsam das zappelige Geschöpf.

„Mensch, der ist aber aufgeregt!"

„Das kommt bestimmt daher, daß er sich so freut, daß wir ihn besuchen", vermutete Lena.

„Vielleicht freut er sich ja auch bloß über unsere Essensreste", entgegnete die skeptische Sophie.

„Die hat er aber doch überhaupt noch nicht angerührt", stellte Lena klar. „Sieh nur, da stehen sie noch. Er freut sich wirklich über uns, nicht über sein Fressen."

„Er braucht unbedingt einen Namen", meinte Sophie. „Wir können ihn schließlich nicht ewig ‚Hündchen' nennen." Sie betrachtete die zappelnde Promenadenmischung eingehender. „Außerdem wächst er so atemberaubend schnell, daß wir ihn bald ‚Hund' nennen müssen."

„Glaubst du, daß Mr. Russel uns erlauben würde, einen Namen für ihn auszusuchen?" fragte Lena.

„Fragen wir ihn doch einfach."

„Aber er ist gar nicht da." Mr. Russel war fast immer zu

Hause, wenn die beiden Mädchen ihn besuchten. Manchmal bot er ihnen dann sogar eine Leckerei an. Heute war er aber nicht an die Tür gekommen, als sie angeklopft hatten. „Vielleicht ist er in die Stadt gegangen."

„Das tut er eigentlich nicht gern allein, dazu sieht er zu schlecht. Letztes Frühjahr ist er über eine Bürgersteigkante gestolpert und böse hingefallen. Er mußte mit sechs Stichen genäht werden, hat Daddy gesagt."

„Also, irgendwo muß er doch stecken." Lena stand auf, woraufhin das kleine Hündchen rings um den Saum ihres karierten Rocks einen wilden Tanz aufführte.

„Dann ist er vielleicht hinten in seinem Garten. Mama sagt, ohne seine heißgeliebten Blumen und Gemüsepflanzen wäre für ihn das Leben sinnlos. Er buddelt oft stundenlang in seinen Beeten und hegt und pflegt alles was grünt und blüht."

Lena wunderte sich.

„Wenn er so schlecht sieht, wie kann er dann das Unkraut von all den anderen Pflanzen unterscheiden?"

„Er hat eine kleine Hacke mit einem ganz kurzen Stiel. Damit kriecht er auf allen Vieren zwischen den Pflanzenreihen herum. Vollkommen blind ist er noch nicht, aber er muß ganz dicht an die Pflanzen herangehen und sie mit den Fingern befühlen." Sophie sprang auf und hüpfte in langen Sätzen von der Eingangstreppe. „Er beschnuppert sie sogar. Ich hab's selbst einmal gesehen. Er bückt sich ganz tief und riecht an den Pflanzen."

Sophie war schon auf dem kleinen Pfad, der um das Holzhaus herumführte. Lena dagegen wäre am liebsten auf der Treppe sitzen geblieben, wo der kleine Hund angekettet war. Er fing schon an zu winseln, als wolle er gegen den Abschied von den beiden Mädchen protestieren.

„Aber was wird mit ..." Lena unterbrach sich, als sie Mr. Russel um das Haus kommen sah. Beinahe wäre er mit Sophie zusammengestoßen, wenn sie ihm nicht in letzter Sekunde flink wie ein Wiesel ausgewichen wäre. In der Hand trug er die kurzstielige Hacke, von der Sophie gerade gesprochen hatte. Ohne ihre blanke Metallspitze hätte man sie für ein Spielzeug halten können.

„Seid ihr das, ihr beiden Mädchen?"

„Ja", antwortete Sophie und hüpfte neben ihm weiter. „Wir haben dem Hündchen gerade ein paar Essensreste gebracht."

Mr. Russel lachte gutmütig.

„Wenn ihr so weitermacht, ist der Bursche bald so fett, daß er kaum noch ein Bein vor das andere kriegt. Beim Fressen kann Sherman sich einfach nicht bremsen."

Beide Mädchen blieben wie angewurzelt stehen. Sophie fand als erste die Sprache wieder.

„Was haben Sie gerade gesagt?"

„Ich hab' gesagt, daß wir den kleinen Sherman nicht überfüttern dürfen." Der alte Mann stieg die Treppe zu seiner Veranda hoch und hielt sich dabei am Geländer fest. Danach tastete er sich zu seinem Lieblingsstuhl vor und setzte sich in den Schatten. Aus seiner hinteren Hosentasche förderte er ein kariertes Taschentuch zutage und trocknete sich damit die Stirn. „Wenn wir nicht aufpassen, wird er uns noch so rund wie ein Faß."

Der kleine Hund drängte sich an die Knie des alten Mannes. Dabei wedelte er so heftig mit dem Schwanz, daß sein ganzer Körper in Bewegung geriet. Es gab Lena einen Stich ins Herz, daß der Hund jetzt so offensichtlich Mr. Russel gehörte. Er betrachtete den alten Mann eindeutig als sein Herrchen, und obendrein hatte Mr. Russel ihm auch noch einen Namen gegeben. Lena schluckte gegen ihre Enttäuschung an und sagte fast flüsternd: „Sherman ist ein schöner Name."

„Neuerdings jagt er hinter den Straßenkatzen her", erzählte Mr. Russel, der Lenas Bemerkung anscheinend nicht gehört hatte. „Stimmt's, du kleiner Kerl? Deshalb muß ich ihn auch anketten, wenn ich mal nicht hier bin. Schließlich will ich nicht, daß ihm ein Auge ausgekratzt wird. Katzen können da ziemlich gemein sein."

Plötzlich begann Sophie sich zu regen.

„Du, Lena, ich glaube, wir gehen am besten wieder."

„Ein prima Kamerad ist er, der kleine Hund", sagte Mr. Russel und hob sich das zappelnde Bündel auf den Schoß. „'n schöneres Geschenk hättet ihr mir gar nicht machen können, ihr zwei Fräuleinchens. Wüßte gar nicht, was ich ohne ihn täte. Aus ihm wird noch 'n erstklassiger Hund, was, Sherman?"

„Heute ist unser letzter Ferientag", sagte Sophie etwas lauter und setzte sich in Bewegung. „Wir machen gleich ein Picknick."

„Dann lauft mal schnell los", sagte Mr. Russel lächelnd. „Jung zu sein ist doch was Schönes. Genießt jede Minute, die der Herrgott euch schenkt."

Lena folgte Sophies Beispiel und rief Mr. Russel einen Abschiedsgruß zu. Sie konnte es kaum abwarten, außer Hörweite zu sein, um ihre Freundin zu fragen: „Was für ein Hundename ist Sherman eigentlich?"

„Ein schöner Name. Das hast du doch gerade selbst gesagt", antwortete Sophie entschieden. „Ein Soldatenname, der nur einem alten Kriegsveteranen einfallen konnte."

„Einem Kriegsveteranen?" fragte Lena.

„Mr. Russel hat doch im Bürgerkrieg gekämpft, weißt du nicht mehr?"

„Und was hat der Name Sherman damit zu tun?"

„Sherman war ein General im Bürgerkrieg, ein ganz berühmter sogar."

Das war Lena neu, denn sie stürzte sich nicht mit der gleichen Wißbegier wie Sophie auf ihre Geschichtsbücher. Einen Augenblick lang beneidete sie ihre Freundin um ihr Wissen. Ihr selbst fiel das Lesen viel schwerer, besonders, wenn sie sich darauf konzentrieren mußte, ihr schielendes Auge am Umherwandern zu hindern. Außer ihren Schulaufgaben konnte sie höchstens noch ihr tägliches Bibelpensum bewältigen. Im Grunde genommen war es aber nicht so sehr das Lesen, was ihr zu schaffen machte, sondern die Erkenntnis, daß Sherman jetzt zweifellos Mr. Russels Hund war.

Aber dann dachte sie an das Strahlen im Gesicht des alten Mannes, und sie sah ein, daß es trotz aller Enttäuschung ihrerseits so am besten war.

Lena seufzte und beeilte sich, um mit Sophie Schritt zu halten. Eigentlich mußte sie Sophie recht geben: Der Name Sherman war goldrichtig für den Hund eines alten Soldaten.

Von ihrem Platz am Berghang konnten sie den Kirchturm hinter dem Kiefernwald sehen. Der Anblick des Kirchturms war den beiden Mädchen eine große Beruhigung, denn sie konnten sich nicht vorstellen, daß ihre Mütter ihnen auf ihren Wunsch hin erlaubt hätten, sich so weit von zu Hause zu entfernen. Doch beide zog es mit Macht zu dieser Wiese am Hang, wenn auch aus unterschiedlichen Gründen.

Lena liebte die Blumen, die frischen Düfte und den kühlen Wind, ganz zu schweigen von dem Gefühl, daß die beiden dieses paradiesische Plätzchen ganz für sich allein hatten. Sophie dagegen war von der atemberaubenden Aussicht und der Nähe zum Himmel hingerissen. Von hier oben kamen ihr die Grenzen der Welt viel weiter vor als unten in Harmony.

Ein alter Picknickkorb, dem ein Teil des Deckels fehlte und den die Mädchen daher als goldrichtig für ihre Zwecke betrachteten, war mit einem geflickten Geschirrtuch abgedeckt. Auf dem noch intakten Deckel stand das Miniaturgeschirr aus echtem Porzellan, das Sophie vor zwei Jahren zu Weihnachten bekommen hatte. Daraus tranken die beiden frischen Obstsaft und aßen Plätzchen aus Marthas Backofen.

Nachdem sie sich gestärkt hatten, setzten sich die beiden Mädchen auf eine Erhöhung in der kniehohen Wiese voller wilder Blumen. Lena sah von der Gänseblümchenkette auf, die sie gerade flocht, um zu sehen, wie weit Sophie mit ihrer Kette gekommen war. Es war genau, wie sie vermutet hatte: Sophies Kette war schon ein ganzes Stück länger als ihre. Außerdem brach Sophies Kette nicht ständig wie Lenas an den Schlaufen auseinander.

Mit einem Seufzen machte Lena sich wieder an die Arbeit.

Die Zungenspitze zwischen den zusammengepreßten Lippen, bemühte sie sich, die Blumenstengel miteinander zu verflechten.

Sophie hob ihre Kette hoch und beendete das Schweigen.

„Sieh mal", sagte sie voller Stolz und stand auf, „meine ist schon drei Fuß lang."

Lena sah auf.

„Noch nicht ganz", wagte sie zu widersprechen. „Wenn sie drei Fuß lang wäre, würde sie schon bis an den Boden reichen."

„Na gut, dann eben zwei Fuß", antwortete Sophie hartnäckig. „Aber fast drei."

Lena nickte wortlos. Vielleicht hatte Sophie ja recht.

Sophie setzte sich wieder neben Lena und behauptete: „Dein Auge sieht schon viel besser aus."

Lena zuckte innerlich zusammen. Es war ihr nahezu unerträglich, wenn über ihr träges Auge gesprochen wurde.

„Bald ist es bestimmt direkt passabel", fuhr Sophie fort.

„Direkt passabel" war einer von Sophies neuen Lieblingsausdrücken. Lena fand ihn inzwischen ziemlich abgedroschen. Den ganzen Sommer lang war bei Sophie fast alles entweder direkt passabel oder unsäglich mies gewesen.

Lena knüpfte die nächste Blume fest, ohne zu antworten.

Sophie schien nicht zu merken, wie peinlich Lena das ganze Thema war.

„Mußt du immer noch die Klappe tragen?"

„Fast jeden Abend und auch sonst oft zu Hause", gestand Lena leise. „Es ist einfach widerlich."

„Also, ich finde, es ist schon viel besser geworden", sagte Sophie und pflückte sich noch ein Gänseblümchen. „Das Schielen fällt kaum noch auf."

„Doc Franklin findet das überhaupt nicht", sagte Lena und gab damit eine ihrer größten Ängste preis. „Er hat zu Mama gesagt, ich soll die Klappe jetzt den ganzen Tag lang tragen. Sogar in der Schule."

Sophie ließ ihre Blumenkette sinken. An dem betroffenen Ausdruck auf ihrem Gesicht konnte Lena erkennen, daß sie

den Ernst der Lage erfaßt hatte: Für Lena wäre es eine Katastrophe, die Augenklappe den ganzen Tag lang tragen zu müssen. Die anderen Kinder in der Schule hänselten Lena ohnehin
schon oft, wenn Sophie gerade nicht zur Stelle war, um sie in
Schutz zu nehmen. Die verhaßte Augenklappe in der Schule
tragen zu müssen wäre eine wahre Folter für Lena.

Sophie schnaubte verächtlich und nahm das Flechten wieder auf.

„Was weiß Doc Franklin schon? Ich finde, mit deinem Schielen ist es schon viel besser geworden, und damit basta."

Lena mußte einfach lächeln. Es war eine Wohltat, jemanden
wie Sophie zur Freundin zu haben.

Die beiden flochten eine Zeitlang schweigend weiter, und
jede hing dabei ihren eigenen Gedanken nach. Dann entschloß sich Lena dazu, ihre allergeheimste Angst preiszuge-
ben. Bis jetzt hatte sie noch mit niemandem darüber gesprochen. Nicht einmal mit Sophie.

„Glaubst du ... glaubst du, daß ich später mal einen Mann
finde? Ich meine einen, der mich ... der mich trotz der Sache
mit dem Auge heiraten würde?"

Sophie machte ein überraschtes Gesicht.

„Wenn er's nicht täte, wäre er ja der reinste Schwachkopf",
tat Sophie impulsiv ihre Auffassung kund.

Das beruhigte Lena ungemein. Sie hoffte von ganzem Herzen, daß Sophies Meinung richtig war.

Doch Sophie starrte sie noch immer an.

„Willst du denn allen Ernstes mal heiraten?"

Lena war vor Staunen fast sprachlos.

„Ja, natürlich!" Alle Mädchen wollen schließlich eines Tages
heiraten. Das gehört sich doch so für eine ... nun, eine an-
ständige junge Dame. Was blieb einem auch schon anderes
übrig? Eine alte Jungfer zu werden? Über alte Jungfern wurde
hinter vorgehaltener Hand getuschelt, sogar über solche, aus
denen tüchtige Bibliothekarinnen oder Lehrerinnen geworden waren.

„Also, ich heirate höchstwahrscheinlich nicht", kündigte
Sophie an.

Der entschlossene Unterton in Sophies Stimme verriet Lena, daß sie sich das ganz genau überlegt hatte.

„Aber warum denn nicht?"

Sophie befestigte den nächsten Blumenstengel an ihrer Kette und sagte: „Wenn man heiratet, dann muß man immer das machen, was der Mann will."

„Was ist denn daran so schlimm?"

„Ich will mich eben nicht herumkommandieren lassen", antwortete Sophie. „Ich will selbst über mich bestimmen. Ich will meine eigenen Wege gehen und etwas aus mir machen, genau wie Miss Charles es immer sagt."

Das stimmte. Lena hatte Miss Charles schon oft solche Dinge sagen gehört, aber ihr war nie richtig klar gewesen, was sie damit gemeint haben könnte.

Sophies dunkle Augen funkelten. „Ich bekomme sie dieses Jahr als Klassenlehrerin. Prima, nicht?"

„Findest du?" Lena war von der neuen Lehrerin und ihren Ideen längst nicht so begeistert wie Sophie. Überhaupt gehörten Lehrerinnen nicht zu den Menschen, in deren Gegenwart Lena sich sonderlich wohlfühlte –, und sie vermutete, daß es umgekehrt genauso war. Außerdem war Miss Charles schon älter, um die vierzig vielleicht, aber mindestens dreißig, und verheiratet war sie auch nicht.

„Ich finde sie einfach höchst passabel", sagte Sophie begeistert. „Sie meint, bei meiner Intelligenz gebe es nichts, was ich nicht erreichen könne, wenn ich nur wolle. Sie hat mir vorgeschlagen, auch Lehrerin zu werden, aber ich will lieber etwas anderes machen."

„Was denn zum Beispiel?" wollte Lena wissen. Ihre Blumenkette geriet in Vergessenheit und verhedderte sich auf ihrem Schoß.

„Ich glaube", sagte Sophie und richtete ihren Blick in die Ferne, „ich würde am liebsten Wissenschaftlerin."

„Frauen werden aber keine Wissenschaftler", stellte Lena aus tiefster Überzeugung klar.

„Manche werden's doch", konterte Sophie.

„Aber nicht ... nicht in Harmony. Nicht in North Carolina."

Für einen Moment wirkte Sophie etwas verunsichert, doch dann hob sie trotzig das Kinn und meinte voller Entschlossenheit: „Dann werde ich eben die erste Wissenschaftlerin."

Als sie den Trotz in Sophies Augen sah, bereute Lena, daß aus ihrer Unterhaltung ein Streit geworden war.

„Gut, dann werde halt Wissenschaftlerin, wenn du unbedingt willst", lenkte sie ein und fügte leiser hinzu: „Wenn sie dich lassen."

Diese Herausforderung verdunkelte Sophies Augen einen kurzen Moment lang, doch dann sah sie Lena versöhnlich an. „Und du? Hast du denn gar keine Träume?"

„Du meinst nachts? Doch, natürlich."

„Quatsch, das meine ich doch gar nicht – richtige Träume. Zukunftsträume."

Lena zuckte mit den Schultern. „Ich weiß nicht." Aber dann hellte sich ihr Blick auf, und sie fuhr fort: „Doch, klar. Einen netten Mann und süße Kinder."

Ungeduldig ließ Sophie ihre Gänseblümchenkette ins Gras fallen. „Und sonst?"

„Reicht das denn nicht? Für mich ist das der schönste Traum, den's gibt." Lena sah über ihren Heimatort hinweg und fragte sich, warum es nur so schwer war, ihrer besten Freundin ihre Vorstellungen begreiflich zu machen. „Manchmal mache ich mir Gedanken darüber. Ziemlich oft sogar. Ich versuche, mir auszumalen, wer von den Jungen, die mit uns zur Schule gehen, sich wohl in mich verlieben und ... und mir einen Heiratsantrag machen wird." Sie warf Sophie ein Lächeln zu, und ihre hübschen Grübchen kamen zum Vorschein. „Hoffentlich ist er mein Typ, damit ich mich auch so richtig in ihn verlieben kann."

„Hör mal, du brauchst doch keinen von den Hohlköpfen hier aus Harmony zu heiraten, wenn du schon unbedingt heiraten willst! Du kannst jeden Mann heiraten, den du willst. Du brauchst nur noch die Sache mit deinem Auge in Ordnung zu kriegen, und dann bist du das hübscheste Mädchen weit und breit."

Sophie machte einen so überzeugten Eindruck, daß Lena ihr beinahe geglaubt hätte.

„Findest du wirklich?"

„Du angelst dir bestimmt einen ganz besonderen Mann", versicherte ihr Sophie.

Doch dann schmolz Lenas Selbstvertrauen auch schon wieder dahin, wie immer, wenn von ihrem Aussehen die Rede war.

„Wer sich ausgerechnet in mich verliebt, muß schon irgendwie was Besonderes sein", sagte sie, den Blick auf die Stadt unten im Tal geheftet, und ihre Stimme nahm einen stillen, bedrückten Klang an.

Als sie sich wieder zu ihrer Freundin umdrehte, stellte sie fest, daß Sophie ihr überhaupt nicht zugehört hatte. Auch sie sah in die Ferne über den Horizont hinaus.

„Ich werde etwas wahnsinnig Interessantes mit meinem Leben anfangen, warte nur ab. Ich werde eine große Karriere machen, genau wie Miss Charles es immer sagt."

„Aber das geht doch nicht", protestierte Lena.

„Wieso denn nicht?" gab Sophie zurück.

„Du wirst doch eine Dame", sagte Lena flehend, „und außerdem bist du meine beste Freundin."

„Ich kann eine Dame und deine Freundin sein und trotzdem mit meinem Leben anfangen, was ich will."

„Aber was machen wir, wenn ... wenn du deshalb von hier weg mußt?"

„Genau darauf hab' ich's doch abgesehen: raus aus diesem Kaff, was Spannendes erleben und Großstadtluft schnuppern."

„Und was wird dann aus mir?" sorgte sich Lena.

„Du heiratest einen reichen, berühmten Mann, wohnst in einem riesigen Haus in einer irrsinnig tollen Stadt – vielleicht sogar in derselben Stadt, in der ich wohne – und hast lauter Dienstpersonal um dich, Pelzmäntel und Blumen und ein blitzblankes, nagelneues Automobil und ..."

„Aus solchen Sachen mach' ich mir doch überhaupt nichts", protestierte Lena. „Ich will doch bloß ein guter Christ sein,

34

einen anständigen Mann heiraten und Kinder haben. Dann bin ich ja schon glücklich. Und von Harmony will ich schon gar nicht weg."

Sophie verschlug es fast die Sprache. „Also, ich verstehe dich einfach nicht, Lena Keene."

„Ich verstehe dich auch nicht, Sophie Harland."

Daraufhin sahen die beiden einander völlig verwirrt an.

3

Kaum war Sophie wach, als ihr Herz auch schon vor Vorfreude laut zu pochen begann. Heute war ihr erster Buchstabierwettbewerb, an dem die ganze Schule teilnahm, und morgen fingen die Erntedankferien an! Daß zwei der schönsten Dinge auf der ganzen Welt aufeinandertrafen, war fast zu schön, um wahr zu sein.

Sie rutschte aus ihrem Bett, zog sich das Flanellnachthemd über den Kopf und stopfte es unter ihr Kissen. Dann ging sie über die Flickenteppiche auf dem Holzfußboden an ihre Kommode, um sich zu waschen. Sie mußte mit beiden Händen den Wasserkrug hochheben, und trotz aller Vorsicht spritzte das Wasser beim Gießen über den Rand der alten Schüssel hinaus. Sophie wusch sich anschließend ihr Gesicht und atmete dabei den frischen Duft des Morgens tief ein.

Ein munteres Lied summend, zog sie sich an und bürstete sich die dunklen Haare. Ihre Mutter würde es sofort merken, wenn sie mit ungebürsteten Haaren zum Frühstück erschien, denn ihr fielen immer auch nur die geringsten Kleinigkeiten auf. Ja, ihre Mutter sah immer auf den ersten Blick, ob sie sich das Gesicht gewaschen und die dicken braunen Locken gebürstet hatte, und sollte Letzteres einmal nicht der Fall sein, wurde sie schnurstracks wieder nach oben geschickt, um sich doppelt so lange zu bürsten. Sie schien sogar ein Gespür dafür zu haben, ob Sophie ein bißchen gemogelt und weniger als die verlangten fünfzig Bürstenstriche getan hatte. Ihr Vater schien dagegen so gut wie nichts wahrzunehmen.

Sophie mochte ihr Aussehen nicht leiden, was vermutlich auch der Grund dafür war, daß ihr alle Dinge zuwider waren, die vor dem Spiegel erledigt werden mußten. Sie fand ihre Gesichtszüge viel zu spitz. Nichts als Flächen und Winkel, hatte ihre Mutter einmal gesagt, um die Bemerkung gleich darauf mit einem Lächeln wieder zu entschärfen und sie zu einer süßen Leckerei auszuführen. Sogar eine Limonade hatte sie ihr spendiert. Louise Harland, ihre Mutter, war liebevoll und intelligent zugleich, eine Kombination, die Sophie sehr bewunderte.

Ihre ungeduldigen Bürstenstriche verlangsamten sich jedoch, als sie die Unterhaltung, die sie gestern mit Lena geführt hatte, Revue passieren ließ. Auf dem Schulweg hatte Sophie ihre Freundin gefragt: „Sag mal, was hältst du eigentlich für das Allerwichtigste auf der Welt?"

Lena hatte nicht gleich darauf geantwortet. „Du stellst aber auch immer die merkwürdigsten Fragen!" hatte sie statt dessen gesagt.

„Ach, das ist mir nur gerade so in den Sinn gekommen", meinte sie und hatte ihr Bücherbündel in die andere Hand genommen. „Was ist wohl am bedeutungsvollsten von allem?"

Lena hatte daraufhin mit den Schultern gezuckt. „Ich wüßte nicht, was ich da nennen sollte."

„Ich aber", hatte Sophie verkündet. „Ich glaube, Wörter sind das Wichtigste auf der Welt."

Lena hatte sie angestarrt und ungläubig gefragt: „Wörter?"

Sophie hatte in diesem Augenblick ein Siegesgefühl verspürt, als sei sie soeben einem der großen Geheimnisse des Lebens auf die Spur gekommen. „Stell dir nur vor, es gäbe keine Wörter. Dann könnten wir nicht miteinander reden. Wir könnten nichts Neues dazulernen. Wir könnten einander nicht sagen, wie etwas gemacht wird oder wo man etwas nachschlagen kann. Wir wären auf verlorenem Posten. Total hilflos

38

wären wir." Sie war ein paar Schritte weitergegangen und dann zu dem Schluß gekommen: „Deshalb ist es auch so wichtig, gut im Lesen zu sein."

„In der Bibel stehen ein paar unheimlich schwierige Wörter", hatte Lena zögernd gestanden. „Ich geb' mir solche Mühe, aber irgendwie schaffe ich's nicht, alle Wörter zu lernen, die ich brauche. Warum gebrauchen wir eigentlich nicht nur die einfachen?"

„Weil die einfachen den Kern der Sache nicht immer so genau treffen", hatte Sophie voller Enthusiasmus geantwortet.

„Ich gebe ja zu, daß Wörter wichtig sind", hatte Lena gesagt, „aber ich finde, es gibt noch Wichtigeres."

Sophie war stehengeblieben und hatte Lena ungläubig angestarrt, denn es kam nicht oft vor, daß Lena ihre Behauptungen in Frage stellte.

„Was denn zum Beispiel?"

„Gott", hatte Lena leise, aber entschlossen geantwortet.

Sophie hatte daraufhin heftig den Kopf geschüttelt. „Gott ist eine Person. Von Personen rede ich doch gar nicht. Ich meine Dinge."

Doch so leicht hatte Lena sich nicht geschlagen gegeben.

„Aber der Glaube – wie wir leben und mit Gott reden –, das ist ein Ding."

Sophie hatte ihr nur einen triumphierenden Blick zugeworfen und gekontert: „Das hättest du mir jetzt gar nicht sagen können, wenn es keine Wörter gäbe."

Als Sophie aber jetzt vor dem Spiegel stand, überlegte sie einen Moment lang, was wohl wichtiger war, Menschen oder Dinge. Dann schüttelte sie kurz den Kopf, zuckte mit den Achseln und ging eilig nach unten in die Küche.

„Guten Morgen, Papa."

Ihr Vater hob gerade lange genug den Blick von der Zeitung, um seinem einzigen Kind ein abwesendes Lächeln zuzuwerfen und zu fragen: „Hast du gut geschlafen?"

„Ja, hab' ich."

Sie beobachtete, wie er nickte und weiterlas, und fragte sich im stillen, ob er ihre Antwort überhaupt zur Kenntnis genommen hatte. Eines Tages würde sie ihm auf seine allmorgendliche Frage antworten, sie habe die ganze Nacht mit Drachen gekämpft, um festzustellen, ob er auch eine so große Ungeheuerlichkeit nur mit einem zerstreuten Nicken quittieren und sich wieder seiner Zeitung widmen würde.

Eigentlich hätte Sophie längst daran gewöhnt sein müssen. Sie war alt genug, um zu wissen, daß Peter Harland von Natur aus schweigsam war. Die einzige, die ihn ein wenig aus der Reserve locken konnte, war seine Frau. Nicht einmal Sophie schaffte es, ihn in ein längeres Gespräch zu ziehen.

Sophie hing sehr an ihrem Vater, obwohl er fast ein Fremder für sie war. Alles, was sie über ihn wußte, hatte ihre Mutter ihr erzählt: Ihre beiden Großelternpaare waren vor langer Zeit aus der Schweiz eingewandert. Ihre Eltern waren bereits in Harmony geboren und mit der Stadt großgeworden. Peter war lediglich für seine Ausbildung als Apotheker eine Zeitlang von hier fortgegangen, um jedoch so bald wie möglich zurückzukehren. Er war der einzige Drogist in ganz Harmony und der Inhaber der Harland-Apotheke. Wenn er nicht arbeitete oder die Zeitungen las, die mit dem Zug aus Raleigh geliefert wurden, beschäftigte er sich mit den wissenschaftlichen Zeitschriften, die er stapelweise im Wohnzimmerregal aufbewahrte.

Die einzige Gelegenheit für Sophie, etwas mit ihrem Vater zu unternehmen, bestand in den Spaziergängen, die die beiden gelegentlich sonntags nachmittags unternahmen, und selbst dann war ihr Vater wortkarg. Trotzdem wußte Sophie genau, daß er sie auf seine stille Art sehr liebte.

In Sophies Augen war ihre Mutter ein völlig anderer Mensch. Während ihr Vater stark, kräftig und schweigsam war, wirkte ihre Mutter eher schmal, zierlich und anschmiegsam. Zudem war sie sehr oft krank. Sophie wußte, daß der Gesundheitszustand ihrer Mutter eine weitere Schwangerschaft nicht zugelassen hatte, so gern sie auch einen kleinen Bruder oder eine kleine Schwester gehabt hätte. Sophie hatte einmal zufällig gehört, wie ihre Mutter zu einer Nachbarin gesagt hatte,

Gott habe ihr ein doppeltes Maß an Freude an ihrer einzigen Tochter beschert, um sie darüber hinwegzutrösten, daß sie keine weiteren Kinder haben konnte. An diese Bemerkung dachte Sophie immer, wenn sie sich in ihrem weitläufigen Zuhause ein wenig einsam und verloren vorkam.

An den Tagen, an denen es ihr gut ging, sang Louise gern. Sophie wußte immer gleich auf Anhieb, wenn ihre Mutter sich schlecht fühlte, denn dann war es immer still im Haus, wenn sie aus der Schule kam. Normalerweise jedoch summte ihre Mutter bei der Hausarbeit ein Lied vor sich hin, unterhielt sich mit einer Nachbarin oder spielte im Wohnzimmer Kirchenlieder auf dem Klavier. Die einzige Enttäuschung, die Louise Harland je über ihre Tochter geäußert hatte, war die Tatsache, daß sie keinerlei Interesse an Musik zeigte. Abgesehen davon, daß Sophie sie gern singen hörte und manchmal sogar leise mitsummte, hatte ihre Mutter damit sogar recht.

Sophie war jedoch nicht die Einzige, die die Fröhlichkeit ihrer Mutter als Wohltat empfand. Louise Harland erhellte auch die schwermütige Stimmung ihres Mannes, wie Sonnenstrahlen dunkle Gebirgsschluchten mit Licht erfüllen.

Die Liedzeile, die ihre Mutter gerade sang, erinnerte Sophie wieder an den Tag, der vor ihr lag.

„Phänomenal", rief sie und gab ihrer Mutter einen Kuß auf die Wange. „Definitiv phänomenal."

„Also, du stopfst neue Wörter in dich hinein wie andere Kinder Süßigkeiten", stellte Louise voller Stolz fest. „Hast du das gerade gehört, Peter?"

„Ja, ja", murmelte ihr Vater und schüttelte die nächste Zeitungsseite glatt.

Doch ihre Mutter machte alles an Begeisterung für ihre Tochter wett, was ihrem Vater abging.

„Du hast es goldrichtig ausgesprochen. Kannst du auch einen Satz damit bilden?"

„Es ist definitiv phänomenal, wie ich mich auf die Schule und auf den Buchstabierwettbewerb freue, und morgen mach ich den ganzen Tag lang mit Lena ... absolut gar nichts", verkündete Sophie.

„Da freue ich mich mit dir", lachte Louise. „Aber jetzt setz dich schnell hin, meine phänomenale Tochter, und frühstücke mit uns."

Sophie erreichte halb hüpfend, halb rennend die Ecke, wo der alte Ahorn stand. Der Ahorn war der prächtigste Baum von ganz Harmony. Sein riesiges Blätterdach beschirmte die Kreuzung der beiden Hauptverkehrsstraßen, und seinen Stamm hätte ein halbes Dutzend ausgewachsener Männer nicht umfassen können. Zur Zeit war der Baum von einer majestätischen Kuppel aus Herbstfarben gekrönt, die rot, orange und kupfern in der Morgensonne leuchtete. In der ganzen Stadt hieß diese Straßenecke nur „die Ahornecke", und dort trafen sich Sophie und Lena jeden Morgen auf dem Weg zur Schule.

An diesem Morgen kam Sophie jedoch keine filigrane, kupferhaarige Schönheit entgegen. Sie wartete jedoch noch eine ganze Weile, bis sie zu dem Schluß gelangte, daß Lena wohl krank sei. Als Sophie gerade allein losgehen wollte, sah sie, wie sich ihr Lena langsam näherte. Schon aus der Entfernung fielen Sophie die schleppenden Schritte und gebeugten Schultern auf. Deshalb rannte sie ihrer Freundin entgegen und blieb erst stehen, als Lena den Kopf hob und ihr Gesicht unter dem leuchtenden Haarschleier auftauchte.

Lena trug ihre Augenklappe!

„Ach, Lena!" sagte Sophie mit der gleichen Traurigkeit in der Stimme, die sie in dem Gesicht vor sich erblickte.

„Mama sagt, es muß sein", murmelte ihre Freundin bedrückt. „Doktor Franklin auch."

„Aber du hattest doch solche Fortschritte gemacht!"

Aus Lenas unbedecktem Auge rann eine einzelne Träne. „Sie haben gemeint, es sei überhaupt noch nicht besser geworden. Sie haben gesagt, wenn ich die Klappe nicht trage, könnte ich auf dem Auge noch blind werden."

Sophie schluckte alle ihre Argumente herunter, denn jeder, der auch nur halbwegs ein Herz im Leibe hatte, konnte Lena ansehen, wie sehr sie unter der Augenklappe litt. Einen Moment lang spürte Sophie den Wunsch, die Hand auszustrecken und einfach die Bänder zu lösen. Auf dem Rückweg von der Schule konnten sie ja die Klappe schnell wieder umbinden.

Doch während Sophie noch darüber nachdachte, machte sie sich klar, daß Martha Keene nicht nur eine kluge Frau, sondern auch eine gute Mutter war. Sophie ahnte, daß auch ihr diese Maßnahme unendlich schwergefallen sein mußte. Lena brauchte jetzt keine Komplizin, sondern einfach nur jemanden, der sie tröstete.

„Tja, dann läßt sich wohl nichts daran ändern", sagte Sophie forsch. „Du mußt halt dein Bestes tun, damit du bald dieses dumme Ding für immer los wirst."

Lena betastete die dreieckige Klappe. Sie war schwarz und steif und mit glänzender Seide bezogen. Die schwarzen Bänder führten quer über ihre Stirn, klemmten ihre Haare über beiden Ohren fest und endeten in einer häßlichen Schleife am Hinterkopf. Zudem wirkte die Klappe auf ihrem fein geschnittenen Gesicht grob und monströs. Fast flüsternd sagte Lena: „Ich kann das Ding nicht ausstehen."

Sophie machte jedoch nur ein ahnungsloses Gesicht. „Was kannst du nicht ausstehen?"

Lena starrte Sophie an und sagte dann: „Du weißt schon – die Augenklappe."

Sophie legte die Stirn in Falten und tat so, als suche sie Lenas pfirsichreines Gesicht nach einem Makel ab.

„Was denn für eine Augenklappe? Ich sehe keine."

„Ach, du!" Lena holte mit ihrem Bücherbündel aus, und Sophie wich mit einem übertriebenen Sprung zurück. Woraufhin Lena wenigstens ein zaghaftes Lächeln zustande brachte.

„So ist's schon besser", lobte Sophie, nahm Lenas freien Arm und schob sie vorwärts. „Jetzt müssen wir uns aber beeilen, und zwar gewaltig. Ich kann's mir heute nicht leisten, Miss

Charles zu verärgern. Ich hab' schließlich einen Buchstabierwettbewerb zu gewinnen."

Trotz aller Eile verspäteten sie sich doch – zumindest Sophie. Sie bestand darauf, zunächst mit Lena in ihr Klassenzimmer zu gehen. Dort bedachte sie sämtliche Schüler mit einem eisigen Blick, als sich ein Flüstern und Kichern wegen Lenas Augenklappe erheben wollte. Die meisten von ihnen hätten eine Augenklappe allenfalls als lästig empfunden, doch für die schüchterne, sensible Lena war sie ein vernichtender Schlag. Sophie suchte sich die drei gemeinsten Kinder aus der Klasse aus, warf ihnen der Reihe nach einen warnenden Blick zu und verließ effektvoll das Klassenzimmer. Wer ihre beste Freundin ärgern würde, konnte sich auf einen gehörigen Denkzettel von ihr gefaßt machen.

Wegen ihres freiwilligen Umwegs hastete sie jetzt, mehrere Minuten nach dem Morgengong, durch den Flur zu ihrem eigenen Klassenzimmer. Als sie jedoch Miss Charles und Mrs. Fitzgerald erblickte, die sich vor der Klassentür unterhielten, geriet sie in Panik. An den beiden Lehrerinnen führte kein Weg vorbei. Sie blieb also zunächst stehen und hoffte inständig, nicht von ihnen bemerkt zu werden.

„Ich bin mir trotzdem nicht sicher, ob das gut wäre", hörte sie Miss Charles gerade sagen.

„Ich auch nicht", antwortete Mrs. Fitzgerald. „Zurückstufungen nehme ich nicht auf die leichte Schulter, besonders nicht bei einem so zartfühlenden Mädchen wie der kleinen Lena."

Ohne es selbst zu merken, kam Sophie näher. Doch die beiden Lehrerinnen waren derartig in ihr Gespräch vertieft, daß sie sie nicht bemerkten.

Miss Charles unterrichtete bereits seit dem vorigen Jahr an der Schule, während Mrs. Fitzgerald neu war. Mrs. Fitzgerald hatte eine Klasse mit jüngeren und lernschwächeren Schülern zugeteilt bekommen; Miss Charles unterrichtete ältere und fortgeschrittene Kinder. Die beiden waren eine ganze Generation jünger als die restlichen Lehrer, weshalb sie auch, wie Sophie vermutete, so schnell miteinander Freundschaft geschlossen hatten. Sie selbst mochte beide sehr.

Jetzt sah sie, wie Miss Charles nachdenklich den Kopf schräg legte und fragte: „Steht es denn so eindeutig fest, daß sie im Unterricht nicht mithalten kann?"

„Das ist ja gerade das Schwierige", antwortete Mrs. Fitzgerald. „Sie ist so schüchtern, daß sich ihre Fähigkeiten einfach nicht einschätzen lassen. Aber ich habe den starken Verdacht, daß sie sich äußerst schwer tut."

„Außerdem ist sie für ihr Alter ausgesprochen klein", überlegte Miss Charles. „Vielleicht fühlt sie sich ja unter den jüngeren Kindern wohler. Vermutlich haben Sie recht."

„Nein!" Dieser Ausruf war Sophie herausgerutscht, bevor sie sich bremsen konnte. Sie ging auf die Lehrerinnen zu, blieb aber wie angewurzelt stehen, als sie die Blicke der beiden auf sich gerichtet sah. Vor Verlegenheit wurde sie nun ganz rot, doch sie schluckte erst einmal, holte tief Luft und hob entschlossen das Kinn, auch auf die Gefahr hin, dadurch in Ungnade zu fallen.

„Ich wollte sagen, das dürfen Sie nicht tun. Bitte nicht", fuhr sie leiser fort, und es klang beinahe flehend. „Damit wäre ihr überhaupt nicht geholfen."

„Was machst du denn hier auf dem Flur?" wollte Miss Charles wissen und sah Sophie mit einem strengen Blick an.

„Ich hab' nur gerade ..." Sophie deutete mit einer unbestimmten Geste in die Richtung von Lenas Klassenzimmer.

„So ein Benehmen gehört sich aber ganz und gar nicht für meine beste Schülerin", schalt Miss Charles sie ernst.

Doch Sophie weigerte sich, klein beizugeben, selbst wenn sie sich damit Schwierigkeiten einhandelte.

„Bitte, Sie dürfen sie einfach nicht zurückstufen. Das können Sie ihr nicht antun. Sie hat sowieso schon genug Kummer mit ihrem Auge. Zurückgestuft zu werden wäre eine entsetzliche Erniedrigung für sie."

Miss Charles warf ihrer Kollegin einen fragenden Blick zu. „Was hat es denn mit dem Auge auf sich?"

„Sie hat ein ‚träges' Auge. Es gibt auch eine wissenschaftliche Bezeichnung dafür, aber an die kann ich mich beim besten Willen nicht erinnern."

„Amblyopie", meinte Sophie. „Ich hab's nachgeschlagen. Im Normalfall ist so etwas durchaus heilbar."

Die beiden Frauen starrten Sophie an. Selbst Miss Charles schien manchmal nicht genau zu wissen, wie sie auf Sophie reagieren sollte. Gerade in der vergangenen Woche hatte Sophie gehört, wie Mrs. Smith, Kirstens Mutter, sie als besserwisserischen Emporkömmling bezeichnet hatte. Miss Charles hatte sie jedoch in Schutz genommen und gesagt, es sei halt das Merkmal eines brillanten Intellekts, dort zu fliegen, wo andere nur im Schrittempo vorankamen.

Sophie fuhr mit ihrer Erklärung fort.

„Mit dem Auge ist's nicht besser geworden, jedenfalls bis jetzt noch nicht. Deshalb muß sie ihre verhaßte Augenklappe jetzt auch noch in der Schule tragen. Für sie ist das eine unbeschreibliche Tortur."

Mrs. Fitzgerald nickte nachdenklich.

„Eine Augenklappe tragen zu müssen fällt keinem Kind leicht, aber bei Lena ...", sie führte ihren Satz nicht zu Ende.

Sophies Stimme nahm wieder einen bittenden Klang an. „Es wäre einfach niederschmetternd für sie, wenn sie zurückgestuft würde", sagte sie. „Bitte, tun Sie's nicht. Ich helfe ihr auch abends bei den Schularbeiten. Sie ist nicht dumm. Glauben Sie mir. Sie schafft es schon!"

Miss Charles' Blick wurde sanfter. „Und du bist wirklich bereit, deine Zeit für sie zu opfern? Warum?"

Sophie nickte und antwortete nur: „Weil sie meine beste Freundin ist."

Sophie traf Lena noch einmal, bevor der Buchstabierwettbe-werb begann. Ihr Bücherbündel eng an sich geklammert, ging sie gerade den Flur entlang und drängte sich dabei so dicht an die Wand, wie sie nur konnte. Sie gab ein jammervolles Bild ab. Ihr Gesicht war ein einziger Leidensausdruck, und die Augen-klappe warf einen grotesken Schatten auf ihre zierlichen Züge. Sophie konnte es kaum ertragen, soviel Traurigkeit in dem Gesicht ihrer Freundin zu sehen. Deshalb zwang sie sich zu dem muntersten Lächeln, das ihr gelingen wollte, und ging auf Lena zu.

„Du, ich hab' dich schon gesucht. Ich hab' nämlich eine prima Idee."

„Was denn?" fragte Lena, und ihre Stimme war kaum lauter als ein Flüstern.

Sophie paßte sich den Schritten ihrer Freundin an.

„Wie wär's, wenn wir uns von jetzt an abends treffen und unsere Schularbeiten zusammen machen?" schlug sie ihr vor. „Jeden Abend. Ich helfe dir dann bei den schweren Aufgaben."

Lena verzog ihr Gesicht. „Ach, ich würde dich doch bloß aufhalten."

„Nein, würdest du nicht. Außerdem habe ich meine Schul-arbeiten sowieso schon für die nächsten zwei Wochen im vor-aus gemacht."

Lena ging ein paar Schritte weiter und gestand: „Das wäre mir wirklich eine riesige Hilfe."

„Klar. Wir brauchen alle irgendwann mal ein bißchen Hilfe." Sophie warf ihr ein fröhliches Lächeln zu. „Dann sind wir uns also einig. Gleich heute abend fangen wir an. Wart's nur ab, was das für ein Spaß wird!"

Über Lenas trauriges Gesicht huschte der Hauch eines Lächelns.

„Das wäre ja etwas ganz Neues. Ich habe es noch nie geschafft, Schularbeiten und Spaß unter einen Hut zu brin-gen."

„Wart's nur ab!"

Urplötzlich kam Sophie noch eine Idee. Sie war sogar der-artig davon überrumpelt, daß sie stehenbleiben mußte, um

Luft zu holen. „Hast du eigentlich noch eine Augenklappe zu Hause?"

„Ja", antwortete sie, und die Elendsmine breitete sich wieder auf ihrem Gesicht aus. „Mama besteht darauf, daß ich immer eine Ersatzklappe bei mir habe. Für den Fall, daß diese hier schmutzig wird oder verloren geht."

Sophie streckte ihre Hand aus. „Leihst du sie mir mal kurz?"

Lena griff in ihre Tasche und reichte ihr die Klappe. „Wozu denn?"

„Ach, mir ist da gerade was eingefallen", meinte Sophie und blieb stehen. „Du, jetzt muß ich mich aber beeilen. Bis hinterher, ja?"

Lena langte nach Sophies Arm und warnte sie: „Eins von den älteren Mädchen hat gesagt, daß sie gleich haushoch gegen dich gewinnen wird. Zur Schnecke will sie dich machen."

Sophie schnaubte jedoch nur verächtlich. „Ich kann Wörter buchstabieren, von denen sie noch nie im Leben was gehört hat", rühmte sie sich, obwohl ihr vor Nervosität doch plötzlich das Herz klopfte.

„Allerdings", bestätigte Lena, und zum ersten Mal an diesem Tag sah Sophie ihre Freundin spontan lächeln. „Viel Glück!"

Sophie winkte ihr noch zu und lief los.

Die Aula der Schule diente zugleich als Klassenzimmer für die gesamte Unterstufe. Mit langsamen Schritten trat Sophie ein und stieg auf das Podium. In einer Ecke hinter dem Vorhang warteten schon alle anderen Kandidaten, ein Schüler aus jeder Klasse, auf den Beginn des Wettbewerbs. Sophie störte sich jedoch nicht an den vielen neugierigen Blicken. Sie wußte längst, wie über sie geredet wurde: daß sie die kleine Alleswisserin sei, die vorlaute Möchtegern-Gewinnerin, die man um jeden Preis besiegen mußte. Sophie kehrte ihnen deshalb den Rücken zu und ging ans Fenster, um es als Spiegel zu benutzen. Dann begann sie, sich die Augenklappe umzubinden.

Ihr Spiegelbild war verzerrt und vage. Trotzdem trat sie beim Anblick des schwarzen Dreiecks über ihrem einen Auge bestürzt einen Schritt zurück. Es war so ... so furchtbar entstellend. Sophie rang noch einen Moment lang mit sich, doch dann streckte sie entschlossen die Schultern. Sie mußte es einfach tun.

Lena sollte ein für alle Male wissen, daß sie ihr Schicksal nicht allein tragen mußte.

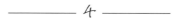

4

Voller Freude über die Freiheit eines Frühlingsnachmittages ohne Schularbeiten und Pflichten im Haushalt lief Sophie die Straße entlang, als sie ihre Freundin von weitem entdeckte. Mit einem besorgten Blick auf den immer dunkler werdenden Himmel hastete Lena gerade auf die Straßenecke zu. In der einen Hand trug sie eine Papiertüte.

Sophie jagte sofort hinter ihr her und rief: „Lena! Warte!"

Lena drehte sich um und blieb stehen, bis Sophie sie eingeholt hatte. Sophie schnappte atemlos nach Luft und fragte: „Wohin gehst du denn gerade?"

Lena hielt daraufhin die Tüte hoch. „Ich hab' hier ein paar Leckerbissen für Sherman." Aus dem jungen Welpen, den Mr. Russel bei sich aufgenommen hatte, war inzwischen ein stattlicher Mischlingshund geworden. Mit seiner Lebhaftigkeit konnte er die Mädchen glatt zu Boden werfen, wenn sie nicht aufpaßten. „Mama sagt, ich darf ihm ruhig Essensreste aufbewahren, solange ich in ihrer Küche nichts ranzig werden lasse."

Sophie konnte sich ausmalen, wie die Einschränkung gemeint war. Bei den Keenes galt alles als ranzig, was ein oder zwei Stunden nach einer Mahlzeit noch in der Küche stand.

„Ich komme mit. Ich habe Sherman mindestens seit zwei Wochen nicht mehr gesehen."

„Er ist schon wieder ein ganzes Stück gewachsen", sagte

Lena und ging wieder schneller. „Mr. Russel versorgt ihn wirklich gut. Er bringt ihm sogar eine Menge bei."

Sophie mußte sich anstrengen, um mit ihr Schritt zu halten. „Was denn zum Beispiel?"

„Also, richtige Kunststücke kann er noch nicht – jedenfalls bis jetzt. Aber Mr. Russel hat ihm beigebracht, nicht dauernd an seinen Pantoffeln herumzukauen. Und die Teppiche reißt er auch nicht mehr vom Fußboden." Lena lief halb stolpernd, halb rennend die Gasse entlang. „Mr. Russel will ihm demnächst gute Manieren beibringen, weil aus Sherman in Windeseile ein ausgewachsener Hund wird. Er sagt, Sherman muß endlich lernen, nicht jeden, der zu Besuch kommt, mit zwei Pfoten mitten auf der Brust zu begrüßen."

Lenas forsches Tempo hatte Sophie außer Atem gebracht. „Sag mal, müssen wir unbedingt so schnell rennen?"

Lena warf einen Blick zum Himmel. Sophie ahnte, daß die Wolken, die sich da in der Ferne auftürmten, sie beunruhigten. Gewitter bereiteten Lena immer großes Unbehagen. Das ohrenbetäubende Krachen des Donners und das Zickzack der grellen Blitze machten sie einfach nervös, obwohl sie, wie sie selbst des öfteren sagte, felsenfest daran glaubte, daß Gott sie in allen Lagen des Lebens bewahren würde. Es war anscheinend leichter, diese Worte in der Sonntagsschule zu sagen, als sie draußen unter freiem Himmel unter Beweis zu stellen.

„Mama hat gesagt, ich muß wieder zu Hause sein, bevor es anfängt zu regnen. Sie hat mir sogar verboten, mit Sherman zu spielen und mich mit Mr. Russel zu unterhalten. Dalli dalli, hat sie gesagt."

Sophie konnte die Stimme von Lenas Mutter förmlich hören. Deshalb lief sie schneller, um nicht hinter Lena zurückzufallen.

„Du trägst ja heute gar nicht deine Augenklappe."

Wenn Lena seufzte, dann tat sie es manchmal mit ihrem ganzen Körper. „Ich habe sie heute schon die ganze Zeit getragen."

Die Bekümmerung, die in diesem Satz steckte, rührte Sophie. „Mußt du sie etwa wieder in der Schule tragen?"

Lena nickte ergeben. „Ja, wenn Mama es mir sagt."

Sophie zog die Stirn in Falten. Eine kurze Stunde lang hatte sie Lenas Qualen geteilt. Als sie auf dem Podium mit Lenas Augenklappe zum Buchstabierwettbewerb angetreten war, hatte zwar niemand es gewagt, eine spöttische Bemerkung zu machen, doch das Kichern und die vielsagenden Blicke waren ihr nicht entgangen. Es war ein erniedrigender Moment gewesen. Dennoch hätte sie ihre Freundin um nichts in der Welt im Stich gelassen.

„Wenn du sie das nächste Mal wieder in der Schule tragen mußt", meinte sie, „dann bring mir deine Ersatzklappe mit."

Doch Lena schüttelte den Kopf. „Das brauchst du nicht zu tun", wehrte sie ab. „Wirklich nicht. Du hast mir einen riesigen Gefallen damit getan, aber ..."

„Ich binde sie mir immer um, wenn du deine tragen mußt", unterbrach Sophie sie.

„Nein", sagte Lena entschieden und lächelte. Wenn Lena lächelte, hatte man manchmal das Gefühl, als schwebe ihre zierliche Gestalt plötzlich in der Luft. Solche Momente machten Sophie sehr traurig, denn dann war es so, als sei ihr alles entglitten, was sie mit ihrer Freundin verband: das Alter, die Schule und alles, was ihr vertraut und verständlich war. Als sei Lena auf eine geheimnisvolle Weise herangereift, die ihr selbst versagt geblieben war, und nahezu allen anderen auch.

„Nein", wiederholte Lena. „Das ist jetzt nicht mehr nötig."

„Wieso denn nicht? Du mußt das Ding doch immer noch tragen."

„Begreifst du denn nicht? Neulich in der Aula hast du dafür gesorgt, daß jetzt alles anders geworden ist. Ein für alle Mal. Du hast ..." Sie legte die Stirn in Falten und angelte nach den richtigen Worten. „Du hast sie alle dazu gebracht, sich selbst mit der Augenklappe zu sehen. Mama sagt, etwas Netteres hättest du nicht für mich tun können."

Ein lautes Donnerkrachen schreckte die beiden auf, und sie sahen nach oben. Die unheilvollen Wolken waren schnell näher gezogen und brodelten jetzt direkt über ihren Köpfen.

„Komm, schnell!" rief Sophie, wirbelte herum und langte nach Lenas Hand.

„Wir schaffen's nicht mehr nach Hause, und zu Mr. Russel ist es auch zu weit", klagte Lena.

„Dann stellen wir uns halt an der Ahornecke unter."

Ein Blitz durchzuckte den dunkelgrauen Himmel. Ein krachender Donnerschlag folgte. Mehr an Aufforderung war nicht nötig. Lena umklammerte die braune Papiertüte fest mit der einen Hand und Sophie mit der anderen und rannte so schnell sie konnte auf den riesigen Ahorn zu.

Kaum hatten sie den Schutz der ausladenden Äste erreicht, als es auch schon zu regnen begann. In schweren Tropfen prasselte der Regen zur Erde und umringte sie wie ein grauer Vorhang aus Wasser. Es war, als wolle der Himmel alle Wolken auf einmal ausschütten.

Die beiden Mädchen hielten einander umklammert und drängten sich dabei eng an den Baumstamm. In Böen wehten Wasserspritzer über sie hinweg, und hier und da drangen einige Tropfen durch das dichte Blätterdach. Obwohl ihnen der alte Baum versprach, sie vor der ärgsten Tobsucht des Gewitters zu schützen, zitterte Lena bei jedem Donnerschlag wieder aufs Neue.

Sophie zerbrach sich den Kopf nach irgendeinem Gesprächsstoff, mit dem sie Lena ablenken konnte.

„Hast du schon das Kapitel aus dem Geschichtsbuch für morgen gelesen?" fragte sie.

Lena nickte und zitterte dabei am ganzen Körper.

„Aber begriffen hab' ich's nicht so richtig. Warum mußte es eigentlich zum Bürgerkrieg gekommen?"

„Weil Präsident Lincoln nicht wollte, daß es in Amerika Sklaven gab", erklärte Sophie ihr.

„Nein, nein, das war doch nur die Frage, über die sie verschiedener Meinung waren. Mir ist einfach nicht klar, weshalb sie deshalb Krieg führen mußten."

Sophie löste den Griff, mit dem sie sich sowohl an Lena als auch an dem Baum festgeklammert hatte, um einen kleinen Schritt zurückzugehen. Lena stellte manchmal die sonderbarsten Fragen, wenn sie gemeinsam ihre Schulaufgaben machten.

„Ganz einfach. Im Buch steht, daß sie Krieg geführt haben, um die Sklaven zu befreien."

„Aber warum haben sie nicht miteinander geredet und sich geeinigt? Warum haben sie sich gegenseitig mit Gewehren totgeschossen?" Lena schien das Gewitter so gut wie vergessen zu haben. „Denk doch mal an die vielen Soldaten und Mütter und Kinder. Deren Häuser sind abgebrannt, und überall gab's Gewehre und Kugeln und Verletzte und Tote – und im Buch stand auch, daß die Leute nach dem Bürgerkrieg nicht genug zu essen hatten. Warum haben sie sich nicht statt dessen zusammen an einen Tisch gesetzt, über die ganze Angelegenheit geredet und zusammen gebetet?"

„Das haben sie ja vielleicht", meinte Sophie. „Präsident Lincoln hat an Gott geglaubt. Deshalb fand er es auch so falsch, Sklaven zu halten."

„General Lee hat auch an Gott geglaubt. Warum haben die beiden dann nicht das ganze Problem vor Gott gebracht?" wollte Lena wissen. „Gott hätte die Sklaven auch ohne das Schießen und Töten befreien können. Das weiß ich ganz genau."

Sophie drehte sich um und sah in das vorbeiziehende Gewitter hinaus. Manchmal wußte sie einfach keine Antwort auf Lenas bohrende Fragen. Sie beobachtete, wie der Regen allmählich nachließ, hörte ein versöhnlicheres Donnergrollen in der Ferne, und überlegte dabei, was sie antworten sollte. Beim Lesen des Kapitels aus dem Geschichtsbuch war ihr alles so glasklar erschienen, aber jetzt hatte Lena sie mit ihren Fragen aus dem Konzept gebracht.

„Ich weiß zwar nicht, was Gott getan hätte", beharrte Lena, „aber er hätte schon irgendwie für eine Lösung gesorgt, und zwar ohne Krieg. Sie haben ihn einfach nicht um seinen Rat gefragt."

Sophie wollte gerade den Mund zu einer Antwort aufmachen, als sie eine Gestalt sah, die auf sie zugehastet kam.

„Da ist ja Mama!" rief sie.

Die beiden traten aus ihrem Regenschutz hervor und liefen Louise Harland entgegen. Sophies Mutter war es sichtlich schlechter ergangen als den Mädchen. Ihre Kleidung hing naß und schwer an ihr herab. Ihre Zähne schlugen so heftig aufeinander, daß sie nur mühsam hervorbrachte: „Was macht ihr zwei denn hier im Gewitter?"

„Lena wollte Sherman etwas Futter bringen, aber dann sind wir vom Regen überrascht worden." Sophie musterte ihre Mutter. „Du bist ja klatschnaß geworden!"

„Das habe ich auch schon gemerkt, Kind." Louise zupfte an ihrem Kleid. „Ich habe Mr. Russel gerade ein paar Kleinigkeiten gebracht. Das Gewitter hat mich auf halber Strecke überrascht. Als ich losging, war der Himmel strahlend blau. Ich hatte nicht daran gedacht, einen Regenschirm mitzunehmen." Sie sah die beiden Mädchen genauer an und fragte: „Wie habt ihr es denn nur geschafft, einigermaßen trocken zu bleiben?"

„Wir haben uns an der Ahornecke untergestellt", sagte Sophie und zeigte auf den mächtigen Baum.

„Das soll man aber nicht tun. Auf gar keinen Fall!" Louise schob die beiden in die andere Richtung und ging los. Mit klappernden Zähnen fuhr sie fort: „Stell dich nie bei Gewitter unter einen Baum, Sophie. Du könntest sonst vom Blitz ... aber laß nur."

„Ich habe Sherman noch gar nicht sein Futter gebracht", protestierte Lena.

Louise betrachtete die beiden Mädchen. „Ach, so naß seid ihr eigentlich gar nicht. Achtet auf die Pfützen und sorgt dafür, daß eure Füße trocken bleiben. Und Sophie, komm spätestens in einer halben Stunde nach Hause."

„Wir trödeln schon nicht", versicherte Lena. „Das mußte ich meiner Mutter auch schon versprechen."

„Also gut." Sophies Mutter gelang ein Lächeln. „Jetzt muß ich aber schleunigst nach Hause. Ich friere nämlich ganz erbärmlich."

„Leg sie nur aufs Bett, Liebling."

Mit einem Seufzer der Erleichterung legte Sophie die Pakete auf dem vierpföstigen Bett ihrer Eltern ab. Obwohl in zwei Wochen erst Ostern war, herrschte draußen bereits eine drückende Hitze. Den ganzen März über war das Wetter ungewöhnlich warm gewesen, was nach einem derart strengen Winter besonders schwer zu verkraften gewesen war. Überall auf der Hauptstraße hatten Sophie und ihre Mutter lebhafte Unterhaltungen der Farmer und Geschäftsinhaber mitangehört, bei denen es nur um ein Thema ging: Konnte man es wagen, die Aussaat in diesem Jahr vorzuverlegen, oder setzte man dadurch die ganze Ernte aufs Spiel, falls es doch noch einmal Frost geben sollte? Sophie konnte ihre Unsicherheit verstehen, denn sie wußte, daß die frühsten Ernten stets die höchsten Gewinne erzielten.

Obwohl sich Sophie nicht viel aus hübschen Kleidern machte, begleitete sie ihre Mutter leidenschaftlich gern beim Einkaufsbummel. Louise Harland war in den Geschäften von Harmony eine gern gesehene und geschätzte Kundin. Deshalb wurde sie stets auf das Zuvorkommendste bedient, während Sophie Süßigkeiten und manchmal sogar ein Glas Limonade spendiert bekam.

Ihre Mutter äußerte nie irgendwelche Einwände gegen diese kleinen Aufmerksamkeiten. Sie ermahnte Sophie auch nie, sich zu mäßigen, um sich mit den Süßigkeiten nicht den Appetit auf das Essen zu verderben, wie Lenas Mutter es oft tat, wenn sie zu viert unterwegs waren. Louise Harland lachte dann oft und sagte zu Martha: „Laß das Kind doch, Martha. Wir gönnen uns doch auch gern mal etwas; warum sollten wir es ihnen dann verbieten?" Daraufhin gab Martha meistens nach, doch Sophie konnte Lena anmerken, daß für sie die Leckerei etwas von ihrer Verlockung eingebüßt hatte. Sophie war von Herzen froh, eine Mutter zu haben, die es verstand, das Leben zu genießen.

Sophie wußte genau, was sie als Nächstes zu tun hatte, denn das feierliche Auspacken der Pakete gehörte irgendwie zu jedem Einkaufsbummel dazu, und so fing sie an, die erstandenen Waren auf dem Bett auszubreiten. Ihre Mutter war gebeten worden, die Rolle der Brautjungfer bei der Hochzeit einer Freundin zu übernehmen, die nun, Jahre nach dem Tod ihres ersten Mannes, zum zweiten Mal heiratete. Louise Harland hatte zwar behauptet, es sei vollkommen lächerlich, eine Frau in ihrem Alter zu bitten, noch einmal Brautjungfer zu sein, doch Sophie wußte genau, daß ihre Mutter den festlichen Auftritt kaum erwarten konnte.

Louise hatte dann anschließend darauf bestanden, daß Mutter und Tochter die gleichen Kleider bekamen, denn Sophie sollte als Blumenmädchen an den Feierlichkeiten teilnehmen. Ihre Kleider hatten die gleiche Farbe wie das Brautkleid, nur einen Ton dunkler, denn Louise hatte mehrfach erklärt, daß das Brautkleid auf gar keinen Fall weiß zu sein hatte. Sophie hatte in der Stadt mehrmals Bemerkungen aufgeschnappt, denen zufolge es einzig und allein Louises gesundem Menschenverstand zu verdanken sei, daß die ganze Hochzeit nicht zu einem Zirkus ausartete. Sophie wußte zwar nicht genau, was damit gemeint war, doch sie hörte es gern, wenn ihre Mutter gelobt wurde.

Die Kleider waren bei Landon angefertigt worden, und ganz Harmony war sich darin einig, daß Landon den feinsten Geschäften von Raleigh in nichts nachstand. Obwohl Sophie sich eigentlich nicht viel aus feinen Kleidern machte, fand sie die beiden neuen Modelle ausgesprochen hübsch. Der schimmernde rosafarbene Stoff war in Grau abgesetzt, und die Knöpfe waren aus Perlmutt. Mutter und Tochter hatten ihre Kleider zwar schon einmal mit nach Hause genommen, um dort die passenden Schuhe, Hüte und Handtaschen auszusuchen, und ein halbes Dutzend Anproben hatten sie auch schon hinter sich, doch heute gehörten die Kleider endgültig ihnen. Sie waren fertig.

Sophie strich eine Stoffalte glatt und fragte sich insgeheim, ob sie in dem Kleid auch so erwachsen aussehen würde, wie sie sich darin vorkam. Sie ging an den Schrank und holte die passenden Schuhe und Hüte, um sie sorgfältig neben die Kleider zu legen. Mit einem Lächeln drehte sie sich nun

zu ihrer Mutter um, doch was sie sah, ließ sie zutiefst erschrek-
ken.

„Was hast du denn, Mama?"

„Nur etwas Kopfschmerzen", meinte Louise und rieb sich
mit beiden Mittelfingern die Schläfen. Ihre Augen hatte sie so
fest zusammengekniffen, daß ihre Stirn von tiefen Falten
durchzogen war. „Ich muß mich wohl überanstrengt haben",
furhr sie fort und sank auf den nächsten Stuhl.

Sophie spürte, wie kalte Angst in ihr aufstieg, denn ihre Mutter war plötzlich kreidebleich geworden.

„Soll ich dir deine Medizin holen?"

„Ja, Kind, danke." Louise versuchte zu lächeln, doch es
wurde nur eine Grimasse daraus. „Peter sagt immer, vom Einkaufen würde ich mir noch den Tod holen. Vielleicht hat er
damit gar nicht so unrecht."

„Mach bloß nicht solche Witze!" rief Sophie ihr über die
Schulter hinweg zu, während sie ins Badezimmer lief. Dort
kletterte sie auf den Hocker und öffnete den Spiegelschrank.
Die braune Flasche mit dem eigenartig geformten Stöpsel
stand auf dem obersten Brett. Sophie wußte, was auf dem Etikett stand; überhaupt kannte sie sich mit vielen Arzneien in
der Apotheke ihres Vaters beachtlich gut aus. Das Etikett trug
die Aufschrift: „Dr. Pitts Laudanum und Kopfschmerzmittel."
Daneben stand eine Flasche aus farblosem Glas mit der Aufschrift: „Hamamelis zum Einreiben." Manchmal rührte ihre
Mutter einen halben Löffel von dem Einreibemittel in ein Glas
Saft und meinte dann, daß ihr davon nicht so irrsinnig
schwindlig werde wie von der anderen Arznei. Sophie nahm
also beide Flaschen aus dem Schrank und lief zurück ins
Elternschlafzimmer.

„Welche soll ich dir geben, Mama?"

„Am besten nehme ich ..." Weiter kam sie nicht, denn die
Falten auf ihrer Stirn breiteten sich plötzlich auf ihrem ganzen
Gesicht aus und gruben sich tief um Augen und Mund. Louise
erstarrte vor Schmerzen.

„Oh, lieber Herrgott, hilf mir!"

„Mama!" Sophie streckte ihre vollen Hände aus, um ihre

Mutter aufzufangen. Die Flasche mit dem Laudanum entglitt ihr dabei und zerbarst auf dem Holzfußboden, worauf sich ein süßlicher Geruch im Zimmer verbreitete, doch Sophie hatte es nicht einmal bemerkt. Die andere Flasche konnte sie gerade noch abstellen, bevor ihre Mutter in ihre Arme sank.

„Was ist denn mit dir los, Mama?"

„Hilf mir ins Bett." Louises Stimme klang plötzlich wie aus weiter Ferne. Sie versuchte sich aufzurichten, doch ihr fehlte die Kraft. „Hilf mir, Kind."

„Ich versuch's ja schon!" Unter dem ungewohnten Gewicht hätten Sophies Knie beinahe nachgeben, als ihre Mutter sie bei den Schultern packte, um sich festzuhalten, doch anstatt aufrecht zu stehen, hing sie nun über Sophies Schultern. Sophie spürte den harten Druck ihrer Rippen auf ihrem Kopf. Sie hörte die gequälten Atemzüge ihrer Mutter und das leise Stöhnen, das sie bei jedem mühevollen Schritt ausstieß.

Sophie schaffte ihre Mutter halb tragend, halb zerrend zum Bett, wo Louise die letzten Kräfte zu verlassen schienen. Bei Sophies Versuch, sie auf die hohe Matratze zu hieven, wäre ihr Louise beinahe auf den Boden gerutscht. Wieder zitterten Sophies Beine vor Anstrengung, und in ihrer Verzweiflung drehte sie den Kopf zum offenen Fenster und schrie aus Leibeskräften: „Hilfe! Schnell! Ich brauche Hilfe!"

Dieser Schrei schien Louise vom Rand der Ohnmacht aufzuschrecken. Mit einem weiteren Stöhnen schob sie sich auf das Bett und sank rückwärts auf die Tagesdecke, wo sie die neuen Kleider unter sich zerknitterte. Mit beiden Händen umfaßte sie ihren schmerzenden Kopf. Schließlich schaffte es Sophie, noch die Beine ihrer Mutter auf das Bett zu heben und ihr die Schuhe auszuziehen. Beim Anblick der völlig reglosen Gestalt auf dem Bett entfuhr ihr ein Wimmern, dann stürzte sie auch schon die Treppe hinunter und rief nach ihrem Vater.

„Lena Keene! Du kommst auf der Stelle hierher, sonst gibt's ein Donnerwetter!"

Lena stellte hastig den Eimer mit dem Hühnerfutter ab und lief auf die hintere Veranda zu. Wenn die Stimme ihrer Mutter diesen scharfen walisischen Ton annahm, war höchste Eile geboten.

„Was ist denn?"

„Sieh dich nur mal an. Wie soll je eine junge Dame aus dir werden, so verlottert, wie du herumläufst?"

„Aber Mama, ich war draußen und habe die Hühner gefüttert, und du sagst doch immer ..."

„Hör mir auf mit dem, was ich immer sage und nicht sage. Geh schleunigst nach oben und wasch dich gründlich, auch hinter den Ohren und den Hals, hast du verstanden? Und zieh dir dein gutes Sonntagskleid an."

Lena zögerte.

„Aber es ist doch erst Dienstag."

„Nach oben mit dir, hab' ich gesagt, sonst setzt's was."

Lena fügte sich ohne zu murren. Wenn ihre Mutter in einer solchen Verfassung war, duldete sie weder Widerworte noch Fragen. Eins verschaffte Lena jedoch eine gewisse Erleichterung, als sie jetzt zu ihrem Zimmer lief: wenigstens war ihre Mutter ihr nicht wirklich böse. Sie kannte ihre Mutter gut genug, um zu wissen, daß sie ihren Unmut an dem Erstbesten ausließ, der ihr über den Weg lief, wenn sie ihre wahren Gefühle verstecken wollte. Allerdings hatte Lena nicht die geringste Ahnung, was diesmal der Auslöser gewesen sein mochte.

Innerhalb kürzester Zeit war sie umgezogen und wieder unten.

„Ich bin fertig, Mama."

„Laß dich mal anschauen." Martha wandte sich vom Herd ab, wo gleich drei Kochtöpfe die verlockendsten Düfte verströmten. „Hast du dich auch gewaschen, wie ich's dir gesagt hatte?"

„Ja, Mama." Lena warf einen Blick auf die Kochtöpfe. „Kriegen wir Besuch?"

61

„Das Essen ist nicht für uns", meinte Martha und zupfte Lenas feinen Spitzenkragen zurecht, den sie ihr selbst gehäkelt hatte, zog ihr die Ärmel gerade und fuhr ihr mit einer Hand über die Haare.

„Du schießt ja schneller in die Höhe als Sommermais. Nächstes Jahr um diese Zeit muß ich nicht mehr nach unten gucken, wenn ich mit dir reden will."

Die Stimme ihrer Mutter hatte etwas Fremdes an sich, ein Drängen, das Lena schier aus der Fassung bringen wollte.

„Sag mir doch endlich, was passiert ist, Mama. Bitte!"

„Deine Freundin braucht dich jetzt", antwortete Martha nur, und Traurigkeit verdunkelte ihr die Augen.

„Sophie? Ist Sophie etwas zugestoßen?"

„Still jetzt, hör gut zu. Ihre Mutter ist diejenige, der es nicht gut geht, und die Tochter ist diejenige, die dich braucht. Du bist zwar noch jung, aber der Herrgott will dir jetzt schon zeigen, was wahre Freundschaft ist." Martha strich ihr noch einmal über die Stirn. „Rede nur, wenn du gefragt wirst, hörst du? Sophie braucht jetzt keine langen Vorträge von dir. Sie braucht deine Unterstützung und deinen Beistand."

„Aber was ..."

Zwei Hände wirbelten sie herum.

„Jetzt geh schon und sei eine gute Freundin. Und wenn du nicht mehr weiter weißt und Fragen hast, oder wenn du Hilfe oder Kraft brauchst, dann wende dich getrost an den, der dich nie im Stich läßt."

Der erste, den Lena sah, als sie auf das Haus der Harlands zuhastete, war Peter Harland, der Doktor Franklins Arm mit einer Hand fest umfaßt hielt.

„Es wird doch nicht etwa die Grippe sein, oder?"

„Wohl kaum", sagte der Arzt ausweichend und wandte sich zur Treppe um. „Aber ich will Ihnen nichts vormachen, Peter. Die Sache gefällt mir nicht. Ganz und gar nicht."

Durch Alter, Überarbeitung und die vielen Schmerzen und Krankheiten, die er im Laufe der Jahre zu sehen bekommen hatte, war Doc Franklins Gesicht kantig und eingefallen geworden. Er hatte den meisten Einwohnern von Harmony ans Licht der Welt geholfen und behandelte sie mit der Schroffheit eines sie innig liebenden Großvaters, wobei es ihn so gut wie nie zu erstaunen schien, was sich seine Schützlinge da wieder an Krankheiten oder Verletzungen zugezogen hatten. Er besaß die nötige Erfahrung und das Können, um auch aus der ärgsten Wunde einen kleinen Kratzer zu machen, der mit dem richtigen Verband und etwas Bettruhe schnell wieder heilte. Schlechtes Befinden wurde als Kleinigkeit abgetan, Fieber mit ein paar mahnenden Worten und Aspirin in seine Schranken gewiesen. Es gab nur wenige in Harmony, die nicht vor der Autorität des alten Mannes erzitterten. Daß John Franklin nun nicht bereit war, Louises Krankheit als kleines Wehwehchen zu bezeichnen, ließ Lenas Magengegend zu Eis gefrieren.

Mit seiner freien Hand strich sich Doc Franklin über den widerspenstigen, graudurchzogenen Schopf. „Da hat sie sich aber was eingehandelt", murmelte er vor sich hin und drehte sich dann wieder zu Sophies Vater um. „Hat Louise sich in letzter Zeit überanstrengt?"

„Das eigentlich nicht." Peter Harlands Blick hielt den Arzt so fest im Visier, wie seine Hand ihn im Griff hatte. „Aber neulich ist sie vom Gewitter überrascht worden. Sie war bis auf die Knochen durchgefroren, als sie nach Hause kam. Ich habe ihr einen Grog und eine Wärmflasche gegeben und sie ins Bett geschickt."

„Durchgefroren, sagen Sie?" Aus irgendeinem Grund schien diese Nachricht Doc Franklins Bedenken noch zu steigern. „Tja, bald sehen wir klarer." Wieder wandte er sich zu der Eingangstreppe um. „Lassen Sie das Kind nicht zu ihr, Peter. Und Sie halten sich am besten auch so wenig wie möglich in ihrem Zimmer auf. Wenn Sie nach ihr sehen wollen, tun Sie's nicht häufiger als einmal pro Stunde."

„Warum nicht?" Peter Harland weigerte sich, den Arzt loszulassen. „Es ist doch bloß eine Verkühlung, allenfalls eine Bronchitis, oder etwa nicht?"

Doc Franklin sah Sophies Vater einen Moment lang an. „Wir sind schon seit Jahren miteinander befreundet, Kollege; deshalb kann ich auch nicht umhin, Ihnen reinen Wein einzuschenken. Da oben liegt eine Frau mit den schlimmsten Kopfschmerzen ihres Lebens, mit einem ständig steigenden Fieber, extremen Halsschmerzen und starker Übelkeit. Ganz zu schweigen davon, daß sie es keine zehn Sekunden lang in einer Lage aushält." Doc Franklin blickte tief in die Augen des Apothekers und fragte leise: „Hört sich das etwa nach einer Verkühlung an?"

Peter Harland ließ den Ärmel des Arztes fallen, als sei plötzlich alle Kraft von ihm gewichen. Sein Mund bewegte sich, doch es wollten keine Worte heraus.

Doc Franklin streckte nun die Hand nach seinem Freund aus und packte ihn bei der Schulter. „Jetzt lassen Sie mich erst mal zu meinem Geburtshilfetermin gehen, und anschließend komme ich wieder und sehe nach Ihrer Frau."

Daraufhin trottete er die Stufen herunter und auf den Bürgersteig. Als er im Begriff war, an Lena vorbeizugehen, blieben seine frostigen grünen Augen an ihr haften. Er nickte ihr zu, strich ihr über den Kopf und sagte: „Bist 'n patentes Mädchen, kleine Miss Keene. Und deine Mutter ist ein wahrer Engel. Sag ihr das, mit einem schönen Gruß von mir." Dann war er auch schon fort.

Lena zwang ihre bleiernen Beine dazu, sie die Treppe hochzuschleppen. Vor Sophies Vater blieb sie stehen und zermarterte sich das Hirn nach etwas, was sie zu ihm sagen konnte, doch ihr fiel einfach nichts ein. Dann hörte sie, wie sich das Gartentor öffnete, und sah aus den Augenwinkeln, wie zwei Nachbarinnen auf das Haus zukamen. Also wandte Lena sich ab und betrat das Haus. Vielleicht wußten Erwachsene besser, was man zu dem verstörten Mann sagen sollte.

Lena ging durch die untere Etage und rief überall nach Sophie, bis sie ihre Freundin endlich am oberen Treppenabsatz entdeckte. Völlig zusammengekauert saß sie da, ein kleineres Paket, als Lena je für möglich gehalten hätte. Die Knie hatte sie ans Kinn gezogen und die Arme steif um sich gespannt, so daß ihr ganzer Körper zu einer Kugel geschrumpft war. Den Blick hielt sie starr auf die geschlossene Schlafzimmertür ihrer Eltern gerichtet.

Sachte ging Lena die Treppe nach oben, setzte sich neben Sophie und wartete einfach eine Weile. Dann streckte sie einen Arm aus und legte ihn um Sophies Schultern. Von unten drangen Geräusche zu ihnen herauf, tiefere Stimmen und Wörter, wie sie Erwachsene gebrauchten, doch es war, als kämen sie aus einer anderen Welt.

„Sie lassen mich nicht zu ihr", flüsterte Sophie nach einem langen Schweigen. „Ich weiß überhaupt nicht, wieso. Ich war schließlich diejenige, die ihr ins Bett geholfen hat. Warum soll ich jetzt nicht zu ihr dürfen? Vielleicht braucht sie mich."

Lena wußte nicht, was sie antworten sollte, und schwieg deshalb. Sie saß einfach nur da, den Arm um ihre Freundin gelegt, und teilte deren Kummer.

So saßen die beiden längere Zeit auf der Treppe, doch dann wandte sich Sophie zu ihrer Freundin um. Mit leiser, aber qualvoller Stimme gestand sie: „Ich weiß nicht mal mehr, wie man betet."

„Aber sicher weißt du das", antwortete Lena zuversichtlich.

Sophie schüttelte jedoch nur den Kopf. „Ich hab's schon die ganze Zeit versucht. Aber ich finde einfach nicht die richtigen Worte."

Lena nahm Sophies Hände in ihre. Sie fühlten sich eiskalt an. „Dann sag' ich eben die Worte für dich", flüsterte sie.

5

Lena wurde in dieser Zeit zu Sophies Rettungsanker. Sie konnte sich felsenfest darauf verlassen, daß ihre Freundin gleich nach dem Morgengrauen kommen würde, um jeden Tag, der immer gleich zu sein schien, mit ihr zu durchleben.

Sophie war streng verboten worden, das Krankenzimmer zu betreten, was eine unvorstellbare Qual für sie bedeutete. Sie verfolgte den Verlauf der Krankheit allein anhand von Doc Franklins knappen Kommentaren. Außerdem lernte sie zwei neue Wörter dazu, die sie jedoch am liebsten niemals gehört hätte: „Bulbäre Poliomyelitis" (spinale Kinderlähmung).

Wenn die Nachmittagssonne das Haus von hinten bestrahlte, kletterten Sophie und Lena auf den Giebel des Verandadaches im Obergeschoß und spähten durch die weißen Gardinen in das Krankenzimmer. Das weiche Licht umhüllte das Bett von Sophies Mutter und verwandelte den gebohnerten Holzfußboden in einen goldenen Teich, auf dem Louise von einem Fiebertraum zum nächsten segelte. Mit jedem Tag, der verstrich, schienen ihre Augen größer zu werden und dunkler. Es war, als flössen all ihre Schmerzen und ihr Kummer in diesen Augen zusammen, um sich dort mit ihrer Hilflosigkeit und ihrer Vorahnung dessen, was sich unaufhaltsam nahte, zu vermischen.

Louise sprach nur selten. Ihr Atem ging schwer, und sie schien um jeden Atemzug ringen zu müssen. Wenn sie wach und bei Bewußtsein war, wandte sie den Kopf zum Fenster und lag einfach nur da, um ihre Tochter anzuschauen. Es ging Sophie unermeßlich schwer zu Herzen, ihre Mutter so nach Luft ringen zu sehen. Dennoch verließ sie ihren Aussichtsplatz erst, wenn die Schatten lang geworden waren und sie das Gesicht ihrer Mutter nicht mehr erkennen konnte. Bei jeder dieser langen Krankenwachen wich Lena nicht von ihrer Seite; ruhig und still saß sie neben ihrer Freundin.

Sophies verzweifelter Vater war vor Ratlosigkeit ganz außer sich. „Mein ganzes Leben lang habe ich Arzneien gemischt und anderen geholfen", sagte er zu jedem Besucher und zu manchem mehr als einmal. „Doch was passiert? Meine eigene Frau wird krank, und ich kann nichts für sie tun. Nicht das Geringste! Es war alles umsonst!"

Am dritten Tag der Krankheit brachte Doc Franklin es nicht mehr übers Herz, Peter von der Seite seiner Frau fernzuhalten. Statt dessen verhängte er eine Quarantäne über das gesamte obere Stockwerk. Martha stellte im Wohnzimmer ein Feldbett für Sophie auf und kam zweimal täglich vorbei, um ein Tablett mit Essen zum oberen Treppenabsatz zu bringen und sich anschließend unten in der Küche mit eigenen Augen davon zu überzeugen, daß Sophie ihren Teller leer aß.

Am Abend des neunten Tages harrte Sophie bis in die Dunkelheit an ihrem Aussichtsplatz aus. Wie in allen ländlichen Gegenden üblich, hatte es sich unter den Nachbarn herumgesprochen, daß Louise nicht mehr lange leben würde, und sie versammelten sich draußen im Vorgarten, unter ihnen auch der Pfarrer. Sophie saß auf dem gegiebelten Verandadach, ohne zu merken, daß sie Lenas Hand fest umklammert hielt. Durch die Gardine beobachtete sie, wie Doc Franklin das Krankenzimmer betrat und eine brennende Petroleumlampe neben dem Bett abstellte. Sophie betrachtete ihre Mutter, die dort lag. Es war zweifellos ihre Mutter, doch ihr Gesicht hatte sich fast bis zur Unkenntlichkeit verändert, denn die Krankheit hatte ihre Mutter in neun kurzen Tagen vollkommen entstellt. Nein, kurz waren sie nicht gewesen. Sophie hatte das Gefühl, als könnte der ganze Rest ihres Lebens nicht so lang dauern wie diese neun Tage.

Doc Franklin verabreichte Louise einen Löffel Arznei und fühlte ihren Puls. Er horchte ihre Lunge ab und richtete sich dann mit einem langen, leisen Seufzen wieder auf. Peter sah ihm wie betäubt schweigend zu.

„Der Herrgott sei mit Ihnen, Louise Harland", sagte der Arzt still und verließ das Zimmer mit bleiernen Schritten.

Louise nippte an dem Glas, das ihr Mann ihr reichte, und wandte ihren Kopf zu dem geöffneten Fenster. Mühsam flüsternd fragte sie: „Sophie?"

Sophie fand nicht gleich ihre Stimme, doch schließlich sagte sie: „Ich bin hier, Mama."

„Du bist der Sonnenschein meines Lebens", sagte ihre Mutter, und vor Atemnot wurde ihr jedes Wort zur Qual. „Meine Liebe wird immer bei dir sein. Immer."

Sophie zwang ihre Stimme zu einer Antwort: „Ich hab' dich auch lieb, Mama."

Ihre Mutter schwieg lange. Als sie dann wieder sprach, klang ihre Stimme so klar und ruhig wie seit Tagen nicht mehr. „Ich bin jetzt müde, Peter. Ich muß schlafen."

Der nüchterne Ton brach ihm fast das Herz.

„Verlaß mich nicht, Louise. Ich flehe dich an!"

„Ich kann nicht anders", war ihre einfache und klare Antwort. „Es ist Zeit."

Der Leichenbestatter von Harmony war Mr. Timmons, ein schmächtiger Mann, der kaum mehr als sein schwarzer Anzug zu wiegen schien. Er wohnte gleich neben dem Pfarrhaus, was äußerst praktisch war, denn die langen Reihen der Trauergäste konnten direkt von der Leichenhalle zur Kirche und von dort zum Friedhof gehen. Mr. Timmons' Haus hatte zwei Eingänge: einer führte zur Wohnung der Familie, der andere zu dem Raum, wo die Verstorbenen zur letzten Totenwache aufgebahrt wurden. Dort stand nun Lena und hielt Sophie bei der Hand.

Während sie dort stand, dachte sie an die vielen Witze, die die beiden über ein Wohnhaus direkt neben einem Bestattungsunternehmen gemacht hatten. Als sie nun beobachtete, wie die Bewohner von Harmony an dem geschlossenen Sarg vorbeigingen, wußte sie, daß sie nie wieder über dieses Haus würde lachen können.

Mit ernsten Gesichtern schoben sich die Leute in einer langen Reihe durch die Leichenhalle. Einer nach dem anderen blieben sie vor dem Sarg stehen und legten, den Blick nach unten gewandt, eine Hand auf die Kante. Viele von ihnen beteten ein schlichtes Gebet. Die Frauen drückten sich zerknüllte Taschentücher an die zitternden Lippen, während die Männer ihre Hüte vor ihrem Herzen trugen. Doch in all ihren Gesichtern stand zu lesen, wie schwer ihnen die Aufgabe fiel, die nun auf sie zukam. Sogar jene, die täglich Kontakt mit Peter Harland pflegten, stotterten unbeholfene, höfliche Phrasen, als sie vor dem vor Trauer gebrochenen Mann standen und ihm die Hand reichten. Einige Hände nahm er und umklammerte sie mit erschütternder Hilflosigkeit. Andere sah er nicht einmal, weil ihm ungehemmt Tränen über das Gesicht strömten.

Die Schlange der Trauergäste schob sich weiter. Als nächstes blieben sie vor Sophie stehen.

Sophie starrte auf den Sarg, selbst wenn ihr der Blick durch die Leute vor ihr versperrt war. Die Hand, die Lena in ihrer hielt, war so kalt, starr und leblos wie Sophies Blick. Viele der Frauen beugten sich herunter, um Sophie in die Arme zu nehmen und ihr ein paar Worte zuzuflüstern. Doch Sophie reagierte nicht darauf und sah nicht einmal auf.

Später gingen die beiden Mädchen gemeinsam den kurzen Weg zur Kirche, und Lena hatte das Gefühl, als habe sich ganz Harmony eingefunden, um Louise Harland die letzte Ehre zu erweisen. Niemand schien es unangebracht zu finden, daß Lena während der gesamten Beerdigung bei den trauernden Hinterbliebenen war und Sophie jetzt zur ersten Bank führte, immer noch ihre Hand umfassend und den anderen Arm um ihre Schultern gelegt, um ihr Halt zu geben. Alle, die es sahen, wußten genau, daß Sophie heute nicht in der Lage war, auch nur einen einzigen Schritt alleine zu gehen.

Nach der Trauerfeier verließen sie die Kirche und warteten, bis die Sargträger mit dem Sarg kamen. Dann begleitete die stumme Prozession Louise Harland bis zu ihrer letzten Ruhestätte. Lenas Bruder Daniel ging kraftvoll und aufrecht, die vordere rechte Kante des Sarges auf der Schulter, und gab den übrigen Trägern das Tempo an, wobei es alle Umstehenden verwunderte, wie er durch seine Tränen hindurch genug sehen konnte, um einen Fuß vor den anderen zu setzen. Peter Harland schaffte die kurze Strecke durch das Friedhofstor und hügelaufwärts zu dem offenen Grab nur deshalb, weil er links und rechts einen kräftigen Mann zur Seite hatte, der ihn bei den Schultern packte und ihn aufrecht hielt.

Sophie wandte den Blick nicht von dem Sarg ihrer Mutter. Für alles andere um sie herum war sie völlig blind. Lena führte sie und wünschte sich dabei, ihr etwas von ihrer eigenen Lebendigkeit und ihrer Wärme geben zu können. Als sie durch das steinerne Friedhofstor gingen, dachte Lena plötzlich, wie seltsam es doch war, daß selbst die sonst so fröhlichen Kirchenglocken nun kummerschwer klangen und daß der bedeckte Himmel die duftende Frühlingshelligkeit mit einem Schleier verhing. Es war, als habe die ganze Welt innegehalten, um sich von einer von allen geliebten Frau zu verabschieden.

6

Die Nachmittagsluft fühlte sich so klebrig und hitzeschwer an, daß Lena glaubte, Salz darin zu schmecken. Vielleicht waren es auch nur die Schweißtropfen auf ihrer Haut, die sie an Salz erinnerten; genau wußte sie es nicht. Eigentlich war es ihr auch gleichgültig. Vor lauter Hitze konnte sie ohnehin kaum klar denken.

Sie warf einen Blick auf Sophie, die schweigend neben ihr auf der Schaukelbank saß. Seit dem Tod ihrer Mutter waren fast drei Monate vergangen, doch Sophie sagte nach wie vor kaum ein Wort. Ihre Trauer umhüllte sie so undurchdringlich wie jetzt die Hitze. Lena war manchmal mit ihrer Weisheit völlig am Ende, weil sie anscheinend ihrer besten Freundin überhaupt nicht helfen konnte.

Die Schaukelbank quietschte bei jeder Bewegung. Lena hörte dem Protest der abgenutzten Scharniere und dem Summen der Honigbienen in den Bougainvilleen zu. Zwei Kolibris stritten sich um das Recht auf die Malven in der Nähe. Sie schossen hin und her, um sich gegenseitig in die Flucht zu schlagen, wobei keiner der beiden in den Genuß des süßen Nektars kam.

Lena strich sich eine feuchte Haarsträhne aus der Stirn und setzte zu einer Frage an: „Hast du Lust ..."

Sophie schüttelte den Kopf, bevor Lena den Satz vollenden konnte.

„... Sherman zu besuchen?" beharrte Lena.

Abermals bekundete Sophie ihre Ablehnung.

Wieder war eine Zeitlang nur das Quietschen der Schaukelbank zu hören.

„Wie wär's mit einem Glas kalter Limonade?" schlug Lena dann vor.

Sophie machte zuerst wieder ein ablehnendes Gesicht, doch dann nickte sie.

„Möchtest du mit in die Küche kommen, oder soll ich dir dein Glas bringen?"

„Bringen", lautete die wortkarge Antwort.

Limonade war eigentlich etwas Banales in dieser Zeit der Trauer und Sehnsucht, doch Lena war froh, überhaupt etwas für ihre Freundin tun zu können und Sophie eine Zustimmung entlockt zu haben. Sie lief eilig ins Haus und kam wenig später mit zwei großen Gläsern zurück, die durch den kühlen Inhalt schon jetzt beschlagen waren. Die Kolibris suchten sich diesen Moment aus, um einen Waffenstillstand zu vereinbaren und sich die Malven zu teilen, wenn sie sich auch in gebührender Entfernung zueinander der Leckerei hingaben und auf entgegengesetzten Rändern des Beetes naschten.

„Hast du gewußt, daß Kolibris ein starkes ... ein starkes Territorialverhalten haben?" fragte Lena. Sie war froh, das neue Wort richtig angewendet zu haben, und hoffte, daß Sophie sich in ein Gespräch ziehen lassen würde, ganz egal, worüber.

Sophie nickte.

„Ich habe schon öfter erlebt, wie sie sich gegenseitig richtig in die Wolle geraten sind", fuhr Lena fort. „Wirklich sonderbar. Sie sind doch so winzig und so niedlich. Man traut es ihnen gar nicht zu, daß sie so gemein zueinander sein können."

Sophie rutschte unbehaglich auf ihrem Platz hin und her, und zum ersten Mal seit langer Zeit kam Leben in ihre Augen. Aber es war keineswegs ihr brennendes Interesse an der Welt, das Lena von ihr gewohnt war. Statt dessen versprühten ihre Augen eine wütende Verbitterung.

„Es gibt vieles, was in Wirklichkeit ganz anders ist, als es aussieht."

Lena sah ihre Freundin über den Rand ihres Limonadenglases hinweg verunsichert an.

„Der Pfarrer sagt doch immer, daß Gott einem hilft, wenn man nur ein guter Mensch ist, oder etwa nicht?"

Lena nickte zögernd. An diese Formulierung konnte sie sich zwar nicht erinnern, aber irgend etwas in der Richtung hatte sie schon oft gehört. Außerdem hatte Sophie endlich ihr Schweigen gebrochen.

„Aber das stimmt überhaupt nicht", ereiferte sich Sophie. „Mama war ihr ganzes Leben lang ein guter Mensch."

„Ja, das war sie", gab Lena ihr recht. Jetzt war ihr klar, worauf Sophie mit ihren dunklen Gedanken hinauswollte.

„Warum mußte sie dann ..." Sophies Stimme geriet ins Zittern, und sie fing noch einmal von vorn an. „Warum mußte sie mich dann im Stich lassen?"

Lena stellte ihr Limonadenglas ab und streckte eine Hand nach Sophie aus. „Sie fehlt dir ganz furchtbar, nicht?" sagte sie, und auch ihre Stimme füllte sich mit Trauer.

Sophie nickte nicht einmal.

„Mama hat neulich von ihr gesprochen", fuhr Lena fort. „Sie hat gesagt, deine Mutter sei die patenteste Frau gewesen, die ihr je begegnet sei. Sie hat gemeint, es sei kaum zu begreifen, warum jemand wie sie so früh sterben mußte."

Lena unterbrach sich und überlegte, was ihre Mutter sonst noch gesagt hatte. Sie konnte sich nicht mehr genau an alles erinnern. Zudem war sie sich nicht sicher, daß es gerade die Worte ihrer Mutter waren, die Sophie weiterhelfen würden. Andererseits wußte sie einfach nicht, was sie sonst zu ihrer Freundin sagen sollte. „Mama hat gesagt, daß Gott vielleicht gemeint habe, sie habe sich den Himmel und ihren Lohn verdient. Daß ihre Aufgaben auf der Erde getan seien. Daß ..."

„Ihre Aufgaben!" Wieder schossen Pfeile der Bitterkeit aus Sophies Augen. „Was waren denn ihre Aufgaben?"

Lena war ratlos. „Ich ... ich weiß es auch nicht. Vielleicht ... vielleicht, daß sie nett zu anderen war ..."

„Sie war meine Mama!" fiel ihr Sophie ungestüm ins Wort.

„Glaubst du vielleicht, das wäre keine Aufgabe? Meine Mama zu sein?"

„Natürlich war's das." Ihre Antwort klang so schwach, so dürftig. Aber etwas anderes fiel ihr nicht ein.

Ihrem Gefühl folgend, beschloß Lena, nichts mehr von dem, was ihre Mutter gesagt hatte, zu erwähnen. Als sie selbst diese Worte gehört hatte, hatten sie gut und trostreich geklungen, doch instinktiv spürte sie, daß sie jetzt der falsche Trost für Sophie waren. Sie konnten Sophie in ihrer Einsamkeit und ihrem tiefen Schmerz über den großen Verlust nicht erreichen. Lenas Augen füllten sich mit Tränen, und ihr Kinn zitterte, als sie in ihrem Herzen nach den richtigen Worten für Sophie suchte.

„Sophie, ich weiß es auch nicht, ich begreife einfach nicht, warum deine Mama sterben mußte. Aber wenn es meine Mama gewesen wäre ..." Die Schlagkraft dieses Gedankens, seine ganze Schwere, die sie empfand, als sie neben ihrer Freundin saß und zum ersten Mal deren Verlust in seiner vollen Größe mitfühlte, ließ ihr die Tränen ungehindert über das Gesicht rinnen. Die Worte, die sie mit zitternden Lippen hervorbrachte, waren nur ein Flüstern. „Wenn es meine Mama gewesen wäre, dann wäre ich jetzt furchtbar traurig. Ich würde sie schrecklich arg vermissen. Ich glaube, ich würde den ganzen Tag lang nur weinen."

Bevor Lena weitersprechen konnte, lehnte Sophie ihren Kopf gegen ihre kleinere Freundin und fing an zu schluchzen. Lena nahm sie in die Arme, und die beiden weinten zusammen. Das quietschende Scharnier, die schwüle Luft und sogar die streitsüchtigen Kolibris versanken in diesem Augenblick in ihrem geteilten Kummer.

„Mama, sind wir eigentlich arm?"

„Du stellst vielleicht manchmal Fragen!" Martha war zu sehr mit den Vorbereitungen zum Abendessen beschäftigt, um sich zu ihr umzudrehen. „Wir nagen nicht gerade am Hungertuch, wenn du das meinst. Wie kommst du denn bloß auf die Idee?"

Lena nahm das Besteck aus ihrer Schürzentasche und polierte die Teile einzeln, bevor sie sie auf dem Tisch verteilte. Durch das große Fenster hinter ihr fiel das Sonnenlicht des Spätnachmittags in den Raum und verbreitete Wärme und Freundlichkeit. Es war Ende Oktober, sieben Monate nach Louise Harlands Beerdigung, und obwohl der erste Frost noch auf sich warten ließ, wurden die Tage merklich kürzer und kälter.

„Ach, ich meine nur so. Ich habe heute zufällig gehört, wie sich die Lehrerinnen unterhalten haben."

„Also, uns können sie da mit Sicherheit nicht gemeint haben", stellte Martha resolut fest, während sie die Anrichte mit Mehl bestreute, das feuchte Handtuch von der Teigschüssel nahm und den Brötchenteig auf die Anrichte stürzte. „Wir sind zwar nicht steinreich, aber Gott sei Dank fehlt es uns an nichts, und ein paar Dollar auf der hohen Kante haben wir auch."

Lena nickte und verteilte als nächstes die Teller auf dem großen Tisch aus Hartholz. Die Küche schloß sich direkt an das Eßzimmer an. Diese beiden Zimmer des Hauses liebte Lena am meisten, denn hier verdichteten sich die Düfte von Marthas Herd, und von dem großen Erkerfenster aus konnte man Kevins Gemüsegarten und die Felder dahinter sehen. Den rechteckigen Holztisch hatte Kevin eigenhändig geschreinert, es war sein erstes Geschenk an seine junge Braut gewesen.

Lena mußte wieder an das Gespräch denken, dessen Zeuge sie nach dem Unterricht auf dem Flur geworden war. Sie hatte im Klassenzimmer gewartet, bis die anderen Schüler nach Hause gegangen waren. Der Arzt hatte Anfang der Woche gesagt, daß ihr Auge noch nicht besser sei, so daß ihr nichts anderes übrigbleiben würde, als zwei Monate lang jeden Tag die Augenklappe zu tragen. Lena war entsetzt gewesen, doch der Arzt hatte auf der Behandlung bestanden und seine ernste Warnung wiederholt, daß das träge Auge womöglich

sonst erblinden könnte. Ihre Mutter hatte dem Doktor beige-
pflichtet, und Lena hatte sich in ihr Schicksal fügen müssen.
Die Augenklappe war ihr fast genauso verhaßt wie das Hän-
seln ihrer Mitschüler. Deshalb achtete sie darauf, daß sie vor
allen anderen in der Schule war und daß sie eilig über die
Flure huschte, wenn Sophie nicht in der Nähe war. Nach dem
Unterricht wartete sie dann, bis sich die Stimmen der anderen
in der Ferne verloren hatten, bevor sie sich auf den Heimweg
wagte.

Als Lena allein den Flur entlanggegangen war, hatte sie
plötzlich zwei Stimmen gehört. Es war fast ein richtiges Streit-
gespräch zwischen Miss Charles und der Lehrerin, vor der
Lena die größte Angst hatte, Mrs. Smith. Sie hatte denselben
robusten Körperbau wie ihre Tochter Kirsten und konnte
manchmal so streng dreinschauen, daß selbst die frechsten
Kinder mucksmäuschenstill wurden.

Aus Mrs. Smiths Stimme klang eine eiskalte Wut heraus, die
Lena dazu veranlaßte, sich schnell hinter einer Ecke zu verstecken.

„Sie machen diesen armen Kleinstadtkindern doch bloß
falsche Hoffnungen, um sie damit schließlich zu zerstören."

„Ich bin ganz gewiß nicht diejenige, die hier die Kinder zerstören will", antwortete Miss Charles mit gepreßter Stimme.
„Sophie Harland hat das gute Recht, an diesem Wettbewerb
teilzunehmen."

Sophie! Es ging also um ihre beste Freundin. Um besser
hören zu können, schob sich Lena so dicht an die Ecke, wie sie
es nur wagen konnte.

„Sie wird sich nur blamieren und damit zugleich die ganze
Schule", prophezeite Mrs. Smith. „Neben den Kindern aus den
Großstadtschulen wird sie dastehen wie das kleine Dumm-
chen vom Lande, und uns wird man auslachen, daß wir sie
überhaupt angemeldet haben."

„Dann ist es höchste Zeit, daß sie die Gelegenheit
bekommt, ihr Können unter Beweis zu stellen und mit diesem
alten Vorurteil aufzuräumen", konterte Miss Charles. „Bei dem
Buchstabierwettbewerb der Stadt Harmony hat sie die Veran-

stalter in helle Begeisterung versetzt, ganz zu schweigen von der Tatsache, daß sie den Wettbewerb hier an der Schule haushoch gewonnen hat. Einer von den Preisrichtern beim Stadtwettbewerb hat sogar gemeint, sie hätte das Zeug dazu, den ersten Platz in ganz North Carolina zu belegen."

„Hören Sie mal, ich unterrichte schon erheblich länger, als Sie überhaupt auf der Welt sind", sagte Mrs. Smith spitz. „Meine Erfahrung hat mir gezeigt, daß arme Kleinstadtkinder einer solchen Herausforderung einfach nicht gewachsen sind. Und was ein ortsansässiger Preisrichter über eins unserer eigenen Kinder sagt, ist für mich wohl kaum ausschlaggebend. Das sollte es für Sie ebensowenig sein, wenn schon nicht in Ihrem eigenen Interesse, dann wenigstens im Interesse dieses armen Kindes."

„Und ich sage Ihnen, daß Sophie Harland eine der begabtesten jungen Damen ist, die ich je in meiner Klasse hatte", antwortete Miss Charles mit zornesbebender Stimme. „Was den Wettbewerb betrifft, werden wir anscheinend nie in Erfahrung bringen, ob eins unserer Kinder einer solchen Herausforderung gewachsen ist, denn Sie verweigern mir ja die nötigen Mittel aus der Schulkasse."

„Ausgeschlossen! So etwas wäre einfach absurd. Die Harlands sind alles andere als bettelarm. Wenn ihr Vater von dem ganzen Vorhaben wirklich angetan wäre, dann könnte er es sich mit Sicherheit leisten, die Kosten für die Fahrt nach Raleigh selbst zu tragen."

„Darüber haben wir in der Lehrerkonferenz längst gesprochen. Peter Harland ist durch den Tod seiner Frau vollkommen mit den Nerven fertig. Er kann kaum noch bis drei zählen, geschweige denn, sich um seine Tochter kümmern." Miss Charles' Stimme nahm einen verzweifelten Ton an. „Ich flehe Sie an, denken Sie doch mal daran, was das für das Mädchen bedeuten würde."

„Genau das tue ich auch", antwortete Mrs. Smith voller kühler Genugtuung. „Ich beschütze dieses Kind vor einer Enttäuschung, von der sich ihre zarte Seele nie erholen würde."

„Aber ..."

„Die Angelegenheit ist erledigt. Guten Tag, Miss Charles."

Laut hallten ihre Schritte durch den Flur, als sie mit hoch erhobenem Haupt davonstelzte.

„Lena!" Die Stimme ihrer Mutter ließ sie auf dem Absatz herumwirbeln. „Kind, du starrst jetzt schon seit zehn Minuten zum Fenster raus. Was ist denn bloß in dich gefahren?"

„Gar nichts, Mama." Hastig deckte Lena weiter den Tisch.

„Also, manchmal denke ich, daß das kleinste Piepvögelchen mehr Geistesgegenwart besitzt als du." Martha schüttelte den Kopf und schob das Blech mit den Brötchen in den großen gußeisernen Herd. Danach richtete sie sich auf und wischte sich mit dem Schürzenzipfel die Schweißperlen von der Stirn. „Ich wünschte mir, daß von Sophies gesundem Menschenverstand etwas auf dich abfärben würde. Immerhin steckt ihr oft genug beieinander."

Lena legte das letzte Besteckteil auf den Tisch, drehte sich um und sagte leise: „Ich habe sie streiten gehört, Mama."

„Streiten? Wer hat sich gestritten? In dem Satz fehlt ein Hauptwort, ein Substantiv."

„Die Lehrerinnen. Nach dem Unterricht. Sie haben sich über sie gestritten."

„Über Sophie?" Martha ließ ihre Schürze sinken. „Als ob das Kind nicht schon genug Sorgen hätte, so wie sie leben muß, mit einem blassen Schatten als Vater und Erinnerungen als Mutter." Sie studierte das Gesicht ihrer Tochter. „War's denn so schlimm?"

Lena nickte besorgt. „Ja, ich glaube schon."

Martha seufzte und ging auf sie zu, um sie in die Arme zu nehmen.

„Ach, Lena, Kind, du bist einfach zu gut für diese Welt, schlicht und einfach zu gut. Du hast ein Herz aus Gold und mehr Nächstenliebe, als ich's je einem so kleinen Spätzchen wie dir zugetraut hätte." Sie strich ihrer Tochter über die

Haare und murmelte dabei: „Wie sollst du dich jemals im Leben behaupten können?"

Lena erwiderte die Umarmung ihrer Mutter. „Keine Sorge, Mama. Gott wird mir schon helfen."

„Hoffentlich behältst du recht." Ihre Mutter ließ sich auf einen Stuhl sinken und lächelte wehmütig.

„Du warst noch ein winziger Säugling, da kam mir ein seltsamer Gedanke in den Sinn. Ich sah immer wieder dein kleines Gesichtchen an, und schon damals warst du einfach unwiderstehlich: Augen so klar, daß man den Himmel darin sehen konnte, und ein Lächeln so süß, daß es einem das Herz brach. Deshalb habe ich gedacht, daß du womöglich einer von Gottes lieben Engeln bist, der sich auf die Erde verlaufen hat."

Lena sah ihre Mutter an. In ihrem Gesicht vermischten sich Wehmut und Liebe. „Warum machst du dir bloß so viele Sorgen um mich?"

„Vielleicht übertreibe ich's damit tatsächlich", räumte Martha nachdenklich ein. „Aber ich kann nicht so einfach aus meiner Haut heraus. Wenn ich sehe, wie dir die Liebe aus dem Gesicht strahlt, dann muß ich immer daran denken ..."

„An was?"

Martha brauchte einen Moment, bevor sie antworten konnte. Ihre Stimme klang mutlos, als sie schließlich sagte: „Ich muß immer daran denken, wie hart das Leben sein kann." Dabei huschte ein Schatten über ihre Züge. „Mein Vater, dein Großvater, der heilige Jesus wache über seine Seele, war ein Bergmann. Meine drei älteren Brüder auch."

Lena nickte. Das war ihr nicht neu, doch darüber hinaus wußte sie wenig. Ihre Großeltern kannte sie nur von dem goldgerahmten Bild auf Marthas Frisierkommode. Das Ehepaar stand vor einem weißen Bretterhaus, das förmlich nach einem frischen Anstrich schrie. Der Mann trug einen dunklen Anzug und eine schmale Krawatte und hatte das unbeholfene Aussehen eines einfachen Arbeiters, der so feine Kleider nicht gewohnt war zu tragen. Der Ärmelsaum war schräg, unter der offenen Anzugjacke schauten Hosenträger hervor, und der Kragen des Oberhemdes saß auf der einen Seite, wo ein Kra-

81

genknopf fehlte, zu hoch. Er trug einen schmalkrempigen Hut aus dem vorigen Jahrhundert, einen walroßartigen Schnurrbart und hatte einen Gesichtsausdruck, der darauf hindeutete, daß er selten lächelte. Neben ihm stand seine Frau in einem schlichten Kleid, das ihr vom Hals bis an die Knöchel reichte. Ihre Haare waren streng nach hinten gekämmt, ihr Mund endete in herabgezogenen Mundwinkeln, und ihre Augen wirkten todmüde. Lenas Mutter hatte ihre Eltern immer als die arbeitsamsten Menschen der Welt bezeichnet, doch ansonsten hatte sie nicht viel über ihre Jugend in Wales erzählt.

„Wir waren eine Bergmannsfamilie", fuhr Martha jetzt leise fort. „Gewohnt haben wir in einem walisischen Dorf, das sich an einer Hügelseite hochzog. Es gab nur eine Straße, über die unser Ort zu erreichen war, und alle Häuser in unserer kleinen Gasse gehörten dem Bergwerk, bei dem die vier Männer in meiner Familie arbeiteten. Ich war damals noch sehr jung, aber ich sehe noch alles genau vor mir. Die Erinnerungen wäre ich gerne los, aber sie haben sich tief in mein Herz gebrannt."

Lena stand da und merkte, wie sich der dunkle Blick ihrer Mutter nach innen kehrte. Mit der einen Hand strich sie unentwegt über Lenas Kopf, doch Lena bezweifelte, daß sie sich dessen überhaupt bewußt war. Als Martha schließlich weitersprach, trat das Walisische in ihrer Aussprache stärker hervor.

„Ja, ich weiß noch genau, wie's damals war. Ich weiß noch, wie der Kohlenstaub an allem hing und sogar den Regen in ein schlammiges Grau verwandelte. Ich weiß noch, wie mein Vater sich die Hände waschen konnte, so gründlich er wollte, ohne sie je sauber zu kriegen. Und sein Gesicht hatte viel tiefere Falten als das anderer Männer in seinem Alter. Und schwarz waren diese Falten von dem Kohlenstaub, wie die Adern im Gestein. Ich seh' noch den lieben Harry vor mir, meinen ältesten Bruder, wie er sich zu Tode gehustet hat. Ich weiß noch, wie wir an seinem offenen Grab gestanden haben und wie meine arme Mutter geweint hat, als wäre sie's selbst, deren Leben da mit dem ihres ältesten Sohnes ausgelöscht worden war, und wie mein Vater sich an Ort und

Stelle geschworen hat, uns eine neue Heimat zu suchen, wo der Himmel blau ist und die Luft rein und das Leben lebenswert."

„Und deshalb seid ihr hierher ausgewandert", sagte Lena leise.

„Aye, das sind wir." Marthas Blick richtete sich wieder auf ihre Tochter, und ihr Lächeln war so voller Liebe, daß Lena wehmütig wurde. „Und hier habe ich diesen Schatz von deinem Vater kennengelernt und einen Engel von Tochter bekommen, aus deren Gesicht das Licht des Himmels strahlt und die mich noch mit ihrer Verträumtheit in den Wahnsinn treiben wird."

„Ich weiß zwar nicht, wer hier so verträumt ist", ertönte Daniels Stimme plötzlich von der Tür her, die hinter seinen schweren Stiefelschritten ins Schloß fiel, „aber ich rieche etwas, das zu lange im Ofen gewesen ist."

„Meine Butterhörnchen!" Martha sprang auf und lief an den Ofen. Mit der Schürze öffnete sie die Tür, schlug nach dem Rauch, nahm das Blech heraus und stellte fest: „Und keine Sekunde zu früh!" Zu Daniel gewandt, sagte sie: „Und dir, junger Mann, wäre ich äußerst dankbar, wenn du dich erstmal gründlich wäschst. Du siehst ja aus, als hättest du den halben Schweinestall mit ins Haus gebracht!"

„Bitte, gern geschehen", sagte Daniel mit einer tiefen Verbeugung, warf Lena ein Augenzwinkern und ein munteres Grinsen zu und zog davon.

Martha sah ihm nach. „Daß dieser Junge noch Witze machen kann, obwohl es bis zu seiner Einberufung kein ganzes Jahr mehr dauert, ist mir ein Rätsel. Ich begreif' ihn einfach nicht."

Lena lief es kalt über den Rücken, wie immer, wenn die Rede von Daniels Einberufung zum Kriegsdienst in Europa war. Schon jetzt wurde der Krieg überall nur der Große Krieg genannt. Meistens schien er sich weit entfernt von Harmony abzuspielen; eigentlich fühlte man sich nur dann davon berührt, wenn in den Zeitungen Spekulationen darüber zu lesen waren, daß die Vereinigten Staaten über kurz oder lang in den Krieg verwickelt werden würden. Abgesehen davon, daß Brennstoff und Gummi zur Zeit Mangelware waren, hätte der Krieg geradesogut auf dem Mond geführt werden können. Im großen und ganzen jedoch war die heile Welt von Harmony von diesem Geschehen unberührt geblieben.

„Aber Daniel ist doch erst siebzehn", hörte Lena sich protestieren. „Der Krieg wird doch unmöglich so lange dauern, bis er eingezogen werden kann."

„Dein Wort in Gottes Ohr, Kind", seufzte Martha, hob einen Deckel und rührte den Inhalt um. „Jetzt komm her und hilf mir. Hol mir die große Schüssel aus dem Regal ... ja, genau die. Und erzähl mir dann, was die Lehrerinnen heute über Sophie gesagt haben."

Nach einer Beratschlagung, die sich über das gesamte Abendessen erstreckt hatte, wurde Lena losgeschickt, um Sophie den Beschluß der Familie Keene mitzuteilen. Da es Mittwoch und somit Markttag war, hatte die Harland-Apotheke noch geöffnet, um die Farmer von außerhalb zu bedienen. Wie fast jeden Nachmittag und an Samstagen stand Sophie hinter dem Handverkaufstisch. Sie ging ihrer Arbeit mit kühler Sachlichkeit nach. Seit dem Tod ihrer Mutter war sie überhaupt sehr nüchtern und distanziert geworden. Die Apotheke, so hatte sie einmal zu Lena gesagt, war der einzige Ort, wo ihr Vater ein wenig auflebte und mehr als sonst redete. Sie war froh, sich gelegentlich mit ihm unterhalten zu können, auch wenn es dabei immer nur um seinen Beruf ging. Außerdem hatte sie sich schon immer für Arzneien interessiert und die Gerüche in der Apotheke interessant und geheimnisvoll gefunden, und obendrein hätte sie es zu Hause in der hohlen Leere ohnehin nicht ausgehalten.

Als Lena die Offizin durch die Doppeltür betrat, bediente Sophie gerade eine Farmersfrau, die Lena nicht kannte. In der Rezeptur hörte sie Mr. Harland wirtschaften, wo er Salben mischte und Tabletten abpackte. Lena blieb zunächst in der Nähe des Eingangs stehen und betrachtete ein Regal voller unvertrauter Gegenstände. Plötzlich fühlte sie sich verunsichert, was ihr Anliegen betraf. In letzter Zeit hatte Sophie sich irgendwie sonderbar verhalten. Man wußte einfach nicht, woran man bei ihr war. Seit dem Tod ihrer Mutter war sie sehr zurückhaltend und unnahbar geworden. Selbst Lena hatte oft nicht den blassesten Schimmer, wo Sophie gerade mit ihren Gedanken steckte.

„Also, ich weiß nicht so recht, kleine Miss Harland", sagte die füllige Frau gerade. „Bei uns gab's schon früher nur eins gegen Bauchweh: Brombeerbalsam."

„Und gerade haben Sie mir gesagt, daß es bei Ihrem Jüngsten nicht geholfen hat." Bei der Arbeit zeigte sich Sophie von ihrer höflichsten, zuvorkommendsten Seite. Sie stand ruhig und beherrscht hinter dem Handverkaufstisch, voller Entschlossenheit, jedem Einwand geduldig, aber ohne Umschweife zu begegnen. „Deshalb würde ich Ihnen dieses neue Seltzerpräparat empfehlen. Viele von unseren Kunden schwören darauf."

Lena schlenderte den Gang entlang und hörte dem Gespräch mit einem Ohr zu, während sie sich die Flaschen und Schachteln in dem Regal ansah. Jedesmal, wenn sie in die Apotheke kam und miterlebte, wie Sophie sich mit all den Arzneien auskannte, wuchs ihre Bewunderung für sie. Dort auf dem Regalbrett standen Dr. Wordens Stärkungstabletten für Frauen „mit Körperschwäche, blasser Haut und schwachem Blut". Daneben stand Dr. Hammonds Nerven- und Gehirnkräftigungsmittel, gefolgt von Dr. Roses Hauttonikum, das in Glasflaschen abgefüllt und in weißes Seidenpapier eingewickelt verkauft wurde. Schachteln mit der Aufschrift „Hochwirksamer Entwurmungssirup" stapelten sich neben der Zwanzig-Minuten-Kur gegen Erkältung und einem Sortiment an Abführmitteln. Lena nahm eine Schachtel mit der Aufschrift „Elektrisches Einreibemittel" aus dem Regal, um sich das Etikett genauer anzusehen: eine Faust mit einem Strauß von Blitzpfeilen. Ganz am Ende standen die ägyptische Hämorrhoidentinktur, Flaschen mit Vinum Vitae und das Weißband-Geheimbrand-Elixir.

„Aber das Zeug kostet sage und schreibe siebenundsechzig Cent", beschwerte sich die Frau. Die lackierten schwarzen Kirschen auf ihrem Hut bebten vor Entrüstung. „Für das Geld kriege ich ja drei Flaschen von dem Brombeerbalsam und behalte noch ein paar Cent übrig!"

„Wenn eine Flasche nicht geholfen hat, werden gleich drei davon vermutlich auch nichts ausrichten können", stellte Sophie nüchtern fest. Sie beugte sich nach vorne. „Probieren Sie's doch einfach mal hiermit. Wenn es nicht hilft, können Sie uns den Rest zurückbringen, und wir erstatten Ihnen den Preis."

„Also gut." Die Frau öffnete ihre Handtasche und holte ein abgegriffenes Portemonnaie hervor. „Wenn ich ehrlich sein soll, mache ich mir schon die größten Sorgen um den Kleinen. Er schreit nur noch ständig vor Bauchweh."

Sophie packte die Schachtel in braunes Papier ein, verschnürte sie, nahm die Münzen entgegen und reichte der Kundin das Päckchen mit einem Lächeln und einer Frage: „Was geben Sie ihm eigentlich zu essen?"

„Nur das Beste. Wir haben diesen Herbst das herrlichste Gemüsegrün geerntet. Das Wetter war ja so mild."

„Manche Kleinkinder bekommen von Steckrüben leicht Blähungen", wußte Sophie. „Vielleicht sollten Sie ihm mal eine Woche lang keine geben und abwarten, ob es davon besser wird."

Die Frau legte den Kopf schräg und dachte nach. Dann nickte sie, so daß die Kirschen wieder auf und ab tanzten. „Ja, vielen Dank. Das probiere ich."

Die Frau nahm ihre Ware und fragte mit gesenkter Stimme: „Wie geht's denn dem Herrn Papa?"

Sophies Lächeln wirkte etwas gezwungen, fand Lena. „Danke, gut."

„Na, du bist ihm bestimmt ein großer Trost, so, wie du ihm zur Seite stehst." Die Frau tätschelte Sophies Hand. „Gott segne dich, mein Kind."

Als die Frau endlich aus der Ladentür geschlurft war, kam Lena hinter den Regalen hervor und spaßte: „Du berätst die Kunden ja wie ein waschechter Doktor!"

„Früher haben mir immer die Knie geschlottert, wenn die Leute alles Mögliche von mir wissen wollten", gab Sophie zu. „Du kannst dir gar nicht vorstellen, was sie mir manchmal für Fragen stellen."

„Sag's mir lieber erst gar nicht", lachte Lena.

„Ich habe Doc Franklin mein Leid geklagt. Er sagt, die Leute vom Land gehen erst zum Arzt, wenn's um Leben und Tod geht. Er kommt jeden Tag vorbei, holt sich seine Bestellung ab und läßt sich von mir ausfragen." Sophie machte ein ungläubiges Gesicht. „So bildet er den Nachwuchs aus, sagt er dann immer."

„Du hast wirklich das Zeug zu einer erstklassigen Ärztin", sagte Lena, so befremdlich sie die Vorstellung von einer Frau in dieser Rolle auch fand.

„Ich hab' ihm gesagt, daß ich keine Ärztin werden will", sagte Sophie, „aber er hört nie zu, wenn ich so etwas sage. Im Alter wird er wohl selektiv schwerhörig, hat er gemeint."

Doch Lena war nicht danach zumute, über die Zukunftspläne ihrer besten Freundin zu sprechen. Egal, ob Sophie Ärztin oder Wissenschaftlerin wurde: beides bedeutete, daß sie Harmony verlassen würde, ein Gedanke, der für Lena schier unerträglich war.

„Ich muß mit dir reden."

„Gut, schieß los."

„Aber was ist mit deinem Vater?"

Sophie drehte sich nicht einmal um. „Daddy lebt in einer anderen Welt, wenn er dort in der Rezeptur arbeitet."

Da war sie wieder, diese beängstigende Sachlichkeit. Lena wußte nicht recht, was sie sagen sollte. Sophie hatte sich so stark verändert, daß Lena manchmal das Gefühl hatte, einen völlig fremden Menschen vor sich zu haben. Sie zögerte und sagte dann leise: „Ich habe zufällig mitgekriegt, wie Miss Charles über den großen Buchstabierwettbewerb in Raleigh gesprochen hat."

„Ach ja, der Wettbewerb auf Bundesstaatsebene in diesem Frühjahr." Sophies beherrschte Ruhe schmolz dahin, und plötzlich war sie wieder das Mädchen, das Lena kannte. Sie ließ die Schultern hängen und seufzte: „Sie hat auch mit mir darüber geredet. Ich darf nicht mitmachen, und ich hatte doch so sehr gehofft, daß sich irgendwie eine Möglichkeit finden wird. Aber Daddy will kein Wort mehr davon hören. Er macht keine Reisen, hat er gesagt, und allein läßt er mich schon gar nicht nach Raleigh fahren." Sie schien einen Moment lang verzweifelt um eine gleichgültige Miene zu kämpfen, doch es wollte ihr nicht gelingen. „Na ja, mir ist's egal", sagte sie traurig.

„Ist es dir überhaupt nicht", widersprach Lena, „und das braucht's auch gar nicht zu sein." Schließlich sprühte sie nur so vor Begeisterung. „Du gewinnst nämlich den Wettbewerb."

Sophie starrte sie ungläubig an. „Was ist denn mit dir los? Hast du nicht gehört, was ich dir eben gesagt habe?"

Lena nickte glücklich. „Doch, aber es ist alles schon geregelt. Mama spricht gleich morgen früh mit Miss Charles. Sie und Daddy fahren als ... wie nennt sich das noch? Jedenfalls fahren sie mit."

„Als Aufsichtspersonen", hauchte Sophie mit kreisrunden Augen.

„Ja, genau. Als Aufsichtspersonen. Und weißt du, was das Beste daran ist? Wir fahren alle zusammen – ich auch. Mit der Eisenbahn. Nach Raleigh!"

„Das kann unmöglich ein Witz sein", sagte Sophie kaum lauter als ein Flüstern. „Bei so etwas würdest du mich nie auf den Arm nehmen."

Als Lena das Leuchten in Sophies Augen aufflackern sah, hätte sie am liebsten einen Freudentanz aufgeführt.

„Und das ist noch längst nicht alles. Wir dürfen zwei Tage entschuldigt in der Schule fehlen. Und wir übernachten in einem Hotel. Und wir essen in richtigen Restaurants mit Kellnern und allem Drum und Dran."

Sophie kam um den Handverkaufstisch herum gewirbelt und packte Lenas Hände. „Tatsächlich? Ist das wirklich wahr?"

Lena blickte in die Augen ihrer besten Freundin und entdeckte dort den ersten Funken von Freude seit ... seit Ewigkeiten. Eine Freude, die so heftig war, daß Lena das Hinschauen förmlich wehtat. Du hast es doch verdient, hätte sie am liebsten gesagt, mehr als alle anderen, nach dem, was du alles durchgemacht hast. Doch sie wollte diesen Moment nicht mit einer Bemerkung über Sophies schmerzhaften Verlust verderben. Deshalb erwiderte sie einfach nur das begeisterte Lächeln und sagte: „Ja. Wirklich!"

90

7

Kaum waren sie in den Zug nach Raleigh gestiegen, da rückte der Krieg auch schon von allen Seiten näher. Bisher hatte er Sophie und Lena kaum mehr Kopfzerbrechen bereitet als das allgemeine Wahlrecht. Sie waren noch jung; weder das eine noch das andere betraf sie direkt, und es gab naheliegendere Dinge, die sie beschäftigten. Das Diskutieren überließen sie lieber den alten Männern, die sich um das Gerichtsgebäude von Harmony und auf den Bänken vor der Apotheke zu lebhaften Gesprächen versammelten. Meistens ging es dabei um die Frage, was wohl das größere Übel für die Nation sei: ein Präsident, der die Vereinigten Staaten am Kriegsgeschehen in Europa beteiligen wollte, oder Wahlen, an denen Frauen teilnehmen durften.

Die Eisenbahnfahrt von Harmony nach Raleigh rückte den Krieg drastisch in den Vordergrund. Die Waggons waren voller junger Männer in Khakiuniformen, die gerade die harte Grundausbildung in Fort Bragg absolviert hatten und mit ihren kostbaren Urlaubsscheinen in den Händen ein letztes Mal nach Hause fuhren, bevor sie nach Übersee geschickt wurden. Ihre Rucksäcke stapelten sich in den Gängen. Die Luft war mit dem Gewirr ihrer lauten Stimmen und dem Rauch ihrer Zigaretten erfüllt. Halbwüchsige Jungen knieten auf ihren Sitzen, die unschuldigen Augen voller Neid und Wißbegier. Die Soldaten, von denen viele kaum älter als abenteuerlustige Jungen waren, sonnten sich in dem allgemeinen Interesse und genossen es, den Helden spielen zu können.

Sophie und Lena saßen beide an ein Fenster gedrängt. Martha und Kevin bemühten sich während der gesamten Fahrt, die Soldaten mit strengen Blicken zu maßregeln, doch diese kümmerten sich nicht darum. Ein auffallend gutaussehender junger Mann beugte sich über seine Rückenlehne, heftete seinen Blick auf Lena und sagte: „Darf ich Sie um Ihre Adresse bitten, Miss, damit ich Ihnen schreiben kann, wenn ich in Europa angekommen bin?"

Lena lief scharlachrot an. In ihrem besten Sonntagskleid, mit ihren kupfergold schimmernden Haaren und ohne die Augenklappe, die sie in Harmony lassen durfte, erfüllte sie Sophies frühere Prophezeiung, sie werde eines Tages das hübscheste Mädchen im ganzen Landkreis sein.

Martha kam jedoch ihrer Tochter mit einer Antwort zuvor. „Ich wäre Ihnen äußerst dankbar, wenn Sie auf Ihre Manieren achten würden, junger Mann", wies sie ihn zurecht, wobei ihr Tonfall vor lauter Entrüstung noch walisischer klang als sonst. „Meine Tochter ist gerade eben erst fünfzehn geworden."

„Mama!" protestierte Lena und errötete noch tiefer.

„Ja, Ma'am, das hab' ich schon gesehen", konterte der junge Mann unvermindert unverfroren und lüftete die Kappe. „Deshalb schreibe ich auch auf diesen Briefumschlag, daß sie ihn erst an ihrem achtzehnten Geburtstag öffnen darf." Er richtete seine funkelnden grünen Augen auf Lena. „Kleine Miss, sobald wir diesen Krieg gewonnen haben, komme ich zurück und mache Ihnen einen Heiratsantrag. Und genau das werden Sie auch in meinem Brief lesen."

Lena konnte ihn einfach nicht ernstnehmen, besonders, nachdem sie das Funkeln in seinen grünen Augen gesehen hatte.

Doch Marthas Entrüstung schlug in Zorn um. „Jetzt reicht's mir aber!" rief sie und zückte ihren zusammengefalteten chinesischen Fächer. „Drehen Sie sich auf der Stelle um, kümmern Sie sich um Ihre eigenen Angelegenheiten, und lassen Sie uns in Ruhe!"

„Mach ich, Ma'am", antwortete der gutaussehende junge Mann in seinem lässigen Südstaatenakzent, ohne jedoch den Blick von Lena zu nehmen, „sobald das hübsche Ding unsere Vereinbarung mit einem Kuß besiegelt hat."

Lena schlug beide Hände vor ihr Gesicht und fing an zu kichern. Martha dagegen platzte der Kragen. Sie stand auf und schlug mit dem Fächer auf den Soldaten ein. Unter dem Gelächter seiner Kameraden hielt er sich schützend die Arme über den Kopf und rutschte an seinen Platz zurück.

Martha ließ sich vor Anstrengung keuchend und mit hochrotem Gesicht wieder auf ihren Sitz sinken. Sie warf ihrem Mann auf der anderen Gangseite einen vorwurfsvollen Blick zu und beschwerte sich: „Und du sitzt einfach bloß da und siehst zu, anstatt mir zu helfen!"

„Ach Martha", krächzte Kevin und wischte sich mit dem Handrücken über die Augen, „du hättest dich vorhin mal sehen sollen. Es war das reinste Schauspiel."

„Einer von uns mußte schließlich die Ehre unserer Tochter verteidigen, und dir lag anscheinend wenig daran." Aufgebracht öffnete sie ihren Fächer, doch dieser hatte derartig unter seiner Zweckentfremdung gelitten, daß er in lauter kleinen Einzelteilen aus Papier und Bambussplittern auf Marthas Schoß herabregnete.

Daraufhin bedachte sie ihren Mann erneut mit einem anklagenden Blick. „Jetzt sieh mal, was du hier angerichtet hast!"

Diese Bemerkung brachte das Faß zum Überlaufen. Sophie begann aus vollem Halse zu lachen, als seien all die Monate der grauen Teilnahmslosigkeit endlich einen Augenblick lang beiseite gefegt. Kevins korpulente Körpermitte tanzte auf und ab, während Lena sich die Hände vor das Gesicht hielt und verzweifelt gegen ihren Lachdrang ankämpfte. Martha sah stirnrunzelnd von einem zum anderen, bis auch sie kapitulierte und zu lachen begann. Sie hob den zerfetzten Fächer hoch und tat so, als wolle sie sich damit kühle Luft zufächeln, wobei weitere Splitter in alle Richtungen flogen. Auf beiden Seiten stimmten die Soldaten in das Gelächter mit ein und rückten dann ein Stück näher, um sich zu erkundigen, wer sie waren und wohin die Reise gehen sollte.

Als bekannt wurde, daß Sophie zu einem bundesstaatsweiten Buchstabierwettbewerb unterwegs war, brach ein Sturm der Begeisterung aus. Bevor sie wußte, wie ihr geschah, hatten kräftige Arme sie auf eine Sitzlehne direkt vor der Waggonwand gehoben, damit jeder im ganzen Waggon sie sehen konnte, und von überall erschollen Wörter, die sie buchstabieren sollte.

Ein Wort nach dem anderen flog ihr entgegen. Das Gesicht vor Verlegenheit und vielleicht noch mehr vor Eifer glühend, buchstabierte Sophie drauflos. Als die Wörter schließlich einen beachtlichen Schwierigkeitsgrad erreicht hatten und die Antworten nach wie vor richtig waren, wurde es allmählich still im Waggon.

Zum guten Schluß rief ihr nur noch ein einziger Passagier Begriffe zum Buchstabieren zu, ein Gentleman auf einer der hinteren Abteilbänke. Zu seinem dunklen Anzug trug er eine elegante perlfarbige Weste. Koteletten rundeten die gepflegte Erscheinung ab, und seine Stimme erscholl klangvoll durch den inzwischen still gewordenen Waggon.

„Liliputaner."

„Pneumonie."

„Abstrusität."

„Analphabet."

„Plädoyer."

Nach diesem Wort entstand eine längere Pause, während der Mann sie einfach nur ansah. Dann sagte er nur: „Beachtlich."

Sophie begann auch dieses Wort zu buchstabieren, doch sie unterbrach sich, als im ganzen Waggon Bravorufe laut wurden und sie merkte, daß das Wort als Kompliment gemeint gewesen war.

Die Soldaten klatschten Beifall und stießen anerkennende Pfiffe aus, als der Mann jetzt auf Sophie zuging und ihr die Hand reichte.

„Ich bin Dr. Walton Connolley", sagte er, als es wieder ruhiger geworden war, „und Sie sind eine ausgesprochen begabte junge Dame. Wie heißen Sie?"

Sophie errötete und rutschte wieder von der Sitzlehne herunter, bevor sie sich ihm vorstellte.

„Und haben Sie schon irgendwelche Zukunftspläne, Miss Harland?"

„Ich möchte gerne Wissenschaftlerin werden", sagte Sophie leise, aber voller Entschlossenheit.

Dr. Connolleys Gesicht zeigte keine Spur von dem Erstaunen, mit dem Kevin und Martha Keene diese Ankündigung aufnahmen. Statt dessen betrachtete er sie für einen Moment und nickte dann kurz. „Ich bin der Rektor des State College in Raleigh. Wenn Sie Ihre Schulausbildung abgeschlossen haben, lassen Sie es mich am besten umgehend wissen. Wir werden sehen, was sich machen läßt." Danach lüftete er seinen Hut und nickte der ganzen Gruppe zu. „Und jetzt wünsche ich Ihnen noch einen schönen Tag und eine gute Reise."

Die vier saßen wie vom Donner gerührt da, während Dr. Connolley zu seinem Platz zurückging. Dann brach Kevin als erster das Schweigen: „Also, da brat mir doch einer 'nen Storch!"

Das Gesicht des jungen Spaßvogels tauchte erneut über der Sitzlehne auf, und meinte zu Lena: „Sie sind trotzdem diejenige, die mein Herz erobert hat, kleine Miss. Sie müssen mir versprechen, daß Sie mir treu bleiben, bis wir wiederkommen."

„Jetzt ist aber endgültig Schluß, junger Mann!" ertönte Marthas Stimme, sehr zur Belustigung der anderen Soldaten. „Und diesmal ist's nicht der Fächer, mit dem ich Ihnen eins überziehen werde!"

Sophie stimmte in das Gelächter ein und beobachtete, wie ihre Freundin noch einmal errötete. Für sie stand schon jetzt fest, daß diese Reise mit Abstand das Beste war, was sie seit langem erlebt hatte.

Lena war noch nie in einer Großstadt wie Raleigh gewesen. Je mehr sie von ihr sah, desto unwohler fühlte sie sich dort.

Zum einen sah man überall Zeichen des Krieges. Von jeder Hauswand, von jedem Briefkasten starrte Uncle Sam sie mit erhobenem Zeigefinger an. Groß und übermächtig und anklagend wirkte er, und mit eiserner Härte verlangte er von ihr, ihren innig geliebten Bruder in einen Krieg ziehen zu lassen, den sie beim besten Willen nicht begriff. Zum ersten Mal in ihrem Leben teilte sie die Meinung der mißbilligenden alten Männer zu Hause auf den Gerichtshausstufen und wünschte sich, daß es die kriegführenden Länder drüben in Europa überhaupt nie gegeben hätte.

Die Hauptstraßen von Raleigh waren mit Girlanden und Wimpeln geschmückt, Überreste einer Militärparade, die vor kurzem stattgefunden hatte. Der Gedanke daran, das Kriegsgeschehen zu feiern, war Lena derartig zuwider, daß sie sich in ihrer Phantasie ausmalte, die rot-weiß-blauen Dekorationen seien eigens dazu da, um Sophie einen festlichen Empfang zu bereiten.

Ihre Freundin hätte dagegen gar nicht begeisterter sein können.

Sie quartierten sich im Hotel Sir Walter ein, einer eindrucksvollen Bastion aus Mauerwerk und riesigen Fenstern, mitten in der Innenstadt. Während Lena noch auf der Bettkante wippte und sich darin sonnte, daß sie und Sophie ein ganzes Zimmer für sich hatten, während ihre Eltern nebenan untergebracht waren, zog es Sophie schon wieder nach unten in die Hotelhalle.

Die beiden machten es sich in Sesseln neben der aufwendig gearbeiteten Empfangstheke bequem. Sophie nahm das Geschehen um sie herum mit großen Augen in sich auf. Nach einem langen Schweigen flüsterte sie schließlich: „Einfach phänomenal, nicht?"

Auch Lena sah sich in der Empfangshalle um und fragte sich im stillen, ob ihr womöglich etwas entgangen sein könnte. Um ehrlich zu sein, hatte sie sich sogar etwas gelangweilt. Sie zerbrach sich den Kopf, um etwas Positives zu sagen: „Ja, die Halle ist wirklich riesig."

„Ich rede doch nicht von der Halle", sagte Sophie. „Ich meine einfach alles. Siehst du, wie die Leute da vorne daherstolzieren, als gehöre ihnen die ganze Welt? Und da, sieh mal, wie der Kellner den Leuten einen Tee serviert. Ich gehe jede Wette ein, daß die Kanne aus echtem Silber ist. Und die Frau dort trägt eine Stola um die Schultern, obwohl es heute so warm ist. Und vor der Tür steigt gerade ein Mann aus einem Automobil. Er hat einen richtigen Chauffeur, der ihm die Tür öffnet. Hast du so was schon mal erlebt?" Vor Eifer überstürzten sich ihre Worte.

„Nein", antwortete Lena leise.

Blitzartig war Lena klar geworden, daß es kein Zurück mehr für Sophie gab. Daß sie eines Tages Harmony den Rücken kehren würde, um in eine ferne Großstadt zu ziehen, und ihre Heimat mit der Beiläufigkeit und der Entschlossenheit ablegen würde, mit der man sich eines zu engen Korsetts entledigt. Lena würde unweigerlich ihre beste Freundin verlieren.

„Hier ist alles so ganz anders", sagte Sophie, als wolle sie Lenas unausgesprochene Befürchtung bestätigen. „Zu Hause kommt's mir immer so grau vor. Ich meine natürlich nicht die Farbe Grau. Ich meine so ein graues Gefühl. Daddy redet mit mir fast kein Wort, wenn er mit der Arbeit fertig ist. Er seufzt bloß immer oder summt irgendeine Melodie vor sich hin; ich glaube, das merkt er nicht einmal. Manchmal sitzt er stundenlang da, mit einer Zeitschrift auf dem Schoß, ohne jemals umzublättern."

„Du hast es in letzter Zeit wirklich schwer gehabt", sagte Lena leise. „Und du hast dich tapfer geschlagen." Doch sie konnte sich nicht von ihrer soeben gewonnenen Erkenntnis lösen. Alles, was ihr selbst etwas bedeutete, alles, was ihr lieb geworden war, würde nicht ausreichen, um Sophie in Harmony zu halten. Nicht einmal die Tatsache, daß Sophies Weggang noch in ferner Zukunft lag, konnte Lena trösten. Der Gedanke an diese Trennung war fast mehr, als sie ertragen konnte.

„Was ist denn mit dir los?" wollte Sophie wissen. „Du bist ja auf einmal käsebleich!"

„Ach, gar nichts", meinte Lena und stand auf. „Ich bin wohl nur ein bißchen müde von der langen Reise. Ich seh' mal nach, ob Mama und Daddy bald zum Essen kommen wollen."

8

Am nächsten Morgen traf Lena ihre Freundin wieder in demselben Polstersessel an.

„Ach, da bist du ja. Wann bist du denn aufgestanden?"

„Ich weiß nicht. Ziemlich früh. Ich habe schlecht geschlafen; ich mußte immer an den Wettbewerb denken." Ihr Blick fiel auf Lenas Kleid. „Ist das neu?"

„Ja." Lena trug ein Gibson-Kleid und einen blaubebänderten Strohhut dazu. Sie zupfte an dem Rock und erkundigte sich zaghaft: „Gefällt's dir?"

Sophie nickte. „Es steht dir einfach prima."

„Mama hat sich auch eins gekauft. Sie sagt, das sei ihr erstes neues Kleid seit Urzeiten, und wo sie schon nach Raleigh fahre, könne sie ..." Lena verstummte, als sie sah, wie Sophies Lächeln zerfiel. „Was ist denn?"

„Gar nichts. Ich ..." Sophie unterbrach sich und sagte leise: „Es ist schick, Lena. Wirklich schick."

„Ich hab' gerade was Falsches gesagt, nicht?" Lena spürte, wie der Glanz des Morgens verblaßte. „Das passiert mir andauernd. So was Dummes!"

„Ach, Unsinn. Das passiert dir überhaupt nicht. Du bist der netteste, liebste Mensch, der mir je begegnet ist."

„Warum bist du dann auf einmal so traurig?"

„Ich mußte nur daran denken ..." Sophie konnte nicht gleich weitersprechen. „Ich mußte nur gerade an meine Mama denken."

„Ach, Sophie!" Lena streckte ihre Hand nach ihr aus. „Und da plappere ich fröhlich von meiner drauflos. Wie tolpatschig von mir!" Sie schlug einen frischeren Ton an. „So, jetzt haben wir genug Zeit, um erst mal gemütlich zu frühstücken, und anschließend gehen wir wieder in unser Zimmer und beten zusammen, bevor wir zu dem Wettbewerb gehen."

„Danke, aber ich hab' keinen Hunger", antwortete Sophie.

„Dann komm wenigstens mit und setz dich zu mir. Danach gehen wir wieder nach oben und bitten Gott, uns heute beizustehen." Lena lächelte erwartungsvoll. „Und dir natürlich ganz besonders."

Sophies Blick wurde ausdruckslos.

„Vielen Dank für die Einladung", sagte sie mit flacher Stimme, „aber am Beten liegt mir nichts."

Lenas Stimme klang verwirrt. „Wie meinst du das?"

„Tu mir bitte den Gefallen und sprich in meiner Gegenwart nie wieder von Gott." Sophie hatte es in aller Offenheit und Entschlossenheit gesagt.

Lena konnte ihr Erschrecken nicht verbergen. „Wie bitte?"

„Du hast richtig gehört. Mir liegt nichts daran, mich über das Thema ‚Gott' zu unterhalten."

Tränen schossen in Lenas Augen, als habe sich ihr Entsetzen einen direkten Weg gebahnt. „Aber was hat das alles zu bedeuten?"

„Genau das, was ich gerade gesagt habe."

„Aber du gehst doch in die Kirche. Jeden Sonntag sehe ich dich dort ..."

„... mit meinem Vater", vollendete Sophie ihren Satz. „Daddy braucht mich. Ich will ihm nicht noch mehr Kummer machen, als er ohnehin schon hat. Aber ich bin mir nicht so sicher, ob es Gott überhaupt gibt, und wenn's ihn gibt, dann will ich nichts mit ihm zu tun haben."

Lenas Mund bewegte sich, doch sie brachte kein Wort zustande. Dann flüsterte sie endlich: „Das meinst du doch nicht ernst."

„Doch." Die eisige Kälte in Sophies Stimme wirkte grausamer und erschreckender als jeder Wutausbruch. „Ich für meinen Teil sehe nicht ein, weshalb ich einen Gott anbeten sollte, der mir meine Mutter weggenommen hat."

Unsicher streckte Lena die Hand nach ihrer Freundin aus. „Aber Sophie ..."

„Ich hoffe, ich habe mich klar genug ausgedrückt", sagte sie mit kerzengeradem Rücken. „Ich will nichts mehr davon hören. Nie wieder."

Der Saal, in dem der Wettbewerb stattfinden sollte, war der größte, den Sophie je gesehen hatte, sogar größer als die Kirche daheim in Harmony. Als sie ihn jetzt betrat und das riesige Spruchband sah, auf dem die Wettbewerber und Zuschauer des fünfzigsten alljährlichen Buchstabierwettbewerbs von South Carolina willkommen geheißen wurden, wurden ihr beinahe die Knie weich. Sophie wartete, bis Martha sie bei der Frau am Empfangstisch angemeldet hatte, und ließ sich dann von den Keenes ein letztes Mal umarmen und Erfolg wünschen. Dabei fühlte sie sich innerlich wie betäubt, und alles kam ihr irgendwie unwirklich vor. In ihrem Kopf dröhnte ein Rauschen, das alles andere übertönte. Wie eine lebensgroße, steifbeinige Puppe folgte sie der Frau mit der blauen Schleife am Kragen, doch ihre Füße schienen den Boden überhaupt nicht zu berühren, und ihre Knie waren wie aus Wasser.

„Meine Güte, du bist ja die Ruhe in Person", meinte die Frau munter zu ihr. „Wenn ich die jüngste Teilnehmerin wäre – fünfzehn bist du doch, oder nicht? – ach, ich glaube, ich wäre jetzt der Ohnmacht nahe."

Sophie fand ihre Stimme nicht und nickte daher nur hilflos. Haargenau so war ihr nämlich gerade zumute.

Doch die Frau lachte nur und führte Sophie die Stufen zu dem Podium hinauf und hinter den schweren Samtvorhang. „Aber dir scheint das alles nicht das Geringste auszumachen. Wie schaffst du das nur?"

Sophie zuckte die Achseln und sah sich unter den anderen

Teilnehmern um. Man merkte ihnen auf den ersten Blick an, daß sie allesamt älter und erfahrener waren als sie, aber einige machten auch einen ausgesprochen nervösen Eindruck. Insgesamt hatten sich schätzungsweise fünfzig bis sechzig Teilnehmer eingefunden, die hier unter der Aufsicht von drei streng dreinschauenden Wettbewerbshelfern auf den Beginn warteten. Einen Moment lang richteten sich die Blicke aller anderen auf sie, und Sophie spürte, wie ihr das Herz pochte.

Die Frau klopfte ihr aufmunternd auf die Schulter. „So, jetzt überlasse ich dich diesen tüchtigen Leuten hier. Viel Glück, meine Liebe."

„Phänomen."
„Parallele."
„Rheuma."

Die ersten Wörter hatten nach Miss Charles' Einstufung einen mittleren Schwierigkeitsgrad. Sophie stellte erleichtert fest, daß sie nicht die Einzige war, die Lampenfieber hatte, denn selbst bei diesen relativ einfachen Wörtern machten viele Teilnehmer Fehler und schieden aus. Wenn ein Wort falsch buchstabiert wurde, ging es automatisch an den nächsten Teilnehmer weiter. Auf diese Weise erhielt Sophie ihre ersten beiden Wörter, wodurch sie zusätzliche Zeit gewann, um sich auf die Rechtschreibung zu konzentrieren. Dennoch hatte sie das Gefühl, als sei ihr Kopf in tausend Stücke zersprungen, und selbst die einfachsten Wörter erschienen ihr plötzlich unsagbar schwierig.

„Rhinozeros."
„Szene."
„Auspizien."

Der riesige Saal war bis auf den letzten Stuhl besetzt. Jeder Teilnehmer, der nach einem Fehler ausschied, wurde mit stürmischem Applaus bedacht. Ansonsten herrschte Totenstille im Publikum. Die Zuschauer verfolgten den Wettbewerb voller

Spannung. Die Stimmen des Wettbewerbsleiters und der Teilnehmer hallten quer durch den Saal und prallten an der Wand ab. In Sophies Ohren klang ihre eigene Stimme merkwürdig hoch und dünn.

„Kalanchoe."

„Katarrh."

„Chromatisch."

Die Wörter wurden schwieriger. Die Zahl der Wettbewerbsteilnehmer auf dem Podium war bereits deutlich geschrumpft, und bei jedem, der einen Fehler machte und ausschied, wurde der Applaus lauter. Sophie hatte das Gefühl, als schlage ihr Herz mit der Gewalt eines Hammers. Als sie an der Reihe war und das Wort „Chicorée" buchstabieren sollte, wußte sie nicht, ob der Wettbewerbsleiter sie überhaupt verstehen konnte.

Dann wurde alles völlig anders.

Der Umschwung kam keineswegs schrittweise. Wie eine große Decke der Ruhe umhüllte sie plötzlich ein sanfter Friede. Sie nahm ihre Umgebung bewußter und klarer wahr. Vor der Anspannung und dem Lampenfieber beschützten sie jetzt Fittiche der Liebe, des Trostes und der Gelassenheit.

„Phlegmatisch."

„Chrysantheme."

Ein Teilnehmer nach dem anderen schied aus. Nun waren nur noch vier übrig. Inzwischen wurde bei jeder richtigen Antwort ein donnernder Applaus geklatscht. Die Anspannung, die im Raum lag und die selbst dem Wettbewerbsleiter die Schweißperlen auf die Stirn getrieben hatte, ging völlig an ihr vorbei. Der Wettbewerbsleiter rief: „Apokryphen." Sophie buchstabierte zunächst das Wort im stillen, wie sie es bei den meisten anderen Wörtern getan hatte. Die ältere Teilnehmerin neben ihr zögerte und buchstabierte dann: „A - P - O - K - R - Y - F - E - N." Als das Mädchen unter begeistertem Applaus vom Podium stieg, buchstabierte Sophie das Wort mit klarer, glockenheller Stimme. Die Menschenmenge quittierte ihre Leistung mit lauten Bravorufen.

Ohne jede Warnung kam ihr eine Erkenntnis in den Sinn.

Der Gedanke war so unverhofft und ernüchternd, daß sie einen Moment lang alles um sich her vergaß: *Diese innere Ruhe ist ein Geschenk von Gott.*

Dieser Gedanke hatte die Aussagekraft eines Spiegels, aus dem ihr plötzlich ihre Seele entgegensah. Sie war machtlos gegen die Einsicht, daß zwar sie Gott den Rücken gekehrt hatte, doch daß Gott die ganze Zeit für sie da gewesen war und nur auf den Tag wartete, an dem sie zu ihm zurückkehrte.

Schlagartig kam ihr eine Erinnerung ins Bewußtsein, nicht so sehr an ein Ereignis, sondern eher an eine Empfindung. Erneut verspürte sie den Schmerz, den der Tod ihrer Mutter in ihr verursacht hatte, aber diesmal lag darüber das tröstende Wissen, daß Gott bei ihr war und ihr Hoffnung und Heilung schenken wollte. Doch sie reagierte impulsiv. Mit einer Entschlossenheit, die ihren ganzen Körper beben ließ, schüttelte sie alles ab: die Einladung Gottes und das erneute Empfinden all der Gefühle – der Einsamkeit, des Kummers und des Verlassenwordenseins –, die sie nach verzweifelten Kämpfen siegreich unterdrückt hatte.

Der ganze Vorgang, von der blitzartigen Erkenntnis bis zu ihrer endgültigen Verweigerung, spielte sich innerhalb weniger Sekunden ab. Der Saal und der Wettbewerb standen plötzlich wieder glasklar vor ihr, doch das Geschenk des Friedens hatte sich verflüchtigt. Sophie warf einen Blick in die Zuschauermenge, und mit einem Mal schlug die Flut ihrer Ängste wieder über ihr zusammen.

Der Wettbewerbsleiter wandte sich an sie und sagte: „Bougainvillea."

Sophie fing an, das Wort zu buchstabieren, doch ihre Stimme löste ein solches Echo in dem riesigen Saal aus, daß sie sich von Lampenfieber überwältigt fühlte. Als sie das letzte L erreicht hatte, war sie sich plötzlich unsicher, ob sie das zweite L schon genannt hatte oder nicht. Nach einem Zögern, das fast eine Ewigkeit zu dauern schien, fügte sie noch ein L hinzu.

Ein Seufzen ging durch die Reihen, und der Schiedsrichter rief: „Sophie Harland scheidet aus."

Aus und vorbei.

Sie stand da wie betäubt. Am liebsten hätte sie laut gerufen, daß sie das Wort haargenau kenne, daß sie nur das Echo verwirrt habe. Doch bevor sie auch nur einen Ton hervorbringen konnte, erhob sich ein tosender Applaus und ergoß sich über sie, eine Welle der Bravorufe nach der anderen. Sie sah sich zu den anderen Teilnehmern um und stellte fest, daß nur noch zwei übrig waren. Der Applaus dauerte an, doch Sophie fühlte sich nicht im Geringsten davon geehrt. Statt dessen war ihr, als prügele das Klatschen erbarmungslos auf sie ein, um sie vom Podium zu drängen.

Sophie hielt die große Silbertrophäe und den Pfandbrief über fünfzig Dollar fest umklammert, die sie als Drittbeste gewonnen hatte. Die Keenes versuchten, sich einen Weg durch die Menschentraube zu bahnen, von der sie umringt war. Alle wollten die jüngste Teilnehmerin eines derart bedeutenden Buchstabierwettbewerbs, die je einen Preis gewonnen hatte, aus der Nähe sehen, ihr auf die Schulter klopfen und sie mit Lob überschütten. Doch von alledem nahm Sophie kaum etwas wahr. Sophie hatte das Gefühl, als sei ihr Lächeln wie aufgeklebt.

Endlich hatten sich die Keenes nahe genug an sie herangearbeitet, um sie zu umarmen und ihr begeistert zu gratulieren. Sophie ließ alles über sich ergehen und bemühte sich, die Rolle der glücklichen, aber erschöpften Wettbewerbsteilnehmerin zu spielen. Sie ließ sich von den Keenes aus dem Saal führen und spürte unterwegs zahllose Blicke auf sich ruhen.

Sie wartete, bis sie draußen waren und Lenas Eltern ein paar Schritte vor ihnen hergingen. Dann warf sie Lena einen Seitenblick zu und fragte leise: „Hast du etwa da drin für mich gebetet?"

Lena sah überrascht zu ihr hinüber. „Klar hab' ich das."

Sophie ging schweigend weiter. Ihre Verwirrtheit und ihr Widerstand lösten einen inneren Sturm in ihr aus.

Lenas Gesicht trug einen verzweifelten Ausdruck. „Bitte verbiete's mir nicht", flehte sie, die Frage ihrer Freundin mißverstehend. „Das könnte ich nicht ertragen. Nie im Leben. Ich bete jeden Abend und jeden Morgen für dich. Ich danke Gott dafür, daß ich dich zur Freundin hab'. Ich bete dafür, daß er dich tröstet." Sie betrachtete Sophies Gesicht prüfend und fügte hinzu: „Und seitdem ich weiß, wie du über Gott denkst, bete ich dafür, daß er irgendwie einen Weg findet, um dich zu ihm zurückzuholen."

Lena ging neben Sophie her, die grauen Augen geweitet und gequält. Als Sophie nicht antwortete, sagte sie: „Du darfst einfach nicht von mir verlangen, mit dem Beten aufzuhören. Das könnte ich nicht, das brächte ich einfach nicht fertig. Eher könnte ich mit dem Atmen aufhören."

Ein Lied vor sich hin summend, hastete Lena im Eßzimmer umher, um sich davon zu überzeugen, daß alles an seinem Platz war. Sie konnte selbst nicht sagen, ob sie nun vor Freude oder Nervosität summte. Der Tisch war ihr noch nicht blank genug poliert, und wie das Staubtuch kreisten jetzt auch ihre Gedanken in immer enger werdenden Schleifen. *Was, wenn keiner käme? Was, wenn sich das Ganze als riesiger Reinfall herausstellen würde? Was, wenn Sophie zu Hause bliebe?*

„Ach du liebe Güte, Kind, polierst du den Tisch jetzt etwa zum dritten Mal?"

Lena sah auf. Ihre Mutter trug den Bowlekrug mit der Limonade herein. „Ich möchte alles so schön machen, wie's nur eben geht."

„Das sollst du ja auch. Aber wenn du nicht bald mit dem Polieren aufhörst, reibst du den ganzen Glanz wieder ab." Martha stellte den Bowlekrug auf den Tisch und holte die Tassen und Untertassen dazu. Anschließend deckte sie die ganze Überraschung mit einem weißen Leinentuch ab. „Bist du dir wirklich sicher, daß sie nichts ahnt? Sophie ist schließlich alles andere als auf den Kopf gefallen."

„Allerdings, aber ich glaube trotzdem nicht, daß sie etwas gemerkt hat." Lena verteilte kleine belegte Brote auf einer Kristallplatte, die ihre Mutter mit einem weichen Lappen gewienert hatte, bis sie nur so blitzte. Dann schob sie die Platte ebenfalls unter das Leinentuch auf dem Tisch. „Keiner hat auch nur ein Wort über ihren Geburtstag fallengelassen."

Martha hastete in die Küche zurück, um nach den beiden Obstpasteten im Ofen zu sehen. Der Schokoladenkuchen, Sophies Lieblingsgebäck, stand schon mit Guß verziert im Eßzimmer.

„Unter welchem Vorwand hast du sie denn nun herbestellt?" erkundigte sie sich, während Lena ihr in die Küche folgte.

Lena mußte schlucken. Obwohl sie den Segen ihrer Mutter dazu gehabt hatte, war es ihr sehr schwergefallen, auch nur die geringste Unwahrheit zu sagen.

„Ich habe sie gebeten, mit mir das neue Chorlied einzustudieren, weil ich alleine damit nicht zurechtkomme."

„Was ja leider auch stimmt", meinte Martha und holte die beiden Brombeerpasteten einzeln aus dem Ofen, prüfte sie mit einer Messerspitze und trug sie ins Eßzimmer. Sie mußten erst eine Weile abkühlen, bevor sie angeschnitten werden konnten. Im ganzen Zimmer duftete es plötzlich nach reifen Früchten und Zimt. Martha ging in die Küche zurück und bemerkte: „Eigentlich gehört sie selbst in den Chor, so wahr ich Martha Keene heiße."

Lena gab ihr mit einem Nicken recht. Sie war zutiefst darüber enttäuscht, daß Sophie sich standhaft weigerte, mit ihr in den Kirchenchor zu gehen. Sophie hatte die stimmliche Begabung ihrer Mutter geerbt, und sie hatte sich dazu überreden lassen, im Schulchor mitzusingen, worüber ihre Mutter sich sehr gefreut hatte. Früher hatte Lena einmal davon geträumt, eines Tages mit Sophie Duette in der Kirche vorzutragen. Als es aber dann soweit gewesen war, hatte Sophie rundheraus abgelehnt, ohne sich auch nur Lenas Argument anzuhören, daß eine so schöne Stimme unbedingt dazu genutzt werden sollte, um Gott Loblieder zu singen.

„Sie will nichts davon hören", sagte Lena. „Kein Mensch kann sie umstimmen. Mir bleibt nichts anderes übrig, als zu beten und auf ein Wunder zu hoffen."

Ein Klopfen an der Hintertür ließ Mutter und Tochter aufmerken. Lena warf einen nervösen Blick in die vordere Diele. Wenn das nur nicht schon Sophie war! Doch auf der Veranda standen zwei Mädchen mit hübsch verpackten Geschenken. Lena begrüßte sie herzlich und bat sie ins Haus.

„Ist sie schon da?" fragte die eine voller Spannung, während sie Lena ihr Schultertuch reichte.

„Ich habe sieben Uhr mit ihr ausgemacht, damit alle anderen vor ihr hier sein können."

„Hat sie auch bestimmt keinen Verdacht geschöpft?"

„Ich glaube nicht."

Beide Mädchen waren begeistert, denn Überraschungen machten einen ungeheuren Spaß.

Bald herrschte ein fröhliches Stimmengewirr im Wohnzimmer und in der Küche. Lena sah immer wieder bange auf die Uhr, während sie einer Schulkameradin nach der anderen die Tür öffnete, und hoffte inständig, daß sie alle vor Sophie eintreffen würden.

Die Idee zu dieser Geburtstagsüberraschung war Lena vor einer Woche gekommen. Die beiden Mädchen hatten viel gemeinsam, unter anderem auch ihr Alter, zumindest für einen Teil des Jahres war die Zahl bei beiden gleich. Letzte Woche hatte Lena jedoch eine beiläufige Bemerkung gemacht, in der sie Sophie als fünfzehn Jahre alt bezeichnet hatte. „Sechzehn", hatte Sophie sie daraufhin berichtigt. Erschrocken war Lena in diesem Moment eingefallen, daß sie Sophies Geburtstag vollkommen verschwitzt hatte. „Ja, sechzehn", hatte Sophie wiederholt. „Seit letztem Dienstag."

Der sachliche, unbeteiligte Ton, in dem sie es gesagt hatte, war Lena den ganzen Tag nicht mehr aus dem Kopf gegangen.

Sophie hatte Geburtstag gehabt, und niemand hatte es auch nur im Geringsten beachtet. Unter Tränen hatte sie an diesem Abend mit ihrer Mutter darüber gesprochen. „Sie hat überhaupt nichts davon erwähnt, und ich hab's total vergessen. Ihr Vater bestimmt auch."

Martha war zutiefst entrüstet gewesen. „Also, das passiert ihr nicht noch einmal. Dann laden wir sie eben zum Essen ein. Wenn dieser Trottel von Vater sich nicht mal um seine eigene Tochter kümmern kann, dann werden wir das eben machen müssen."

Aus dem ursprünglich geplanten, gemütlichen Abendessen im Familienkreis war schnell eine richtige Geburtstagsfeier mit allem Drum und Dran geworden, die in der kommenden Woche stattfinden sollte. Vor lauter Aufregung hatte Lena die ganze Zeit kaum schlafen können. Daß Sophies eigentlicher Geburtstag schon einige Tage zurücklag, war nicht weiter tragisch.

Endlich traf der letzte Gast ein. Lena sah sich in der Runde ihrer Mitschülerinnen um. Alle waren gekommen. Also ruderte sie mit den Armen in der Luft herum, um sich bei ihnen Gehör zu verschaffen. Mit einem Kopfnicken deutete sie auf die Kaminuhr und sagte: „Jetzt kann sie jeden Moment kommen. Bleibt hier in diesem Raum und verhaltet euch mucksmäuschenstill. Wenn sie dann da ist, bringe ich sie hierher ans Klavier. Und sobald ich die Jalousien hochziehe, springt ihr alle auf und ruft: ‚Herzlichen Glückwunsch zum Geburtstag!'"

Ein aufgeregtes Kichern ging durch das Zimmer, gefolgt von einem allgemeinen „Pst!" Nervös lief Lena in die Küche zurück und ging dort unruhig umher, während sie auf das Klopfen ihrer Freundin wartete. Sophie kam immer pünktlich.

Genau eine Minute vor sieben hörte Lena Schritte auf der hinteren Veranda. Sie wischte sich die feuchten Hände am Rock ab und ging an die Tür. Unterwegs schärfte sie sich noch einmal ein, daß sie sich unbedingt ungezwungen geben mußte.

Sie öffnete die Tür, als Sophie kaum angeklopft hatte. Zum ersten Mal im Leben war sie nun froh über die schwache

Beleuchtung auf der Veranda. Im Halbdunkel konnte sie ihr angestrengtes Lächeln besser verbergen.

„Pünktlich wie immer. Komm rein!"

Sophie folgte der Aufforderung und nahm ihren Sommerhut ab, um ihn auf dem Küchentisch abzulegen. Dabei schnupperte sie herum. „Hat deine Mama wieder etwas Leckeres gebacken?"

An die Düfte hatte Lena überhaupt nicht gedacht, doch sie brachte ein ungezwungenes Lachen zustande. „Du kennst doch meine Mama. Bei der steckt ständig irgendwas im Ofen."

Sophie nickte. „So, wo ist denn jetzt das Lied, das dir solches Kopfzerbrechen bereitet?"

Lena holte tief Luft und steuerte sie in Richtung Wohnzimmer. „Hier. Ich hab' die Noten auf dem Klavier liegen lassen, denn ich hab' bereits versucht, das Lied vom Blatt zu spielen, aber du kennst mich ja. Ich ... ich kann längst nicht so gut vom Blatt spielen wie du." Sie hatte ihre Erklärung in hastige Worte gefaßt und redete munter weiter, während sie Sophie durch den Flur voranging. An der Wohnzimmertür ließ sie Sophie an sich vorbeigehen, trat beiseite und ließ ihre beste Freundin allein am Zimmereingang stehen. Genau dort stand Sophie auch noch, als die Jalousien hochgezogen wurden und ihr von allen Seiten Geburtstagsglückwünsche entgegenschallten.

Sophies Kopf fuhr in die Höhe. Einen Moment lang machte sie einen völlig verwirrten und hilflosen Eindruck.

Als ihre Freundinnen sie umringten und gleichzeitig drauflosredeten und sich vor Lachen über die gelungene Überraschung schier ausschütten wollten, drehte Sophie sich zu Lena um. Ihr Blick sagte mehr, als sie trotz aller Sprachbegabung ausdrücken konnte. In diesem Augenblick wußte Lena, daß sich alles Planen und Vorarbeiten für diesen Abend voll und ganz gelohnt hatte. Diese Geburtstagsfeier würde Sophie Harland ihr Leben lang nicht vergessen.

—————— 9 ——————

„Ach, ich weiß nicht."

Es war kaum mehr als ein Flüstern gewesen. Lena hielt den Kopf ein wenig schräg und betrachtete sich in dem goldgerahmten Spiegel neben ihrer Kommode. Auf ihrem Kopf türmten sich ihre Locken zu einem befremdlichen Berg, der mit einer großen schwarzweißen Schleife seitlich zusammengebunden war. Sie hatte das Gefühl, als würde die ganze Pracht auseinanderfallen, wenn sie auch nur eine klitzekleine Bewegung machen sollte.

„Also, ich finde es einfach phantastisch", tat Sophie ihre Meinung kund.

Wenn Sophie sich einer Sache derartig sicher war, ließ sie keine Bedenken gelten.

„Meinst du nicht, daß ich etwas ... etwas merkwürdig damit aussehe?" wagte Lena zu fragen.

„Umwerfend siehst du aus." Sophie schob eine verrutschte Locke an ihren Platz zurück. „Regelrecht draufgängerisch. Genau die Frisur hab' ich dir in der Zeitschrift gezeigt, du weißt doch, in der Apotheke. In New York soll sie jetzt der letzte Schrei sein."

„Ich bin mir nicht sicher, ob ich unbedingt so draufgängerisch aussehen will", gestand Lena und schüttelte dabei ihren Kopf, um dies im selben Moment schon zu bereuen. Der Lockenberg drohte, ihr über ein Ohr zu rutschen.

„Mach das bloß nicht nochmal!" rief Sophie. „Sonst fällt dir noch alles auseinander, und dann haben wir keine Zeit mehr, von vorn anzufangen."

Lena sah im Spiegel zu, wie Sophie die Lockenmasse mit zwei Haarklammern feststeckte. Nach wie vor hegte sie die größten Zweifel. Sie sah überhaupt nicht umwerfend aus, fand sie. Eher albern.

„So möchte ich eigentlich nicht zu einem Picknick gehen."

„Aber klar möchtest du das. Stell dir nur mal vor, was die Jungen sagen werden."

Diese Bemerkung ließ Lenas Kopf in die Höhe fahren, wobei eine seidige Locke aus Sophies Hand glitt. Was Sophie wiederum mit einem Klaps auf Lenas Schulter quittierte. „Hör auf mit dem Herumwackeln. Wenn du nicht endlich stillhältst, kriege ich's nie richtig hin."

Die Turmfrisur war ohnehin durch nichts richtig hinzukriegen, fand Lena.

„Ich habe noch nie jemanden mit so einer Frisur herumlaufen sehen", erhob Lena Einspruch.

„Das ist ja gerade der Pfiff bei der Sache. Wir wollen schließlich ein bißchen ausgefallen aussehen. Die Jungen werden uns doch nie zur Kenntnis nehmen, wenn wir so aussehen wie alle anderen."

Lena lag wenig daran, derartig viel Aufmerksamkeit zu erregen. „Und du? Wie willst du dich denn frisieren? Zum Hochstecken haben wir vor dem Picknick keine Zeit mehr."

Sophie befestigte die letzte Klammer mit einem energischen Schub und langte dann in ihre Rocktasche, um eine herausgerissene Zeitschriftenseite zutage zu fördern. „So."

Lena hielt die Seite ins Licht, um besser sehen zu können, und schnappte nach Luft. „Das sind ja kurze Haare!"

„Schick, nicht?" meinte Sophie begeistert. Sie langte ein zweites Mal in ihre Tasche und holte eine Frisörschere daraus hervor. „Jetzt laß mich mal auf den Stuhl und fang an."

Lena war entsetzt. „Deine schönen langen Haare! Sophie, das kann doch nicht dein Ernst sein!"

„Reg dich ab und fang endlich an." Sophie setzte sich vor den Spiegel, musterte sich kritisch und maß mit beiden Händen eine Länge ab, die ihr gerade noch über die Ohren reichte. „Ungefähr so müßte es sein, findest du nicht?"

Verzweifelt suchte Lena einen Ausweg. „Was wird bloß dein Vater sagen?"

Sophie zuckte mit den Schultern und hob ihre abmessenden Finger noch einen Zentimeter höher. „Er wird's überhaupt nicht merken. Ihm fällt sowieso nie etwas an mir auf."

„Ach, Sophie!" seufzte Lena. Es mußte unsagbar schwer sein, einen Vater zu haben, der seine Tochter nicht einmal wahrnahm. Bei Sophies Worten schmolz ihr das Herz, jedoch keineswegs der Widerstand. „Ich kann nicht. Ich bring's einfach nicht fertig. Und guck mal, wenn wir nicht gleich unten sind, kommen wir zu spät."

„Wie kann man denn zu einem Picknick zu spät kommen?" So leicht gab Sophie sich nicht geschlagen. „So etwas dauert doch meistens den ganzen Tag."

Lena äugte nervös nach der Schere. „Mama glaubt doch immer, sie kommt zu spät, wenn sie nicht die erste Frau ist, die ihre Körbe auf den Tisch stellt."

Zu ihrer unbeschreiblichen Erleichterung hörte sie unten an der Treppe ungeduldige Schritte, gefolgt von Marthas Ruf: „Habt ihr Mädchen vor, heute noch zum Picknick zu gehen oder erst nächste Woche?"

„Kleinen Moment noch, Mama", flötete Lena zurück und warf Sophie einen altklugen Blick zu.

„Wenn ich hier herumstehen und auf euch warten müßte, kämen wir nie aus dem Haus", konterte Martha. „Ich fange jetzt an, bis zehn zu zählen."

Sofort sprang Sophie von dem Frisierstuhl auf. Sie wußte so gut wie Lena, daß mit Martha nicht zu spaßen war, wenn diese ungeduldig wurde. Lena atmete auf, als sie sah, daß sie die Schere auf der Kommode liegen ließ.

Die beiden Mädchen gingen die Treppe herunter und betraten die Küche.

„Sollen wir etwas tragen helfen?" erkundigte sich Lena.

„Dein Vater hat die Sachen schon ..." Als Marthas Blick auf Lena fiel, verstummte sie mitten im Satz.

Lena erstarrte. An ihre Frisur hatte sie überhaupt nicht mehr gedacht. Einen atemlosen Moment lang rechnete sie mit einer scharfen Zurechtweisung, doch statt dessen schien Martha plötzlich unter einem furchtbaren Juckreiz an ihrer Nase zu leiden. Das Jucken war anscheinend so stark, daß sie sich mit ihrem Taschentuch abwenden mußte, um sich die Nase zu reiben. Als sie sich zu guter Letzt wieder umdrehte, hatte sie die Augen noch immer etwas zusammengekniffen, und ihre Stimme war eine Spur heiser, als sie sagte: „Geht schon mal nach draußen, setzt euch selbst in den Wagen."

Lenas Vater stand neben der Seitentür des nagelneuen Automobils und sah zu, wie Daniel den letzten Korb im Kofferraum verstaute.

„Macht's dir auch wirklich nichts aus, daß du mit dem Pferd nachkommen mußt?" Kevin wartete keine Antwort ab, sondern drehte sich zu den beiden Mädchen um. Beim Anblick seiner Tochter schien ihm die Luft wegzubleiben. Dann holte er sein kariertes Taschentuch hervor und wurde das Opfer eines heftigen Hustenanfalls. Lena war im Begriff, auf ihn zuzugehen und ihm mit ein paar Klapsen auf den Rücken zu helfen, doch sie befürchtete, daß ihre Frisur abstürzte, wenn sie das tat.

„Ich muß irgendwas ... in den falschen Hals gekriegt haben", keuchte Kevin und wischte sich über die Augen. „Du siehst aber heute hübsch aus, Sophie", wandte er sich an Lenas Freundin.

„Vielen Dank." Sie hob den Saum ihres Kleides und machte einen Knicks. „Ich hab's mit Ihrer Frau gekauft."

„Ja, genau, und das hat sie goldrichtig gemacht. Dein Vater hat doch deswegen nicht etwa geschimpft, oder?" sagte er wieder in seinem kühlen, sachlichen Ton.

„Ich bezweifle, daß er es überhaupt zur Kenntnis genommen hat."

Lena warf einen Blick auf ihre Freundin. Wie immer, wenn Sophie so redete, spürte sie einen Stich im Herzen. Martha hatte die beiden Mädchen in der vergangenen Woche zum Einkaufen mitgenommen, nachdem sie mehrere lebhafte Unterhaltungen mit Kevin geführt hatte, vermutlich in dem festen Glauben, Lena sei außer Hörweite. Lena hatte jedoch jedes Wort mitbekommen. Sophie sei derartig gewachsen, hatten sie gemeint, daß sie bald sämtliche Nähte ihrer Kleider zum Platzen bringen würde. So gehe es nicht weiter, hatte Martha mehrmals betont; ihr Vater sei wohl auf beiden Augen blind. Er scheine wirklich nicht zu merken, wie seine Tochter langsam heranwachse und neue Kleider brauche.

Gerade kletterte Daniel aus dem engen schwarzen Ford. Er richtete sich auf, erblickte seine Schwester und starrte sie mit offenem Mund an. Bevor er jedoch auch nur ein einziges Wort sagen konnte, packte Kevin ihn bei den Schultern, drehte ihn um und schob ihn in die Richtung der Ställe.

„Laß das Trödeln. Sattle die alte Jessie, denn sonst kommst du noch zu spät."

„Ich' geh ja schon", sagte Daniel und steuerte rückwärts, ohne den Blick von Lena zu nehmen, schnurstracks auf den Torpfahl zu. Nachdem er sich von seinem kleinen Zusammenstoß erholt hatte, warf er seiner Schwester noch einen letzten Blick über die Schulter hinweg zu und trollte sich schleunigst.

Lena bedachte ihre Freundin mit einem vorwurfsvollen Blick. Die New Yorker Haarmode war wohl kaum das richtige für ein Picknick in Harmony. Sophie wich Lenas Blick aus, indem sie sich plötzlich sehr für den Wald in der Ferne zu interessieren schien.

„Was steht ihr alle so untätig herum?" Martha kam mit lauten Schritten die Eingangstreppe heruntergepoltert und umrundete das Automobil. „Wir sind garantiert die Letzten." Sie öffnete die Autotür. „Steigt hinten ein, ihr beiden Mädchen. Und Kevin, fahr so schnell, wie's geht. Du weißt doch, wie ungern ich zu spät komme."

Alle gehorchten ihr eilig. Mr. Keene drehte an den Armaturen und stellte sich vor das Automobil. Als er anfing, den Motor anzukurbeln, sah ihm Sophie aus geweiteten, faszinierten Augen zu.

Mit einem Husten sprang der Motor an, um gleich darauf wieder zu verstummen. Kevin schob sich den Hut aus der Stirn, bevor er aufs Neue kurbelte. Martha klopfte daraufhin mit ihrem Sonnenschirm auf die Lenksäule, wie sie es oft tat, wenn der Ford nicht spuren wollte. Dieses Mal dröhnte dann der Motor los. Mr. Keene sprintete auf die Fahrerseite zu und warf sich auf den Sitz.

Das Automobil knatterte die Straße entlang, wobei es Staubwolken aufwirbelte und ein großes Kläffen bei den Hunden auslöste. Lena konnte sich nicht erinnern, je so schnell gefahren zu sein. Mit hektischen Fingern riß der Fahrtwind an ihren Haaren. Als Sophie die Augen in der kühlen Brise schloß, half Lena dem Zusammenstürzen ihrer Frisur mit einem heftigen Kopfschütteln nach. Ein zweites Schütteln brachte dann den Lockenberg vollends zum Absturz.

„Ach", rief sie über das Motorengeräusch und den Wind hinweg, „guck bloß mal!"

Sophie öffnete die Augen. Lenas ganzes Gesicht war nun mit klammerbesetzten Haarbüscheln verhangen. Die beiden Mädchen starrten zunächst einander sprachlos an und fingen dann an zu lachen. Martha drehte sich auf ihrem Sitz um und nickte den beiden zufrieden zu, während sie sich vor Lachen die Bäuche hielten und sich anschickten, die verrutschten Haarklammern in dem Lockengewirr aufzuspüren.

Es war ein herrlicher Frühlingstag, der noch nicht unter der Last der feuchten Sommerhitze litt. Auf der Wiese tobten Kinder mit der Ausgelassenheit junger Fohlen, die gerade aus der Enge des Stalls befreit worden waren. Dem zarten Grün der Büsche hatte der Staub der ländlichen Umgebung noch nichts von seiner Leuchtkraft nehmen können.

„Ich habe mich schon lange auf dieses Picknick gefreut", sagte Sophie reserviert, nachdem die Mädchen beim Ausladen der Körbe geholfen hatten und von weiteren Hilfsdiensten befreit worden waren. „Ich bin ja schon seit – ach, seit Ewigkeiten nicht mehr zu einem Picknick gegangen."

Es war Lena unerträglich, wenn Sophie so teilnahmslos redete. Sie jedoch versuchte sie selbst zu beleben: „Guck mal,

116

da ist ja Annabell Clemens und alle Morrells. Anscheinend hat sich die ganze Schule zum Gemeindepicknick eingefunden."

Sophies Blick heftete sich auf eine Gruppe von Jungen und ein paar Väter, die sich gegenseitig einen Ball zuwarfen. „Komm, wir gucken ihnen mal eine Weile zu."

Martha rief ihnen nach: „Achtet auf eure Manieren. Ich dulde es nicht, daß meine Tochter sich wie ein Gossenmädchen aufführt."

„Ja, Mama", antwortete Lena und lief los, um Sophie einzuholen. „Verstehst du eigentlich was von Football?"

Sophie schüttelte den Kopf. „Nein, aber wir werden schon hinter die Spielregeln kommen. Wenn alle Beifall klatschen, klatschen wir einfach mit."

Aus dem Spiel wurde schnell ein harter Wettkampf. Immer mehr Zuschauer fanden sich ein, um die beiden Mannschaften anzufeuern. Was Football betraf, hatte Lena gemischte Gefühle. Sogar dieses harmlose Spiel zwischen zwei Familien, die sie schon kannte, seitdem sie auf der Welt war, artete zusehends zu einem Krieg um den Ball aus. Inzwischen lächelte niemand mehr. Alle riefen durcheinander. Überall auf dem Spielfeld wurde geschubst, umgeworfen, gestoßen und gerangelt.

„Welche Mannschaft ist eigentlich unsere?" fragte sie zu guter Letzt.

Sophie deutete quer über das Feld. „Die da drüben. Deren Jungs gefallen mir am besten."

Gerade in diesem Moment jagte einer der kräftigen, hoch aufgeschossenen jungen Männer direkt vor ihnen hinter dem Ball her. Vor Überraschung quietschten beide Mädchen wie aus einem Mund auf. Der Junge blieb lange genug stehen, um ihnen ein amüsiertes Lächeln zuzuwerfen, bevor er wieder auf das Spielfeld lief. Diese unerwartete Begegnung hatte Lena fast den Atem verschlagen. Sie wechselte einen überrumpelten Blick mit Sophie und verfolgte dann das Spiel mit einem neuen Interesse. Beinahe hätte sie Sophie gefragt, ob sie froh sei, sich die Haare nicht abgeschnitten zu haben, doch dann überlegte sie es sich anders. Sie wollte diesen sonnigen Tag lieber nicht mit einer solchen Frage überschatten.

Lena saß in der leeren Kirche und wünschte sich, daß dieser stille Moment nie zu Ende gehen würde. Während sie dem Tanz der Staubkörnchen im Sonnenlicht zusah, das durch die hohen Seitenfenster hereinströmte, dachte sie daran, wie gut es ihr doch ging. Sie wußte selbst, wie widersprüchlich das klingen mochte, denn oft lag sie nachts stundenlang wach und machte sich Sorgen. Dennoch fühlte sie sich reich beschenkt. Sie seufzte und entließ den Moment der Stille, indem sie aufstand. Auf dem einsamen Mittelgang dachte sie erneut voller Dankbarkeit daran, wie gut sie es hatte, denn sie hatte doch Jesus, an den sie sich in schweren Zeiten wenden konnte.

Als sie die Kirchentür aufstieß, sah sie Sophie auf der gegenüberliegenden Straßenseite auf einer Bank sitzen. Sie steuerte auf sie zu und setzte sich neben sie. Ein riesiger Magnolienbaum breitete seinen duftenden Schatten über den beiden Mädchen aus, frisch wie der Frühling in weißen Kleidern.

Sophies Blick folgte einem prächtigen, auf Hochglanz polierten Automobil, das an ihnen vorbeibrummte. Um überhaupt etwas zu sagen, fragte Lena: „Welche Automarke war das eben?"

„Ein Packard."

„Ich kann die vielen Modelle einfach nicht auseinanderhalten."

Manch einer hätte sich vielleicht darüber gewundert, daß Sophie sich mit sämtlichen Automobilmarken und -modellen auskannte, die es inzwischen gab. Lena wußte jedoch, daß es nicht so sehr die Automobile selbst waren, die Sophie faszinierten, sondern eher die Freiheit, die sie darstellten. Lena zögerte einen Moment und fragte dann, einem Drängen ihres Herzens folgend: „Wie wär's, wenn du mich morgen begleitest und für …"

„Ich dachte, du hättest mich verstanden. Ich möchte wirklich nicht darüber reden", sagte Sophie mit leiser, aber unerbittlich fester Stimme. „Nie wieder im Leben."

Lena fügte sich mit einem bekümmerten Nicken. Seit ihrer gemeinsamen Reise nach Raleigh war fast ein Jahr vergangen, und nach wie vor ging Sophie nur dann in die Kirche, wenn ihr Vater in den Gottesdienst gehen wollte. Wenn er sich jedoch „irgendwie nicht fühlte", zog Sophie trotzdem ihr Sonntagskleid an und wanderte ziellos durch die Straßen, bis es Zeit war, wieder nach Hause zu gehen. Sie weigerte sich, über ihre Einstellung zum Glauben zu sprechen, und blockte sofort ab, wenn die Sprache auf dieses Thema kam.

Während der letzten drei Wochen jedoch, nämlich seitdem Daniel seine Einberufung zum Kriegsdienst erhalten hatte, war Sophie jeden Nachmittag mit Lena zur Kirche gegangen und hatte draußen auf sie gewartet, während sie Gott um Schutz und Bewahrung für ihren Bruder anflehte. An dem Tag, als Daniel abgereist war, war Sophie nicht von Lenas Seite gewichen und hatte sie fest in den Armen gehalten, während sie sich ausgeweint hatte. Sie hatte zugehört, wie Lena mit erstickter Stimme Gott angefleht hatte, er möge ihren Bruder bewahren und ihn heil und mitsamt seinem einzigartigen Lächeln wieder nach Hause bringen. Sophie hatte neben ihr gesessen, ihr über die Schulter gestrichen und ihr Beistand geleistet. Das hatte sie von da an tagtäglich getan.

Auf der Bank neben ihrer besten Freundin schickte Lena zum unzähligsten Mal ein stilles Gebet zum Himmel, in dem sie Gott bat, sich irgendwie einen Zugang zu Sophies Herzen zu verschaffen und zwar möglichst bald.

„Jeden Tag schreiben die Zeitungen neue positive Nachrichten", erzählte Sophie ihr. „Man hat eine Delegation nach Berlin geschickt, und Vertreter des Kaisers haben sie empfangen."

„Tatsächlich?"

Sophie nickte. „Heute morgen stand ein Artikel in der Zeitung, demzufolge es nicht mehr lange dauern kann, bis der Waffenstillstand unterzeichnet wird."

Lena konnte ihr Glück kaum fassen. Sie hatte zwar nicht alles begriffen, was Sophie gerade gesagt hatte, doch sie wußte, daß ihre beste Freundin die Zeitungen ebenso wißbegierig verschlang wie alle Bücher, die ihr vor die Nase kamen.

„Dann werden sie Daniel also bald nach Hause schicken?"

Sophie lächelte. In dieser einfachen Geste lag ein bemerkenswertes Zeichen ihres Erwachsenwerdens. „Ich gehe davon aus, daß es auch nach Kriegsende dort noch jede Menge zu regeln geben wird. Aber wenigstens wird ihm die Front erspart bleiben."

„Oh, Gott sei Dank!" hauchte Lena mit ineinander verknoteten Händen.

Sophie stand auf. „Ich muß jetzt gehen."

„Zurück in die Apotheke?"

„Nein, Miss Charles hat mich für heute Nachmittag zu sich bestellt. Hast du Lust, ein Stück mitzugehen?"

„Klar."

Bei jedem anderen Schüler hätte eine solche Vorladung nichts Gutes zu bedeuten gehabt. Sophie war allen anderen jedoch so weit voraus, daß die Lehrerin sie aus einem anderen Grund zu sich bestellt haben mußte.

Unterwegs blieben sie eine Weile stehen, um sich Blumen als Haarschmuck zu pflücken. Daraus war eine tägliche Gewohnheit geworden, seitdem Sophie einen Artikel in der Saturday Evening Post darüber gelesen hatte. Sie hatte ihn Lena gezeigt: eine farbige Zeichnung einer Pariser Schönheit beim Spaziergang auf einer geschäftigen, baumgesäumten Straße. Unter der Zeichnung hatte gestanden: „Der perfekte Akzent für die Garderobe der Dame von Welt: die Frische einer Frühlingsblüte in ihren Locken." Sophie hatte die Zeichnung so intensiv und lange studiert, daß Lena sich schon zu fragen begonnen hatte, ob ihre Freundin etwas darin sah, für das sie selbst irgendwie blind war.

Es bestand keine Notwendigkeit, die Blumen aus den Gärten zu nehmen. Die Straßen von Harmony waren mit Blumen und blühenden Bäumen gesäumt. Die Schleier des Geißblatts wurden gegen die Blüten des Tulpenbaums eingetauscht und diese wiederum gegen Hornstrauchblüten. Leuchtend violette Myrteblüten ließen Sophies Augen noch dunkler erscheinen, als sie ohnehin schon waren. Lena liebte blühende Kirschbaumzweige, deren Duft so leicht war, daß er ihr beinahe schüchtern erschien. Es war, als habe ihre Seele in der Schönheit dieser zarten Blüten ein Zuhause gefunden.

Sophie riß sich eine Magnolienblüte von der Größe einer Kuchenplatte ab. Als sie sich anschickte, sich diese in die Haare zu stecken, verhängten ihr die handtellergroßen Blüten das Gesicht von der Stirn bis ans Kinn, und die beiden lachten so heftig, daß sie sich hinsetzen mußten. Lena freute sich immer von Herzen, wenn sie Sophie lachen sah, und stimmte gern mit ein. Leider kam das nicht mehr häufig vor, nicht einmal bei den Phantasiespielen, die Sophie sich oft ausdachte. Jetzt stand Sophie wieder auf und tanzte von Baum zu Baum, um in wilder Hast eine Blüte nach der anderen abzureißen, als suche sie nach der einen mit der magischen Kraft, die ihre Träume in Wirklichkeit verwandeln und sie auf einem fliegenden Teppich mitten auf eine elegante Pariser Straße versetzen konnte. Auf dieser Straße lustwandelten hübsche Damen in langen, fließenden Kleidern mit enger Taille und bunten Schals über den gepuderten Schultern, und die Blumen kaufte man dort von freundlichen alten Frauen an Straßenständen, anstatt sie von Bäumen zu pflücken, genau wie es Sophie in ihrer Zeitschrift gelesen hatte.

Lena fror innerlich, wenn Sophie so redete. Sie versuchte, diese Träumereien von sich zu schieben und mit ihnen die Angst davor, daß ihre Freundin ihr am Ende wirklich davonfliegen würde. Lena konnte sich keinen anderen Wohnort als Harmony vorstellen. Im Grunde genommen hegte sie eine tiefe Abneigung gegen Sophies Phantasien von fernen Städten, von Reisen, Abenteuern und beruflichem Erfolg. Dennoch brachte sie es nicht fertig, ihrer Freundin solche Gedankenspiele abzuschlagen. Die Sehnsucht und der Hunger in Sophies Seele waren so stark, daß sie wie Feuer in ihren Augen brannten. Nein, Lena hatte diese ungewöhnliche junge Frau zu sehr in ihr Herz geschlossen, um nicht ihre Träume mit ihr zu teilen, so sehr sie sie auch ängstigten und erschreckten. Wenn Lena diese Flamme der Entschlossenheit in Sophies dunklen Augen lodern sah oder ihre brillante Intelligenz in ihren Worten hörte, fragte sie sich oft, ob Sophie eigentlich je ein Kind gewesen war.

Die Blumen in Lenas Haaren bildeten einen scharfen Gegensatz zu ihren ernüchterten Gedanken, als sie sich jetzt widerwillig auf den Heimweg machte, nachdem sie sich von Sophie verabschiedet hatte.

Sophie betrat das Schulgebäude mit einem ungutenGefühl in der Magengrube. Sie konnte sich schon denken, weshalb Miss Charles sie herzitiert hatte, und was sie erwartete, war das Letzte, was sie hören wollte. Das Allerletzte.

Als sie am Abend zuvor im Auftrag ihres Vaters zu einem Botengang unterwegs gewesen war, hatte sie Miss Charles aus dem Bahnhofsgebäude kommen sehen, und mit einem betäubten Herzen war sie nach Hause gegangen. Wenn Miss Charles von Harmony wegzog, würde es hier einen Menschen weniger geben, mit dem sie sich wirklich austauschen konnte. Aber Miss Charles hatte offensichtlich vor, Harmony zu verlassen. Was sollte sie auch zum Bleiben bewegen? Sie hatte hier keine Verwandten. Nichts hielt sie hier. Sie konnte hinziehen, wo sie wollte. Wenn Sophie an ihrer Stelle gewesen wäre, hätte sie sich schließlich auch in den nächsten Zug gesetzt. Doch allein der Gedanke daran, daß Miss Charles bald nicht mehr da sein würde, hatte ihre Beine mit Blei umhüllt, und mit schleppenden Schritten ging sie über den Schulhof.

Sophie durchquerte den verlassenen Flur, blieb vor ihrem Klassenzimmer stehen und klopfte an die geschlossene Tür. Als eine gedämpfte Stimme antwortete, öffnete sie die Tür und sagte nur fragend: „Miss Charles?"

„Ach, gut, du bist es. Komm herein."

Sophie betrat das Klassenzimmer und sah sich um. Außer ihrer Lehrerin und ihr war niemand hier.

Miss Charles stand von ihrem Schreibtischstuhl auf und begrüßte sie mit einem freundlichen Lächeln. Sie trug ein hübsches rosa-weiß gemustertes Kleid, und mit ihren kupferfarbenen Haaren und dem Hauch von Rouge auf den Wangen sah sie so aus, als sei sie den Seiten der Pariser Modezeitschrift entsprungen. Sie strahlte förmlich vor guter Laune.

„Setz dich doch auf den Stuhl neben meinem Schreibtisch. Ich komme sofort zurück." Sie ging und schloß die Tür hinter sich.

Sophie folgte ihrer Aufforderung. Die Luft roch nach Kreide und Hitze. Aber die Stille erschien ihr irgendwie befremdlich, denn es war, als habe das Klassenzimmer den Übergang von dem Lärm und Wirbel der lebhaften Schüler zu dieser Leere nicht recht verkraftet. Durch das geöffnete Fenster drangen die Stimmen von Kindern herein, die sich irgendwo in weiter Ferne in der Frühlingssonne austobten.

„Meine Güte, ich hatte fast vergessen, wie schwer sie sind." Die Arme um eine Holzkiste geschlungen, betrat Miss Charles das Klassenzimmer. Sie schob die Tür mit der Schulter ins Schloss, kam näher und stellte die Kiste ab. Als sie Sophie dann ansah, tanzte helle Begeisterung in ihren Augen. „Ich habe eine Überraschung für dich."

Sophie starrte die Lehrerin ungläubig an. „Für mich?"

Miss Charles nickte und langte nach der Schere. Dann fing sie an, die Verschnürung aufzuschneiden.

„Eine meiner engsten Studienfreundinnen ist neuerdings Bibliothekarin am State College. Ich habe diese Bücher bei ihr bestellt. Gestern abend sind sie mit der Eisenbahn angekommen."

Das erklärte also, weshalb sie Miss Charles gestern am Bahnhof gesehen hatte. Sophie spürte, wie ihr ein zentnerschwerer Stein vom Herzen fiel. Miss Charles hatte anscheinend doch nicht vor, von hier wegzuziehen. „Was ist es denn?"

„Etwas, was dich diesen Sommer beschäftigt halten soll. Du

hast nur noch ein Schuljahr hier vor dir, und ich gehe davon aus, daß du noch immer vorhast zu studieren."

Sophie nickte langsam. „Aber mein Vater ist dagegen. Er sagt, ich solle hierbleiben und die Apotheke übernehmen. Er meint, dazu müßte ich nicht studieren."

Miss Charles sah sie nachdenklich an und fragte: „Hat er es dir etwa ausdrücklich verboten?"

„Nein, das würde er nicht tun. Zumindest glaube ich nicht, daß er's tun würde." Sophie zögerte. „Daddy hat im Moment nicht einmal die Energie dazu, eine feste Meinung zu haben", sagte sie in aller Offenheit. „Er hat nur zu mir gesagt, daß ihm bei dem Gedanken nicht ganz wohl sei und daß er mich auf keinen Fall finanziell unterstützen werde."

„Na ja, auch für die kleinsten Zugeständnisse sollten wir dankbar sein", sagte Miss Charles. Sie klappte den Deckel der Kiste auf und förderte ein großformatiges Buch zutage. Mit einem Lächeln reichte sie es Sophie. „Wir werden von jetzt an nicht nur deinen enormen intellektuellen Hunger stillen, sondern dich auch auf die Bewerbung um ein Stipendium vorbereiten."

Das Buch lastete schwer auf Sophies Schoß. Sie las den Titel vor: „Einführung in die Naturwissenschaften." Daraufhin sah sie zu Miss Charles auf. „Und das haben Sie extra für mich besorgt?"

„Sophie, ich werde dich wie eine Erwachsene behandeln und ganz offen mit dir reden." Miss Charles setzte sich und nahm eine von Sophies Händen in die ihre. „Du hast einen bemerkenswerten Verstand. Mehr noch: Du besitzt eine außergewöhnliche Begabung zum Lernen. Vielleicht ist es ja zum Teil Egoismus meinerseits, aber ich möchte gern Anteil an deiner Entwicklung haben. Ich möchte dir helfen, deine Flügel zu entfalten, bis du zum Flug in die Lüfte abheben kannst."

Sophie sah auf das Buch auf ihrem Schoß herab, doch der Buchdeckel war nun so verschwommen, daß sie keinen der Buchstaben mehr entziffern konnte. Sie flüsterte: „Danke, Miss Charles."

Aus Feingefühl übersah die Lehrerin ihre Gerührtheit und stand auf, um weitere Bücher aus der Kiste zu nehmen.

„Hier haben wir eine ganze Reihe von ausgezeichneten Romanen und ... gut, sie hat auch das Biologiebuch mitgeschickt. Daran wirst sogar du eine Weile zu knacken haben, schätze ich."

Sophie saß da und sah zu, wie der Bücherstapel neben ihr immer größer wurde. Ihr war, als träume sie, als sei das Geschehen um sie her irgendwie unwirklich.

„Ich schlage vor, daß wir uns einmal pro Woche zu einem Austausch über ein Thema deiner Wahl treffen." Miss Charles lächelte auf sie herunter. „Ich kann dir zwar nicht versprechen, daß ich immer eine Antwort auf deine Fragen parat haben werde; ich bin mir nicht einmal sicher, ob ich mit dir Schritt halten kann, wenn du erst richtig loslegst. Aber wenn ich deine Fragen nicht selbst beantworten kann, werde ich mein Bestes tun, um jemanden zu suchen, der dazu in der Lage ist. Einverstanden?"

Sophie brachte nur ein Nicken zustande. Sie konnte sich beim besten Willen nicht vorstellen, daß sie je eine Frage stellen könnte, auf die Miss Charles keine Antwort hatte.

„Außerdem möchte ich, daß du mit allem, was dir unklar ist, zu mir kommst. Jederzeit." Die Lehrerin wurde ernster. „Allerdings halte ich es für ratsam, daß wir unsere Gespräche für uns behalten, Sophie. Deinen Vater mußt du selbstverständlich einweihen. Aber sonst niemanden. Im Unterricht muß ich mich um jeden Preis unparteiisch verhalten. Ich darf niemanden bevorzugen."

Sophie wollte sich gerade einverstanden erklären, doch dann zögerte sie. „Darf ich es Lena bitte erzählen? Sie wird's auch niemandem weitersagen. Sie ist nämlich meine allerbeste Freundin."

10

Von einem stürmischen Dezemberwind gejagt, hastete Sophie von der Schule nach Hause. Es war erstaunlich, wie schnell sich das Wetter geändert hatte. Gerade letzte Woche schien es noch so, als wolle der Spätsommer dieses Jahr bis Weihnachten anhalten, doch dann hatte sich der Himmel heute morgen mit dunklen Winterwolken wie mit einer häßlichen Wolldecke zugezogen, und der Wind war bitterkalt geworden. Sophie betrat die Apotheke und hauchte ihren warmen Atem auf ihre fast erfrorenen Hände. Was sie dann hörte, ließ sie aufmerken.

„Sie haben einen Traum von Tochter. Ein Geschenk. Ein Wunder Gottes." Martha Keenes lebhafte Wesensart sprudelte aus ihren Worten hervor. „Sie wird einmal Großes leisten. Alle Lehrer sind begeistert von ihr." Ein Zögern. „Haben Sie überhaupt gehört, was ich da gerade zu Ihnen gesagt habe?"

„Und ob." Sophies Vater sprach mit knurriger Stimme. „Alle Welt hat es gehört."

„Dann hören Sie sich noch etwas an, Peter Harland." Marthas Erregtheit verstärkte wieder den Singsang ihres Dialekts. „Aus Ihrer Tochter wird zusehends eine hübsche und intelligente junge Dame, aber an Ihnen geht das alles restlos vorbei. Es wird Zeit, daß Sie endlich aufhören, in der Vergangenheit zu leben, damit Sie die herrlichen Wunder wahrnehmen, die Gott hier vor Ihren Augen an ihr und an Ihnen tut. Lassen Sie sich von ihm aufrichten und über Ihren Kummer hinweghelfen."

Als Ihr Vater nicht darauf antwortete, spähte Sophie um die

Ecke, um zu beobachten, was geschah. Peter stand lange wie erstarrt da, als habe ihn Marthas Blick und die Schlagkraft ihrer Worte zutiefst getroffen. Dann hob er die Schultern, als ein Ausdruck von hoffnungsloser Erschöpfung und Resignation. Er senkte den Kopf, wandte sich ab und ging in die Rezeptur.

Auch Martha entfuhr ein Seufzen – es war ein Echo auf die traurige Resignation des Apothekers – und begann, ihre Einkäufe in ihrer Tasche zu verstauen. Sophie zog sich flink zurück und huschte wieder nach draußen. Sie verstand ihren Vater und dessen Reaktion nur zu gut. Es tat einfach zu weh, Dinge aufzurühren, die sie jeder auf seine Weise verdrängt hatten.

Hinter Sophie wurde die Apothekentür geöffnet und wieder geschlossen.

„Ach, da bist du ja!" Martha kam näher und steckte sich dabei ein paar lose Haarsträhnen unter ihr Kopftuch. „Was machst du denn hier draußen in dem eisigen Wind? Sieh zu, daß du ins Warme kommst – besonders, wo wieder die Grippe umgeht! Du holst dir noch den Tod hier draußen!"

„Ich wollte gerade reingehen, Mrs. Keene."

Martha nahm sie beim Arm und ging mit ihr in die Apotheke zurück. Nach einem hastigen Blick auf die Tür der Rezeptur, in der Peter verschwunden war, drehte sie sich zu Sophie um und flüsterte: „Dein Vater kümmert sich nicht sonderlich um dich, oder?"

Sophie tat so, als begreife sie nicht. „Wie meinen Sie das?"

Martha ging nicht auf ihre Frage ein, sondern fuhr fort: „Wenn du jemals jemanden suchst, ich meine eine erwachsene Frau, der du dein Herz ausschütten kannst, dann komm getrost zu mir."

Sophie war von diesem Angebot so überrumpelt, daß sie plötzlich ein brennendes Gefühl im Hals verspürte. Sie schluckte gegen den Kloß an und zwang sich zu einem „Vielen Dank, Mrs. Keene".

„Du bist ja eigentlich schon eine richtige junge Dame." Sie bedachte Sophie mit einem traurigen Lächeln. „Schicksalsschläge sorgen dafür, daß man schneller erwachsen wird, meinst du nicht auch?"

Sophie nickte ernst. „Schneller, als ich meinem ärgsten Feind wünschen würde."

Martha nahm Sophie tröstend in ihren freien Arm. „Ach, Kind, Kind. So ein Mädchen wie dich gibt's nicht noch einmal auf der Welt, glaub mir. Ich danke dem Himmel für die glückliche Fügung, die dich und meine Lena zusammengeführt hat, so wahr ich Martha Keene heiße." Sie entließ Sophie aus ihrer Umarmung und sah sie mit aufrichtiger Zuneigung an. „Ich weiß, du kannst es dir jetzt noch nicht richtig vorstellen, aber ich bin felsenfest davon überzeugt, daß eines Tages alles wieder gut sein wird."

Sophie sah die Mutter ihrer Freundin forschend an und sagte dann nur: „Hoffentlich behalten Sie recht."

„In solchen Dingen habe ich ein sicheres Gespür", sagte Martha voller Zuversicht. „Du hast es beileibe nicht leicht. Aber im tiefsten Grund meines Herzens weiß ich, daß du alles schaffen wirst, was du dir vornimmst, wenn du nur alles, was dir widerfährt, Gott anbefiehlst und in deinen schwersten Stunden auf seine Hilfe vertraust."

Daraufhin schlich sich wieder eine eisige Kälte in Sophies Seele. „Darüber möchte ich lieber nicht reden."

„Ich weiß. Lena hat's mir erzählt. Es hat mich derart traurig gemacht, daß ich ihr am liebsten nicht geglaubt hätte, aber meine Tochter ist nicht mal zu dem kleinsten Geflunker fähig." Martha heftete einen wissenden Blick auf Sophie. „Jetzt hör mir mal gut zu, du willensstarkes junges Ding. Ich hatte es früher auch schwer. Ich will nicht behaupten, daß ich es schwerer hatte als du, denn ein kummergeprüftes Herz ist in diesem Fall zu keinen Vergleichen mehr fähig. Ich sage dir nur, daß der Pfad, den ich gehen mußte, so dornig und zerfurcht war wie deiner. Auch ich hätte aus gutem Grund verbittern können. Ich hätte dem Herrgott im Himmel den Rücken kehren können, aber statt dessen habe ich den Entschluß gefaßt, mich ihm anzuvertrauen. Ich kann zwar nicht behaupten, daß ich sein Tun begreife, aber mein Gottvertrauen hat mir unzählige gute Dienste geleistet. Es hat mir in schweren Zeiten Trost gespendet; es hat mich mit Freude gesegnet, wenn Gutes im Überfluß vorhanden war – und mit Frieden, wenn ich Gutes entbehren mußte." Sie sah tief in die Augen des jungen Mädchens und nickte ihr nachdrücklich zu. „Vergiß das nie."

Doch Sophie antwortete nur mit einem Nicken.

„Schluß jetzt damit." Marthas Stimme nahm einen fröhlicheren Ton an. „Lena hat dir sicher schon erzählt, daß Daniel heute mit dem Nachmittagszug nach Hause kommt."

Sophie mußte schmunzeln. „Nur ungefähr zehn Mal pro Stunde, und das schon seit zwei Wochen."

„Heute abend wollen wir bei uns ein kleines Willkommensfest veranstalten. Du gehörst doch so gut wie zur Familie, und außerdem siehst du so aus, als wäre eine Feier jetzt genau das richtige für dich. Lena war zu beschäftigt damit, Daniels Lieblingsessen zu kochen, um dich selbst einzuladen. Als ich zum Einkaufen losging, hat sie mich gebeten, dir unterwegs Bescheid zu sagen. Sie hat darauf bestanden, das Essen eigenhändig zu kochen – hoffen wir das Beste, daß daraus ein würdiger Empfang für unseren weitgereisten jungen Soldaten wird!" Sie ging zur Tür und wandte sich noch einmal um. „Also, pünktlich um sieben, wenn ich bitten darf."

Sophie war für die Einladung zu den Keenes außerordentlich dankbar, und das nicht nur wegen Daniels Heimkehr. Ihr Vater wurde immer apathischer. Wie von einem dichten grauen Nebel umgeben stolperte er durch das Haus und wurde noch verschlossener. Sophie machte ihm ein einfaches Abendessen zurecht und wachte darüber, daß er es auch aß. Während der ganzen Zeit sagte er kein einziges Wort, nicht einmal, als sie sich von ihm verabschiedete.

Sophie verließ das Haus in ihren schweren Wollmantel und ein dickes Kopftuch gehüllt und spürte dennoch die frostigen Bisse des Windes von allen Seiten. So fühlten sich die ersten

Wintertage immer an. In Harmony war es meist sehr warm, selbst mitten im tiefsten Winter, so daß man oft darüber staunte, wie kalt es an manchen Tagen werden konnte.

Ganz Harmony war noch mit Wimpeln und Spruchbändern geschmückt, obwohl es nach fünf vollen Wochen der Marschmusik, Reden und Willkommensparaden in der Stadt etwas stiller geworden war und das Leben wieder seinen gewohnten Gang nahm. Inzwischen hielt niemand es mehr für notwendig, an jeder Straßenecke stehen zu bleiben und ein Gespräch darüber anzufangen, wie schön es doch sei, daß der Waffenstillstand unterzeichnet worden sei und daß die Jungen bald nach Hause kämen.

Auf leichten Füßen sprang Sophie die Stufen zur Haustür der Keenes hinauf und zog an der Klingelschnur. Als jedoch niemand an die Tür kam, öffnete sie sie selbst und betrat das Haus.

Lena kam sofort auf sie zugestürmt, warf ihre Arme um sie und tanzte mit ihr durch den Flur. „Er ist wieder zu Hause! Er ist wieder da! Warte nur, bis du ihn siehst. In seiner Uniform sieht er aus wie ein Filmstar!"

„Man sollte eigentlich meinen, wir hätten längst genug vom Krieg gesehen", rief Martha aus der Küche. „Aber nein, jetzt, wo er endlich aus dem Militär entlassen ist, besteht Lena darauf, daß er die Uniform anläßt und uns so noch einmal daran erinnert, wie lange er von daheim fort war."

Heute ließ sich Lena nicht von ihrer Mutter zum Schweigen bringen. Sie zog Sophie ins Wohnzimmer und rief Martha zu: „Komm, Mama, gib's schon zu: Du findest ihn doch genauso schick wie ich."

„Das sind alles nur Äußerlichkeiten", konterte Martha von ihrem Posten in der Küche, doch ohne die gewohnte Schärfe in der Stimme. Heute war ein regelrechter Festtag für sie. „Also gut, ich gebe zu, daß wir einen ausgesprochen gutaussehenden Sohn haben."

Auf einmal waren auf der Treppe schwere Schritte zu hören, und dann betrat Kevin auch schon das Wohnzimmer. Er musterte die beiden Mädchen und frotzelte: „Man sollte es

131

nicht für möglich halten, wieviel Lärm drei Damen machen können. Daniel wird ja glatt denken, er sei noch an der Front."

Sophie lächelte Lenas Vater zu. Er hatte die gütigsten Augen, die sie je bei einem Mann gesehen hatte. „Ich habe kein einziges Wort gesagt, Mr. Keene."

„Nein, natürlich nicht. Ich habe auch nur von drei Damen gesprochen, damit du dich nicht übergangen fühlst. Lena, um Himmels willen, laß sie wenigstens lange genug los, um ihr ihren Mantel und Schal abzunehmen."

„Ach, sieh an, wen haben wir denn hier?"

Überrascht wirbelte Sophie auf dem Absatz herum und erstarrte bei dem Anblick des Mannes, der da vor ihr stand. Während der elf Monate seiner Abwesenheit hatte Daniel sich enorm verändert. Sein Gesicht war kantiger geworden, die Augen lebhafter, die Schultern breiter, seine Gestalt jedoch insgesamt schmaler. Das Ergebnis war der knabenhafte Daniel mit der stählernen Härte eines Mannes.

Bis auf das Lächeln. Nichts hatte sich an dem offenen Lächeln geändert, das sein ganzes Gesicht verwandelte und seine Augen mit purer Lebensfreude erhellte.

„Das kann doch wohl nicht unsere kleine Sophie sein?"

„Aber natürlich ist sie's, du Witzbold." Lena nahm die reglose Hand ihrer Freundin und schwang ihren Arm in hohen Bögen durch die Luft. „Für wen hast du sie denn sonst gehalten?"

„Das weiß ich selbst nicht so genau", antwortete Daniel. Er kam näher und sah aus einer Höhe auf Sophie herab, die sie von ihm nicht gewohnt war. „Aber das hier ist eine bildhübsche junge Dame, nicht mehr der kichernde Backfisch von früher."

„Ich habe nie viel gekichert", antwortete Sophie, die endlich die Sprache wiedergefunden hatte. In ihren eigenen Ohren klang ihre Stimme leise und atemlos.

„Vielleicht hat meine Schwester ja immer den vielen Lärm ganz allein gemacht", räumte Daniel gutmütig ein, wurde ernster und reichte ihr höflich die Hand. „Darf ich dir den Mantel abnehmen, junge Miss?"

„Vielen Dank." Sophie wandte ihm den Rücken zu und spürte dabei die Blicke aller Umstehenden auf sich. Selbst Martha war aus der Küche gekommen, um sich diesen Wortwechsel nicht entgehen zu lassen. Sophie fand es seltsam, daß sie überhaupt nicht lächelte, obwohl sie diejenige gewesen war, die sie eingeladen hatte.

Sophie spürte, wie ihr erst der Mantel und dann der Schal von den Schultern genommen wurde. Bei jeder Bewegung durchfuhr sie ein Prickeln. Er war so nahe hinter ihr, daß sie eine Spur seines frischen Duftes erheischen konnte, eine Mischung von Seife und etwas anderem, einer würzigen Duftnote, die von seinen Haaren kommen mußte. Sie drehte sich wieder um, sah zu ihm auf und fragte sich dabei, wie aus Lenas Bruder nur ein so gutaussehender Fremder geworden sein konnte.

Daniels Stimme klang voller und heiserer, als er jetzt sagte: „Jawohl, du bist regelrecht erwachsen geworden, Sophie. Daran merke ich erst, wie lange ich von zu Hause weg gewesen bin. Wie alt bist du eigentlich?"

„Fast achtzehn."

Mit einem Lachen berichtigte Kevin: „Ja, und zwar in anderthalb Jahren, wenn ich mich nicht irre. Oder hast du ein Zaubermittel entdeckt, mit dem du Lena nicht nur in der Schule meilenweit überrundet hast, sondern neuerdings auch altersmäßig?"

Sophie errötete und senkte den Blick. Doch die peinliche Situation war mit einem Schlag wie weggeblasen, als Martha in die Hände klatschte und rief: „Jetzt aber an den Tisch mit euch! Das Essen kann keine Sekunde länger warten."

„Jetzt, wo ich die Armee aus nächster Nähe erlebt habe, bin ich froh, daß mir der Krieg erspart geblieben ist. Heilfroh sogar", sagte Daniel zu seinem Vater. Er machte eine Pause, um sich über seine letzten Butterbohnen herzumachen, und schob seinen Teller dann beiseite. Zu Martha gewandt, sagte er: „Das war das fürstlichste Essen meines ganzen Lebens, Mama!"

„Du bedankst dich bei der falschen Köchin", antwortete Martha mit einem Blick in Lenas Richtung.

Daniel sah seine Schwester erst überrascht, dann erfreut an.

„Dann ist Sophie also nicht die Einzige, die hier erwachsen wird. Danke, Lena!" Dabei umfaßte er ihre Hand. Während Lenas Kopf hochrot wurde, wandte Daniel sich wieder seinem Vater zu und fuhr fort:

„Du hättest mal die Gesichter der Ausbilder sehen sollen, der Männer, die in den Schützengräben gekämpft haben. Sie sahen aus, als hätten sie einen Blick durch die Tore der Hölle getan."

„So würde ich aber an deiner Stelle nicht hier in Harmony reden", warnte Martha ihn. „Die Leute halten dich sonst womöglich für einen Feigling."

„Ach, wieso?" widersprach Kevin gutmütig und wartete, bis seine Frau sich beruhigt hatte. „Anderen könnte das vielleicht passieren, aber bei Daniel werden sie höchstens lachen und ihm einen gesunden Menschenverstand bescheinigen."

Sophie nickte zustimmend. Daniel war in ganz Harmony beliebt. Er besaß nicht nur ein ausgesprochen freundliches Wesen, sondern auch enorme Kräfte und dazu eine ausgeprägte Hilfsbereitschaft, wie man sie nur selten fand. Sie sah zu Lena hinüber, die Daniel aufmerksam zuhörte, wobei sie kaum den Blick von seinem Gesicht nahm und ihr Essen so gut wie überhaupt nicht anrührte.

Jetzt beugte Lena sich gerade vor und fragte: „Wenn du gar nicht in den Krieg geschickt werden solltest, warum hat die Armee dich dann so lange festgehalten?"

Daniel lachte. Es klang fröhlich und ungezwungen. „Die Armee hat mich festgehalten, weil das einfacher war, als mich sofort wieder zu entlassen. Gleich in meiner ersten Woche habe ich entdeckt, daß in der Armee manches gemacht wird, was nicht gerade logisch ist."

„Aber was mußtest du denn alles tun?"

„Meistens habe ich in irgendeinem Depot gearbeitet und

alles repariert, was Räder hatte, dazu auch einiges ohne Räder." Neben dem Humor in seinem Blick funkelte etwas noch Lebhafteres auf. „Panzer, Lastwagen, Automobile. Dabei habe ich viel über Motoren und dergleichen gelernt."

„Das hat dir bestimmt Spaß gemacht", meldete sich auch Kevin zu Wort. „Hab' noch nie einen Jungen erlebt, der so begeistert alles mögliche auseinandergenommen und wieder zusammengebaut hat wie du."

„Manchmal war das Zusammenbauen aber lange nicht so einfach wie das Auseinandernehmen", lachte Lena. „Mama, weißt du noch, als er deine Kaminuhr in ihre Einzelteile zerlegt hat, als er sie dann wieder zusammengebaut hatte, da hatte er doch glatt eine Sprungfeder und ein Zahnrad über?"

„Die Arbeit hat mir im Grunde sehr gefallen", sagte Daniel zu seinem Vater, um das frühere Thema noch einmal aufzugreifen. „Ich habe eigentlich schon immer gern mit meinen Händen gearbeitet, besonders an Maschinen und Geräten. Während meiner ganzen Armeezeit hatte ich irgendwie das Gefühl, dort auf die Zukunft vorbereitet zu werden."

Sophie dachte an die Briefe, die Lena bekommen hatte. Die Poststempel hatten die Namen ferner Städte in Florida, Arkansas und Mississippi getragen; ein Brief war sogar in Texas abgeschickt worden. „Du mußt ja ungeheuer viel erlebt und gesehen haben", sagte sie sehnsüchtig.

Daniel drehte sich um und richtete seine dunkelgrauen Augen auf sie und nickte. „Ja, ich habe einiges von der Welt gesehen und viel Interessantes erlebt. Dabei habe ich meine Liebe zu Reisen und Abenteuern entdeckt. Nach Möglichkeit würde ich das von nun an gerne zu meinem Hobby machen."

Sophie war so überwältigt von dem, was sie hörte, daß ihr Atem schneller ging. Kaum hörbar flüsterte sie jetzt: „Ich am liebsten auch."

Martha setzte sich auf ihrem Stuhl zurecht und beeilte sich, ihre Meinung kundzutun: „Ich wüßte nicht, daß die Zukunft viel Erfreuliches zu bieten hat. Ich habe eher das Gefühl, als bekämen wir Berge von neumodischem Kram und Veränderungen aufgezwungen, ob es uns paßt oder nicht."

„Für mich sieht die Zukunft verlockend und vielversprechend aus", meinte Daniel und löste seinen Blick fast widerwillig von Sophie. Er wandte sich zu seiner Mutter um und fuhr fort: „Das Gefordertsein, all das Neue – dafür kann ich mich regelrecht begeistern."

„Für meinen Geschmack ändert sich alles viel zu schnell", antwortete Martha. „Die Welt wirbelt ja förmlich um die eigene Achse."

„Mir kann's gar nicht schnell genug gehen", meinte Daniel. „Bald werden wir in einer motorisierten Gesellschaft leben, und ich möchte tatkräftig dabei mitmischen."

„Die ersten Anzeichen davon sieht man tatsächlich schon auf jeder Farm", gab Kevin ihm recht. „Wer sich jetzt nicht auf Neuerungen einstellen will, der wird später das Nachsehen haben."

„Siehst du?" ereiferte Martha sich. „Genau, was ich gesagt habe!"

„Wißt ihr, ich habe vor, eine Werkstatt für Automobile und Farmmaschinen aufzumachen", eröffnete Daniel der Tischrunde, „eine Werkstatt mit Benzinpumpen und Reparaturstationen, wo außerdem Automobile und Traktoren verkauft werden."

Kevin starrte ihn an und rief dann: „Was denn ... hier in Harmony?"

„Ich habe schon mit den Leuten von Ford darüber gesprochen. Deshalb bin ich auch drei Wochen später nach Hause gekommen, als ihr eigentlich mit mir gerechnet hattet. Mit meinem Passierschein bin ich nach Detroit gefahren."

„Detroit!" hauchte Sophie. Die erstaunten Blicke von Lena und ihrer Mutter nahm sie nicht einmal wahr. „Das muß ja wahnsinnig aufregend gewesen sein!"

„War's auch", sagte er und warf ihr ein Lächeln zu. Dann sprach er, zu seinem Vater gewandt, weiter. „Die Firmenleitung suchte jemanden, der hier in unserer Gegend Automobile verkauft, und man ist zu dem Schluß gelangt, daß ich haargenau der Richtige dafür bin."

„Da brat' mir doch einer 'nen Storch", sagte Kevin nur.

„So etwas nennt sich Niederlassung", sagte Daniel, und seine Stimme barst förmlich vor Begeisterung und Stolz. „Nächstes Jahr um diese Zeit bin ich der Inhaber der ersten Ford-Niederlassung im ganzen Bezirk Nash."

„Also, das finde ich fabelhaft", flüsterte Sophie. In seiner Begeisterung und seinen Zukunftsträumen fand sie ihr eigenes Drängen nach Neuem wieder. „Einfach fabelhaft! Mein Kompliment!"

Daniel wandte sich zu ihr um, und einen Moment lang wurde er ernst. „Danke", sagte er, und seine Stimme klang plötzlich deutlich leiser. Die Botschaft, die Sophie in seinen Augen las, ließ sie erzittern, denn sie gab ihr zu verstehen, daß ihm ihr Verständnis und der Eifer, mit dem sie seine Begeisterung teilte, mehr bedeutete, als er sagen konnte, zumindest in diesem Moment.

Sophie wich seinem Blick nicht aus, sondern hielt ihm fasziniert stand. Als er sich dann umwandte, um seinem Vater auf eine Frage zu antworten, merkte sie, daß sowohl Lenas als auch Marthas Blick auf ihr ruhte. Beide trugen denselben sonderbaren Gesichtsausdruck. Nun erst senkte Sophie ihren Blick. Die Wachsamkeit, die sie in den beiden Gesichtern sah, verwirrte sie. Die Besorgnis erst recht.

11

Den ganzen Winter über sah Lena zu, wie aus der Freundschaft zwischen Sophie und Daniel eine gegenseitige Verliebtheit wurde. Sie war zutiefst besorgt und betete viel. Sie hing an Sophie wie an einer leiblichen Schwester, und ihren einzigen Bruder liebte sie fast abgöttisch. Dennoch fürchtete sie, daß es zu einer Katastrophe kommen könnte, und diese Angst quälte sie derartig, daß sie den Gedanken daran nie lange ertrug. Erst als ihre Mutter eines Tages die Dinge beim Namen nannte, mußte Lena betroffen einsehen, daß ihre Gebete nicht erhört worden waren.

Martha verbrachte neuerdings fast jeden Nachmittag im Bett, eine Angewohnheit, die im Grunde genommen gar nicht zu einer so lebhaften und tatkräftigen Frau wie ihr paßte, doch sie litt häufig unter Gelenkschmerzen. Sobald Lena aus der Schule kam, schnupperte sie als erstes die Luft im Haus. Irgendwie konnte sie der Atmosphäre im Haus anmerken, ob ihre Mutter wieder einmal einen schlechten Tag hatte.

Inzwischen kochte Lena meistens das Abendessen, doch erst nachdem sie eine Weile auf Marthas Bettkante gesessen und sich genaueste Anweisungen eingeholt hatte, um ihr das Gefühl zu geben, in der Küche nach wie vor das Regiment zu führen. Oft half ihr Sophie beim Kochen, während sie darauf wartete, daß Daniel von der Arbeit nach Hause kam. Mit ihrem Lachen und ihrem Feuerwerk der Intelligenz erhellte sie die ganze Küche. Wenn die Krankheit ihrer Mutter und ihre geheimen Sorgen nicht gewesen wären, hätte Lena diese Winternachmittage als die schönsten Stunden ihres Lebens betrachtet.

An einem Nachmittag im späten Februar fand Lena wieder einmal zu Hause eine beklemmende Leere vor. Mit einem Seufzen schloß sie hinter sich die Tür, nahm sich das Kopftuch ab, hängte ihren Mantel an den Haken und ging die Treppe nach oben. Vor der Schlafzimmertür ihrer Eltern blieb sie einen Moment lang stehen, um sich innerlich zu sammeln und sich zu einem Lächeln zu zwingen.

Dann öffnete sie die Tür und sagte munter: „Heute ist ein guter Tag fürs Bett, Mama. Ich wüßte nicht, wann es je so lange so eisig war. Und obendrein noch dieser Wind!"

„Kein Tag ist gut fürs Bett", seufzte ihre Mutter, ohne den Blick vom Fenster zu nehmen. „Besonders, wenn das Bett zum Gefängnis geworden ist."

„Keine Sorge", sagte Lena zuversichtlich und kam näher, um sich auf die Bettkante zu setzen. Sie wollte sich auf keinen Fall von der bedrückten Stimmung ihrer Mutter unterkriegen lassen. „Sobald es draußen wärmer wird, bist du wieder ganz die Alte, warte nur ab!"

Jetzt wandte Martha sich zu ihr um, und selbst diese kleine Bewegung verursachte ihr solche Schmerzen, daß sich ihr Gesicht verzerrte. Dann nahm sie Lenas Hand in ihre.

„Ach, Kind, Kind, was täte ich nur ohne dich? Jeden Tag bringst du mir Sonnenschein ins Herz und verjagst die dunklen Schatten."

Die dunklen Schatten unter den Augen ihrer Mutter verrieten Lena jedoch, welch ein anstrengender Tag hinter ihr lag.

„Soll ich dir deine Arznei holen?"

„Nein, danke. Die würde mich nur derartig benebeln, daß ich keinen einzigen klaren Gedanken mehr fassen könnte." Martha studierte das Gesicht ihrer Tochter. „Mir scheint fast, daß Doc Franklin am Ende recht behalten hat. Dein Auge hat sich tatsächlich begradigt."

Diesmal begann Lena spontan zu lächeln. „Dann brauche ich die Augenklappe also nicht mehr. Nie mehr im Leben!"

„Hoffen wir das Beste." Marthas Gesicht wurde ernster. Leise sagte sie: „Ich mache mir Gedanken über Daniel."

Die Kälte, der Lena gerade entkommen war, schlich sich plötzlich wieder an sie heran, um ihr Herz mit frostigen Fingern zu umklammern. Sie nickte. Auch sie dachte oft über Daniel nach.

„Ist dir auch aufgefallen, daß er nur noch in die Kirche geht, wenn Sophie gerade dort ist?"

Lena seufzte, und mit diesem Geräusch stürzten alle Sorgen und Bedenken über sie herein, gegen die sie sich so verzweifelt gewehrt hatte. „Und Sophie geht nur mit, wenn ihr Vater in die Kirche möchte."

Martha nickte mit einer sparsamen Kopfbewegung. „Ich habe neulich versucht, mit ihm darüber zu sprechen", sagte sie. „Schon zum dritten Mal. Vielleicht war's auch das vierte. Er hat eine charmante Art, sich nicht festlegen zu lassen. Als ich ihn darauf angesprochen habe, hat er nur gelacht, mich in die Arme genommen und das Thema gewechselt."

Lena wußte nicht, was sie sagen sollte.

„Das Ganze macht mir großes Kopfzerbrechen", sagte Martha, „aber ich bin mir nicht sicher, wie berechtigt es ist. Vielleicht liegt's ja auch an meiner Krankheit. Schmerzen können einem den Blick verschleiern, das weiß ich genau. Deshalb habe ich mir vorgenommen, vorerst nicht mehr davon zu sprechen." Martha richtete einen forschenden Blick auf ihre Tochter. „Sie ist doch deine Freundin. Ist sie mittlerweile für den Glauben offener geworden?"

Am liebsten hätte Lena genickt und ihrer Mutter das bestätigt, was sie sich selbst so sehnlich herbeiwünschte. Daniel mußte doch selbst wissen, daß er keine Verbindung mit einem Mädchen eingehen durfte, das nicht wie er an Gott glaubte. Dennoch wäre es für Lena das Einfachste auf der Welt gewesen, die Augen vor dem zu verschließen, was sie befürchtete, und so zu tun, als hätten sich ihre Hoffnungen und Gebete bewahrheitet. Doch das konnte sie nicht. Sie öffnete schließlich den Mund, um der Frage irgendwie auszuweichen, doch sie brachte keinen Ton hervor.

„Kann es denn angehen, daß die beiden ..." Marthas Gesicht verzerrte sich plötzlich vor Schmerz. Erneut schüttelte sie den Kopf mit einer sparsamen Bewegung und sagte dann: „Nein, nein, jetzt ist nicht die richtige Zeit dazu, und außerdem kann ich nicht Dingen hinterherspüren, die ich nicht sehen kann. Ich werde mich wohl oder übel auf dein Urteil verlassen müssen, Kind. Etwas anderes bleibt mir nicht übrig."

Lena löste sich von der Hand ihrer Mutter und stand auf. Wieder öffnete sie den Mund, um etwas zu sagen, doch sie fand einfach keine Worte. Sie wandte sich ab und verließ das Zimmer, schloß die Tür hinter sich und stand da wie eine Verirrte in einem fremden Haus. Es dauerte noch einen Moment, bis sie alles wieder deutlich genug sehen konnte, um in ihr Zimmer zu gehen. Ihre Füße schienen sie kaum tragen zu können.

Als sie die Tür hinter sich geschlossen hatte, drängte sie das Gewicht der Entscheidung, die vor ihr lag, auch schon auf die Knie.

Es stand ihr frei, einfach nichts zu tun. Wenn sie der aufblühenden Liebe ihren Lauf ließ, würde Sophie in Harmony bleiben. Sie würde ihre beste Freundin nicht verlieren, und Lenas inständigste Hoffnung würde sich erfüllen. Es konnte keinen Zweifel daran geben, wie sich die Dinge entwickeln würden. Lena hatte die Blicke gesehen, die zwischen Sophie und Daniel hin und her flogen.

Daniel würde es immer wieder nach Harmony zurück ziehen, ganz gleich, in welche Ferne ihn seine Abenteuerlust auch treiben mochte. Dessen war Lena sich vollkommen sicher. Daniel war genauso stark in seiner Heimat verwurzelt wie sie. An keinem anderen Ort würde er auf Dauer bleiben können; er würde schlichtweg verwelken und zugrunde gehen. Und die Liebe, die sie in Sophies Augen wachsen gesehen hatte, war derartig stark und übermächtig, daß sie selbst ihre tiefe Sehnsucht nach dem Fliehen und Fliegen überwog. Solange Sophie die Möglichkeit hatte, mit ihrem geliebten Daniel hin und wieder auf Entdeckungsreise zu gehen, würde sie hier in Harmony glücklich sein. Auch dessen war Lena sich vollkommen sicher.

Ja, sie konnte sich beide erhalten, sowohl Daniel als auch Sophie. Zumindest rein äußerlich. Aber geistlich? Wie würde es mit ihnen weitergehen? Würde es Daniel gelingen, Sophie für Gott zu gewinnen? Oder würde sie einen Keil zwischen ihn und seinen Glauben treiben? Durfte Lena untätig zusehen, wie sich ein Unheil anbahnte? Die Worte „ungleiches Joch" gingen ihr nicht aus dem Sinn und ließen ihr keine Ruhe.

Sie preßte sich die Hände mit aller Kraft gegen den Brustkorb, um ihr Herz am Zerspringen zu hindern, denn es gab noch mehr zu bedenken. Wenn sie auch nur das Geringste sagte, ging sie damit das Risiko ein, es sich nicht nur mit Daniel zu verderben, sondern auch ihre Freundschaft mit Sophie für immer zu zerstören.

Lena wußte zwar, daß Daniel sich vor Gott zu verantworten hatte und daß es seine Sache war, wie er sein Leben lebte. Aber war sie nicht dazu angehalten, ihm das vor Augen zu halten, was die Bibel in aller Klarheit sagte und was sie über Sophies Einstellung zu Gott wußte?

Lena blieb über eine Stunde auf ihren Knien. Von ihren Qualen gekrümmt harrte sie dort aus, die Augen tränenüberflutet und innerlich zwischen ihrer Pflicht und ihren eigenen Wünschen hin und her gerissen.

Dann stand sie endlich auf. Ihre Bewegungen waren so unsicher und langsam wie die einer alten Frau. Sie mußte es tun, und zwar sofort, bevor ihre Entschlossenheit dahinschmolz. Bevor es zu spät war.

Sie mußte zu Daniel gehen. Sie mußte ihm sagen, was sie auf dem Herzen hatte. Alles.

Lena erreichte Daniels Werkstatt und betrat sie durch die Hintertür. Sie fand Daniel in seinem kleinen Büro, wo er die Belege über die Geschäfte des Tages sortierte und die Zahlen in ein Buch eintrug. Er hob den Kopf, als er ihre Schritte hörte. Doch schnell wich sein erfreutes Lächeln einem Ausdruck von Besorgtheit.

„Geht es Mama schlechter?" Sein forschender Blick schien den Grund ihres Kommens an ihrem Gesicht ablesen zu wollen.

Lena schüttelte nur kurz den Kopf. Sie schluckte und setzte sich ihm gegenüber auf einen Stuhl. Ihr graute vor dem, was jetzt kam. Sie wünschte sich verzweifelt, daß ihr jemand diese Aufgabe abnehmen könnte, und betete inständig um Gottes Führung.

Daniel wurde immer unruhiger. „Was ist denn los?"

„Mamas Befinden ist unverändert", sagte sie langsam. Sie senkte den Blick, weil sie den Anblick seiner durchdringenden grauen Augen nicht ertrug.

„Sie macht sich Sorgen", fing Lena an, um gleich darauf zu verstummen. So würde es nicht gehen, tadelte sie sich. Sie konnte nicht ihre Mutter vorschieben.

„Nein, *ich* mache mir Sorgen", sagte sie und sah auf. Daniel hatte sich nicht bewegt. Das ganze Büro schien den Atem anzuhalten. „Du weißt selbst, daß ich an Sophie wie an einer Schwester hänge. Ich kenne kein Mädchen, mit dem ich dich lieber zusammen sähe, als sie. Aber Sophie geht nur in die Kirche, wenn auch ihr Vater geht, sonst nie. Ab und zu in die Kirche zu gehen macht noch längst keinen überzeugten Christen aus ihr."

Sie mußte innehalten, denn sie hatte das Gefühl, gerade einen Wettlauf gemacht zu haben, der über ihre Kräfte gegangen war, deshalb rang sie hektisch nach Luft. Lena wagte noch einen Blick auf ihren Bruder und sah einen Mann, der so erstarrt dasaß, als habe er aufgehört zu atmen. Nur in seinen Augen war noch Leben zu erkennen, ein tragisches Aufleuchten einer traurigen Erkenntnis. Es war, als spiegelten sich die Gedanken, die sie so verzweifelt zum Ausdruck zu bringen versuchte, in seinem Blick.

„Was sich in der Kirche abspielt, interessiert sie im Grunde nicht. Das hat sie mir selbst gesagt." Lena konnte den Blick nicht von ihrem Bruder wenden. Allein die Tiefe in seinen Augen und seine konzentrierte Aufmerksamkeit gaben ihr die Kraft weiterzusprechen. „Ich kenne sie gut. Jedes Mal, wenn ich versuche, mit ihr über den Glauben und über Gott zu sprechen, blockt sie ab. Ich habe gehofft und gebetet, daß sie durch dich wieder offen wird, aber das ist anscheinend nicht so."

„Nein", murmelte er so leise, daß sie nicht wußte, ob es ein Protest gegen das war, was sie gerade gesagt hatte, oder ob er ihr recht geben wollte.

Doch wenn sie jetzt abbrach, würde sie ihr Anliegen nie zu Ende vorbringen; das wußte sie genau. Das Band der Gefühle, das ihr Herz umspannte, war so eng, daß ihr jedes Wort eine ungeheure Anstrengung abverlangte.

„Nein, so ist es nicht, ganz im Gegenteil: Du gehst ja selbst nicht mehr regelmäßig in die Kirche. Sie ... sie zerrt dich weg von Gott. Aber im tiefsten Grunde deines Herzens weißt du, daß dein Glaube dazu zu wichtig ist. Das weißt du, Daniel. Du hast es schon immer gewußt. Du darfst dir deinen Glauben durch nichts entreißen lassen. Das wäre nicht richtig. Nicht für dich, nicht für Sophie und auch nicht für Mama."

Jetzt hörte sie auf. Sie hatte es geschafft. Zwar nicht sehr geschickt, aber besser konnte sie es einfach nicht. In ihr bohrte nur noch der hohle Schmerz der Wahrheit, die sie unter größten Mühen ausgesprochen hatte.

Daniel regte sich wie ein alter Mann, der von einem langen, unruhigen Schlaf erwachte. Er fuhr sich mit einer Hand durch den dichten Schopf und stieß ein Seufzen aus, das kaum enden wollte. „Glaubst du vielleicht, das hätte ich nicht schon längst gemerkt?"

Es brach ihr das Herz, ihn derart verstört zu sehen. Sie legte ihm sachte eine Hand auf den Ärmel, doch sie sagte nichts. Es gab nichts mehr, was sie sagen konnte.

„Du hast ja recht", gestand er, und seine Stimme war plötzlich so heiser, daß sie wie die eines Fremden klang. „So kann es wirklich nicht weitergehen. Auf so etwas war ich nicht gefaßt. Ich hatte nicht damit gerechnet, daß Sophie vor lauter

Verbitterung nichts mehr von Kirche und Glauben wissen will. Ich habe versucht, dagegen anzugehen, ich wollte leugnen, was in ihr vorgeht, aber ..."

Lena nickte. Sie verstand ihn nur zu gut. Es tat zu weh, die Wahrheit auszusprechen.

„Du hast recht. Du hast recht", sagte er fast stöhnend. „Und ich habe mich die ganze Zeit immer tiefer hineinziehen lassen." Er richtete seine grauen Augen auf ihr Gesicht. „Ich liebe sie, Lena."

Lena war machtlos gegen ihre Tränen, die ihr über die heißen Wangen rannen. „Es tut mir so leid, Daniel", brachte sie als einziges hervor.

Er langte mit seiner anderen Hand über den Schreibtisch und umfaßte ihre Hand mit einem verzweifelten Griff. „Was soll ich nur tun?"

Lena schüttelte den Kopf. In ihr schrie es nach einem Wunder, und sie hatte das Gefühl, daß die Luft vor lauter Kummer stillstand. „Bete", flüsterte sie. „Bete, daß Gott dir die Antwort zeigt. Ich weiß nicht, was wir sonst tun können."

12

Lena machte sich mit fliegenden Fingern am Türschloß zu schaffen. Ein energisches Klopfen an der schweren Küchentür drängte sie zur Hast. Ihre Hände zitterten so stark, daß sie Mühe hatte, den Riegel zurückzuschieben. Das Klopfen wurde immer lauter, und Lena befürchtete, ihre Mutter könnte von dem Lärm geweckt werden. Als sie den Riegel endlich beiseite geschoben hatte, öffnete sich die Tür mit einem Schaudern, als teile sie Lenas unheilvolle Vorahnungen.

Es war Sophie. Sie hatte sich achtlos einen leichten Schal um die Schultern geworfen. Die Fransen flatterten in dem böigen Winterwind, der ihr auch die Haare zerzaust hatte. Sie schien vor Verzweiflung außer sich zu sein. Ihre Augen waren vom Weinen gerötet, und in dem blassen Schimmer des Verandalichtes glitzerten Tränen auf ihren Wangen.

Beim Anblick ihrer Freundin verschlug es Lena fast den Atem. Erschrockene Angst stieß ihr eine Speerspitze ins Herz.

„Sophie", sagte sie nur und zog sie in die warme Küche.

„Ist er hier?" Sophies Stimme zitterte so heftig, daß die Worte wie gejagt aus ihr hervorstürzten.

„Daniel? Nein." Er war spät nach Hause gekommen, hatte sich die ganze Nacht lang schlaflos im Bett hin und her gewälzt und war vor Morgengrauen wieder gegangen. Das wußte Lena genau, denn auch sie hatte wachgelegen und alles gehört.

Sophie warf sich in Lenas Arme. Lena konnte sie nur umarmen und ihr mit einer noch immer zitternden Hand über die Schultern streichen. Sie schluckte und fragte: „Was ist denn nur?"

„Daniel." Mehr brachte Sophie nicht hervor. Sie machte einen Schritt zurück und rang um ihre Fassung. Während sie in der Tasche nach einem Taschentuch suchte, bemühte sie sich, ihr Schluchzen zu unterdrücken. Lena reichte ihr ein sauberes Leinentaschentuch aus ihrer eigenen Tasche. Sophie schnäuzte sich und tupfte sich die Tränen von den Wangen. Sie sah ihre Freundin an und bat: „Er soll nicht erfahren, daß ich gekommen bin."

Lena nickte. Für diesen Wunsch hatte sie vollstes Verständnis.

„Ich hatte schon befürchtet, daß er wieder hier sein könnte. Vielleicht hatte ich im stillen gehofft ... ach, ich weiß selbst nicht." Sie bemühte sich, ruhig einzuatmen, was ihr auch beinahe gelang. „Nein, wenn er es so gewollt hat, dann kann ich froh sein, ihn los zu sein."

„Ach, Sophie!" flüsterte Lena.

„Er hat gesagt, daß er mich nicht mehr besuchen kommen wird. Nie wieder." Ihr Kinn zitterte, und eine Träne entkam ihrer Selbstbeherrschung, um ihr über das Gesicht zu rinnen. Sie holte erneut Luft und wehrte sich gegen ein weiteres Schluchzen. „Er hat gesagt, daß es keine Verabredungen mehr zwischen uns geben werde. Daß es aus sei mit uns."

„Das tut mir leid", murmelte Lena betroffen.

Sophie musterte das Gesicht ihrer Freundin mit einem langen Blick. „Besonders überrascht scheinst du ja nicht zu sein. Sag mir bloß nicht, daß er dich vorher eingeweiht hat."

„Es tut mir wirklich leid", wiederholte Lena. „Ich habe inständig gebetet, daß es nicht dazu kommen würde. Aber ... aber eigentlich ..."

Vor Erstaunen wurden Sophies Augen plötzlich klarer. „Wovon redest du?"

„Komm herein und setz dich", sagte Lena hastig. „Ich koche uns einen Tee, und dann können wir in Ruhe ..."

Doch Sophie schob Lenas Hand von ihrem Arm. In ihren

Augen vermischte sich eine andere Empfindung mit ihrer Verzweiflung. „Lena Keene, hast du etwa davon gewußt?"

„Also, ich ..."

„Sag schon. Hast du davon gewußt?"

Lena konnte den dunklen Augen und dem unbändigen Zorn, den sie darin sah, nicht standhalten. Sie schluckte und fuhr sich mit der Zunge über ihre trockenen Lippen. Langsam sagte sie: „Er hatte keine andere Wahl."

„Dann hat er mit dir über alles gesprochen?"

Einen Moment lang zögerte Lena, doch sie mußte bei der Wahrheit bleiben. „Wir ... wir haben uns unterhalten", gestand sie und schluckte erneut.

„Du wußtest also Bescheid." Die Worte klangen knallhart.

Jetzt spürte Lena, wie sich ihre eigenen Augen mit Tränen füllten.

„Und du ..." Der lodernde Zorn in Sophies Gesicht erstickte fast ihre Worte. „Du findest das alles richtig so." Es war keine Frage, sondern eine Verurteilung.

„Er kann ... er kann keine Nichtchristin heiraten." Lena hob langsam den Blick und flehte Sophie mit ihren Augen und ihrer Stimme inständig an. „Sophie, du hast dich verändert. Du gehst nicht mehr in die Kirche, du betest nicht, du hast Gott ..."

„Und ich hatte dich für meine Freundin gehalten", stieß Sophie zwischen zusammengebissenen Zähnen hervor und machte einen weiteren Schritt zurück.

„Das bin ich doch!" rief Lena. Ihr war, als sei der ganze Kummer, mit dem Sophie zu ihr gekommen war, in ihr eigenes Herz gestoßen worden. „Ich bete jeden Abend für dich. Ich ..."

„Die Mühe kannst du dir sparen", zischte Sophie. „Ich brauche deine Gebete nicht. Ich will deine Gebete nicht. Ich ..."

„Sophie! Bitte!"

„Bestimmt warst du sogar diejenige, die ihn dazu überredet hat, mit mir Schluß zu machen", sagte sie in einem eiskalten Ton, der kraß im Gegensatz zu dem Feuer in ihren Augen stand.

Lena blieb stumm. Es war zwecklos, Sophie zu erläutern,

was sie gesagt hatte und warum. Andererseits konnte sie sich nicht zu ihrem Vorwurf bekennen. Aus Sophies Mund klang es so, als hätte sie ein Verbrechen begangen.

„Und ich dachte immer, du seist meine Freundin", wiederholte Sophie mit einem harten Unterton.

„Sophie, glaub mir, das Ganze hat nichts damit zu tun ..." Lena weinte plötzlich so heftig, daß sie kaum weitersprechen konnte. „Ich habe dich so lieb wie eine Schwester ... noch lieber."

Die Geringschätzung, die sie nun in Sophies Gesicht erkennen konnte, war schlimmer als ihr lodernder Zorn. Lena ging einen Schritt auf sie zu, doch Sophie wirbelte auf dem Absatz herum und steuerte auf die Tür zu.

„Sophie, bitte. Bitte geh nicht einfach. Bitte!"

Sophie riß jedoch die Tür auf und drehte sich noch einmal abrupt um. „Ich hatte gehofft, daß du meine letzte Rettung sein würdest. Daß Daniel mich genug lieben würde ..." Sie schüttelte heftig den Kopf. Bittere Tränen sprudelten aus ihr hervor. „Anscheinend habe ich mich da gründlich geirrt. Es gibt keine echte Liebe auf dieser elenden, miesen Welt. Und versuch bloß nicht, mir von deinem lieben Gott zu erzählen. Mich hat er noch nie lieb gehabt. Noch nie. Erst hat er mir meine Mutter weggenommen, dann Daniel. Und jetzt ..."

Das Wort „dich" ließ sie unausgesprochen, doch Lena wußte, was sie meinte.

„Sophie, bitte!"

„Du hast es selbst so gewollt." Sophies Stimme war so eisig wie der Wind, der durch die offene Tür hereinwehte. „Du wolltest unsere Freundschaft zerstören. Irgendwie habe ich aber das Gefühl, daß dir das nicht ganz gereicht hat. Du mußtest unbedingt Daniel auch noch bevormunden." Sie trat in die Dunkelheit hinaus, blieb ein letztes Mal stehen und sagte: „Ich will dich nie im Leben wiedersehen. Nie!"

13

Fast ohne jeden Übergang folgte auf den Winter das Frühjahr. Bis in die dritte Märzwoche hinein hielt die Kälte an, doch dann brach eine Hitze herein, wie sie noch niemand um diese Jahreszeit erlebt hatte. Sophie ging auf dem Bürgersteig zur Schule. Die Äste über ihr bogen sich förmlich unter der Last ihrer Blüten. Jede Straße, jeder Garten in Harmony war eine wahre Explosion der Farben. Doch Sophie nahm davon so gut wie nichts wahr.

In der Schule herrschte eine befremdliche Stille, als sie jetzt die Tür öffnete und auf das Büro des Direktors zusteuerte, wo sie zu einer Unterredung bestellt worden war. Sie klopfte an. Als ihr eine gedämpfte Stimme antwortete, schluckte sie nervös und trat ein.

„Guten Tag. Sind Sie ... ich meine, bin ich hier ...“

„Ja, ja. Kommen Sie herein, und machen Sie die Tür zu.“

Die Frau, die sie dort erwartete, trug ein Kleid aus braunem, dickem Stoff; bei der so plötzlich hereingebrochenen Hitze wirkte es viel zu warm und kratzend. Die Frau setzte sich mit der Ungeduld einer überarbeiteten, hitzegequälten Sekretärin auf ihrem Stuhl zurecht. Dabei wich sie Sophies Blick aus, was diese wiederum als ein schlechtes Zeichen deutete. Mit einem lauten Seufzen schlug sie die Akte auf ihrem Schoß auf, las einen Moment darin und hob erst jetzt ihren Blick, doch sie sah nicht etwa Sophie an, sondern den Stuhl, der vor ihr stand.

„Setzen Sie sich bitte.“

Sophie tat es und hatte große Mühe, sich gegen ihr ungutes Gefühl zu wehren. Mit einer Zunge, die sich wie Sandpapier anfühlte, fuhr sie sich über die trockenen Lippen.

„Ich heiße Mrs. Roland. Ich bin die stellvertretende Leiterin des Immatrikulationssekretariats am State College und habe als solche die Auswahlgespräche mit den verschiedenen Kandidaten zu führen." Sie hatte dies mit einer teilnahmslosen Monotonie gesagt. Erneut setzte sie sich zurecht und sagte gereizt: „Jetzt bin ich schon seit vier Wochen pausenlos unterwegs, und für diese Hitze habe ich kein einziges Kleid im Koffer. Ich hatte eigentlich damit gerechnet, längst wieder zu Hause zu sein." Ihrem Seufzen war zu entnehmen, wie lästig ihr diese Änderung ihrer Reisepläne war. „Aber nachdem Ihr Brief beim Rektor eingegangen war, hat er mich persönlich gebeten, Sie aufzusuchen."

Sophies Hals war für eine Antwort zu ausgedörrt. Sie krallte ihre Hände auf ihrem Schoß ineinander, damit sie nicht so zitterten, und nickte nur, was der Frau vollkommen entging, da sie Sophie noch immer keines Blickes gewürdigt hatte.

„Ihre Zeugnisse sind sehr gut, Miss ..." Sie hielt inne und studierte die Aktenseite, die sie in den Händen hielt, bevor sie fortfuhr: „Harland. Allerdings muß ich Sie darauf hinweisen, daß Ihre Bewerbung reichlich spät kommt. Ganz zu schweigen von der Tatsache, daß Sie obendrein auch an einem Stipendium interessiert sind."

„Es ... es haben sich ein paar Änderungen in meiner Planung ergeben", sagte Sophie kläglich und mit kaum hörbarer Stimme. Sie hatte kein großes Verlangen danach, ihre Situation genauer zu erläutern.

„Ausgezeichnet sogar", fuhr die Frau fort, ohne auf Sophies Antwort einzugehen. „Und die Empfehlungsschreiben Ihrer Lehrer sind nicht weniger beeindruckend. Besonders das von ... äh, ja, hier haben wir's ja. Miss Amanda Charles." Eine lange dunkelbraune Haarsträhne rutschte unter ihrem flachen Hut hervor und klebte sich an ihrer Wange fest. Ungeduldig drehte die Frau den Briefbogen von Miss Charles um, las einen Moment, schnüffelte und bemerkte im Selbstgespräch: „Wenn diese Provinzlehrer es doch endlich einmal lernen würden, nicht so hyperbolisch zu schreiben! Mit ihren ins Märchenhafte übersteigerten Übertreibungen erleichtern sie ihren Schülern die Aufnahme am College auch nicht gerade."

Sophie spürte eine maßlose Wut in sich aufsteigen. Die hitzköpfige Antwort, mit der sie am liebsten gekontert hätte, konnte sie nur dadurch unterdrücken, indem sie sich fest auf die Innenseite ihrer Wangen biß. Miss Charles war der aufrichtigste Mensch, der Sophie je begegnet war.

Die Frau blätterte seufzend bis zum Aktendeckel zurück und las Sophies Bewerbung noch einmal durch. „Chemie. Höchst ausgefallen, wirklich. Und dazu noch der Antrag auf das Stipendium. Ihnen ist hoffentlich klar, daß das Stipendium jedes Jahr nur an zwei Studenten vergeben wird."

Diesmal machte Sophie sich nicht einmal die Mühe, zu nicken. Der Tonfall der Frau war eindeutig. Es ging nicht an, daß Sophie ausgerechnet Chemie studieren wollte, und ihr Antrag auf das Stipendium war vollkommen fehl am Platze. Ihre Enttäuschung verdichtete sich zu einer bleiernen Kugel in ihrem Magen.

Die Frau zupfte ein Spitzentaschentuch aus ihrem langen braunen Ärmel hervor und sah aus dem einzigen Fenster des Büros nach draußen, während sie sich die Schweißperlen von der Stirn wischte.

„Ich wünschte, es würde endlich ein Gewitter geben. Schon die ganze Woche kommt es mir so vor, als müßte ich jeden Nachmittag in einer überhitzten Räucherkammer arbeiten."

Sophie sagte kein Wort. Ihr war nicht danach zumute, mit dieser Dame über das Wetter zu plaudern. Es fiel ihr unendlich schwer, ihre Fassung zu wahren, doch sie wollte sich der Frau vom State College gegenüber um keinen Preis die Blöße geben, ihre bodenlose Enttäuschung zu zeigen.

Die Frau steckte das Taschentuch wieder an seinen Platz zurück und bedachte Sophie mit einem künstlichen Lächeln. „Mit Ihren Zensuren haben Sie blendende Aussichten auf einen Studienplatz in unserem Fachbereich Englisch oder in den Fremdsprachen. Französisch vielleicht. Oder sogar Griechisch, wenn Sie daran interessiert sind. Es gibt verschiedene kirchliche Organisationen, die an junge Damen wie Sie Teilstipendien für die Ausbildung zum Lehramt vergeben."

„Nein, danke", sagte Sophie kühl. Die Gelassenheit in ihrer Stimme bereitete ihr größte Genugtuung.

Mrs. Roland warf ihr daraufhin einen beleidigten Blick zu. „Und warum nicht, wenn ich fragen darf?"

„Weil ich im Grundstudium Biochemie studieren werde", antwortete Sophie, obwohl ihr selbst peinlich unklar war, wie sie dieses Ziel ohne die Zulassung zum College und ohne ein Stipendium erreichen sollte. Darüber konnte sie sich erst Gedanken machen, wenn sie dem stickigen Büro und der Gegenwart dieser Frau endlich entkommen war.

Die Sekretärin betrachtete sie lange und fing dann wieder an, in der Akte zu blättern. Ihr Stuhl protestierte mit einem Knarren, als sie sich zum unzähligsten Male darauf zurechtsetzte.

„Biochemie", sagte sie gedehnt und schrieb etwas mit Bleistift auf den Rand von Sophies Bewerbung. „Ihnen ist natürlich klar, daß Sie die einzige junge Frau in unserem gesamten Fachbereich Chemie wären." Als Sophie nicht darauf antwortete, hob Mrs. Roland noch einmal den Kopf. „Was interessiert Sie denn so sehr an Biochemie?"

„Mit einem Grundstudium der Biochemie", antwortete Sophie, „schaffe ich mir die besten Voraussetzungen dazu, mich auf Bakteriologie zu spezialisieren."

Die Frau erstarrte mitsamt ihrem Bleistift. Dann fragte sie: „Was wissen Sie eigentlich über Bakteriologie als wissenschaftliches Gebiet?"

Sophie war sich nicht sicher, ob die Frau allen Ernstes eine Antwort auf ihre Frage erwartete, doch sie beschloß, die Gelegenheit zu nutzen, bevor sie mit einer abwinkenden Bemerkung mundtot gemacht werden konnte.

„Angefangen hat es Mitte des vorigen Jahrhunderts", begann Sophie langsam und behielt ihre Zuhörerin dabei aufmerksam im Auge. „Louis Pasteur bewies, daß die Gärung kein spontaner Vorgang ist, sondern durch die Vermehrung von

Bakterien in Verbindung mit Luft hervorgerufen wird. Er hat außerdem einen Impfstoff gegen Tollwut und ein Verfahren zur Entkeimung von Milch durch Kurzzeiterhitzung entwickelt."

Mrs. Roland lehnte sich auf ihrem Stuhl nach vorn. Als sie nichts sagte, fuhr Sophie fort: „In Deutschland hat Robert Koch mit Pasteurs Methoden Milzbrand erforscht. Er hat als erster Methoden zur Färbung, Fixierung und künstlichen Kultur entwickelt, durch die Bakterien sichtbar gemacht und erforscht werden konnten. Er war auch derjenige, der die Tuberkelbakterien entdeckte. Bei uns in Amerika hat sich Howard Taylor Rickets mit der Erforschung von Typhus befaßt."

Sophie redete sich in Fahrt, und trotz aller Nervosität wurde ihre Stimme lebhafter. „Mit seinen Ergebnissen und Welchs Untersuchungen auf dem Gebiet des Gangränbefalls hat Welch völlig neue Operationstechniken entwickelt. In Rußland hat Ilja Metschnikow erfolgreich bewiesen, daß die weißen Blutkörperchen zur Abwehr von Infektionen dienen. Genau hier liegt mein Hauptinteressengebiet."

Einen Moment lang herrschte Stille. Dann murmelte Mrs. Roland: „Äußerst bemerkenswert."

„Ja!" In Sophies Stimme lag ungedämpfte Begeisterung über die bahnbrechenden Fortschritte auf ihrem Spezialgebiet. „Metschnikow hat mit Hilfe des Mikroskops vorgeführt, wie Leukozyten mit polymorphen Zellkernen Bakterien regelrecht in ihr eigenes Zytoplasma hineinfressen. Außerdem ist es jetzt gelungen darzustellen, daß manche Bakterien Toxine produzieren, gegen die der Körper natürliche Antitoxine entwickelt. Das bedeutet, daß die Abwehrmechanismen des Körpers nicht nur auf den Zellen beruhen, sondern auch in den Körpersäften, also auf chemischer Basis ablaufen. Emil von Behring hat ein diphteriekrankes Kind mit dem Antitoxin eines anderen Patienten behandelt. Das Kind hat überlebt. Das war ein großer Durchbruch, denn daraus folgt möglicherweise, daß viele andere Krankheiten durch natürliche Antitoxine geheilt werden können."

An diesem Punkt verstummte Sophie, obwohl ihre Gedanken in unzählige Richtungen zugleich losgaloppierten, wie immer, wenn sie über etwas sprach, was sie gelesen und dazugelernt hatte. Wenn sie aber weitersprach, würde ihre Enttäuschung über die Ablehnung nur um so größer sein. Sie würde sich nur noch verwundbarer machen, als sie es ohnehin schon war, denn als nächstes würde sie davon sprechen, wie dringend sie Zugang zu einem Labor brauchte. Nicht nur das, sondern auch zu anderen Menschen, die ihre Interessen teilten. Wenn sie nicht aufpaßte, würde sie womöglich noch preisgeben, wie einsam sie sich in Harmony fühlte, wie abgeschnitten von der Welt und allen wichtigen Ereignissen sie sich vorkam. Besonders jetzt, wo ... wo sie niemanden mehr hatte, mit dem sie über ihre Träume und Sehnsüchte sprechen konnte. Doch dazu wollte Sophie sich auf keinen Fall hinreißen lassen. Deshalb verknotete sie ihre Hände ineinander und wartete, während der Bleistift der Frau über das Papier kratzte.

Zu guter Letzt sah Mrs. Roland auf, und Sophie stellte überrascht fest, daß ihr abweisender Gesichtsausdruck einem echten Interesse gewichen war.

„Der Stipendienausschuß trifft in diesem Frühjahr nur noch einmal zu einer Sitzung zusammen, Miss Harland, und zwar in einer Woche. Ich empfehle Ihnen dringend, nach Raleigh zu kommen und sich dem Ausschuß persönlich vorzustellen. Läßt sich das arrangieren?"

„Ja", sagte Sophie und tat sich plötzlich schwer, zu atmen. „Ja, natürlich."

14

Lena blieb zögernd vor der Apothekentür stehen. Jedes Mal, wenn sie in die Apotheke ging, mußte sie dort einen Moment stehenbleiben, wieder zu Atem kommen und sich innerlich sammeln. Der Sommer war schon fast zu Ende, aber sie hatte sich noch immer nicht an den Bruch mit Sophie, an diesen großen Verlust gewöhnen können.

Manchmal wachte sie nachts auf, weil ihr Kissen von Tränen durchnäßt war, die sie im Schlaf geweint hatte, und fragte sich, wie das Leben nur ohne ihre beste Freundin weitergehen sollte. Tausende von Malen waren ihr die Szenen mit Daniel und Sophie wieder durch den Kopf gegangen. Sie fand einfach keine Antwort auf die Frage, wie sie alles hätte anders machen können. Besser hätte sie es natürlich machen können; ja, keine Frage, sie hätte sich besser, gewandter ausdrücken können. Aber hätte das etwas an dem Ergebnis geändert? In solchen Nächten wünschte sie sich immer, daß sie nur ein einziges Mal klüger gewesen wäre, daß sie etwas von Sophies Intelligenz gehabt hätte und daß sie alles haargenau richtig gemacht hätte.

Überhaupt war es ein schwieriger Sommer gewesen. Daniel hatte sich entweder trostsuchend an sie gewendet oder sich in ein eisiges Schweigen gehüllt. Ihr Vater hielt neuerdings im Auftrag des Bundesstaates Lehrgänge für die Farmer in der Umgebung ab und war fast die ganze Woche über unterwegs. Der Gesundheitszustand ihrer Mutter hatte sich leider überhaupt nicht gebessert, ganz im Gegenteil: Durch die Hitze hatte sich ihre Krankheit nur noch verschlimmert. Marthas Gelenke schmerzten nach wie vor, und manchmal schwollen ihre Finger, Ellbogen und Knie fast zu doppelter Größe an.

Und Sophie ...

Solange sie denken konnte, hatte sie mit Sophies Beistand rechnen können. Wenn sie sich vor harten Worten, beängstigenden Neuigkeiten oder Schwierigkeiten am liebsten in ein Mauseloch verkrochen hätte, hatte Sophie immer irgendwie eine Kraft bewiesen, von der Lena nie genug zu haben schien. Sie hatte immer mit ihren Problemen zu Sophie gehen können. Aber jetzt war sie allein. Ihre innere Traurigkeit tat ihr so weh wie eine tiefe Wunde an ihrem Körper. Sie hatte das Gefühl, einen Arm oder ein Bein amputiert bekommen zu haben. Den einzigen Trost, der ihr blieb, empfand sie, wenn sie betete.

Lena nahm nun ihren ganzen Mut zusammen und stieß die Apothekentür auf. Ihre Nase erkannte auf der Stelle die vielen Gerüche, die sie mit Sophie und deren hellwachem Verstand verband. Ihr Lächeln fiel so herzlich aus, wie ihre Niedergeschlagenheit es zuließ, und sie sagte: „Guten Tag, Mr. Harland, ich bin's schon wieder."

Peter Harland trug schon seit geraumer Zeit sommers wie winters denselben grauen Pullover, als schirme ihn seine Gleichgültigkeit nun auch gegen den Wechsel der Jahreszeiten ab. Er starrte über die Ränder seiner halben Brillengläser hinweg und sagte: „Tag, Lena." Seine Worte waren nicht etwa undeutlich dahingemurmelt, sondern einfach nur kraftlos, als fehle ihnen die rechte innere Beteiligung, um Kontur zu erlangen. „Geht's deiner Mutter besser?"

„Leider nicht." Sie bezweifelte, daß ihn das sonderlich interessierte. Andererseits half ihr der kleine Austausch von Gemeinplätzen ein wenig über ihre Nervosität hinweg. „Das Einzige, was ihr zu helfen scheint, ist das Einreibemittel aus Ihrer Apotheke. Ich hätte gern noch eine Flasche davon."

Er langte schon unter den Handverkaufstisch, während sie

noch sprach. Er stellte die Flasche ab, wickelte sie in braunes Packpapier ein und drehte die Verpackung am Flaschenhals fest zusammen. Dann sagte er: „Das macht zweiundsiebzig Cent."

„Vielen Dank", sagte Lena. Wie bei jedem Besuch in der Apotheke während der letzten Monate spähte sie unauffällig in die Rezeptur. Sophie war jedoch nirgends zu sehen. Lena holte tief Luft. Diesmal würde sie sich ein Herz fassen müssen.

„Kann ich wohl kurz mit Sophie sprechen?" fragte sie.

Einen Augenblick lang schien sich der endlose Nebel, der Peter Harland ständig umhüllte, zu heben. Ein scharfer Blick schoß aus seinen Augen heraus und durchbohrte sie. „Du willst mir doch wohl nicht weismachen wollen, daß Sophie dir nichts gesagt hat, oder?"

„Worüber denn?"

„Ich hab's ihr schon tausendmal gesagt: Dieser alberne Streit gehört endlich aus der Welt geschafft." Peter Harland schüttelte seinen grauen Kopf. „Das Mädchen denkt wohl, ich würde überhaupt nichts mehr merken. Aber das stimmt nicht so ganz. Manche Dinge sind mir halt einfach nicht mehr so wichtig, seitdem ..." Er ließ den Satz verkümmern, als bringe er es einfach nicht fertig, ihn zu Ende zu sprechen.

Normalerweise hätte Lena versucht, ein paar tröstende Worte zu sagen, doch dazu fehlte ihr jetzt die Kraft. Sie umklammerte die Kante des Handverkaufstisches, um sich aufrecht zu halten, und fragte leise: „Wovon hat sie mir nichts gesagt, Mr. Harland?"

Peter zögerte und sagte dann so schonend, wie es seine zum Dauerzustand gewordene Schroffheit zuließ: „Sophie ist heute morgen nach Raleigh gefahren, um dort zu studieren."

Es gelang Lena, das Stöhnen in ihrem Hals aufzuhalten. *Sophie war weg!*

„Ach, tatsächlich? Ja, natürlich." Lena redete einfach weiter, weil sie sonst an Ort und Stelle in Tränen ausgebrochen wäre. „Zum Studium. Nach Raleigh. Sicher. War doch klar."

Sie nahm die Flasche mit dem Einreibemittel und steuerte auf die Tür zu. Sie war fest dazu entschlossen, die Fassung zu bewahren, auch wenn ihr dieses Ziel wie der Gipfel eines Hochgebirgsmassivs vorkam.

„So etwas Dummes. Das war meine eigene Schuld. Ich hätte nicht bis zur letzten Minute warten sollen. Ich hätte früher kommen sollen. Lassen Sie sich nicht weiter stören, Mr. Harland." Ihre tauben Finger fanden die Türklinke und schafften es irgendwie, die Tür zu öffnen. Heller Sonnenschein spülte über sie hinweg. Ist das nicht ein herrlicher, herrlicher ..."

Die Tür schloß sich hinter Lena. Die Türklingel ertönte schrill und höhnisch. Lena zwang ihre Beine dazu, sie an dem Haus vorbei bis an die Ecke zu tragen, wo eine ungepflasterte Gasse in die Straße einmündete. Hier blieb sie stehen, weil sie keinen einzigen Schritt mehr zustande brachte. Sie lehnte sich gegen die Ziegelwand und drehte ihr Gesicht zur Sonne. So versuchte sie, zu Atem zu kommen, doch es wollte ihr nicht gelingen. Die Luft war zu sehr mit ihrer Enttäuschung durchsetzt. Das Atmen war eine Qual für sie, denn bei jedem Atemzug hatte sie das Gefühl, nadelspitze Glassplitter in ihre Lunge zu saugen.

„Was wollen Sie mir denn da weismachen?" Die schrullige Frau namens Netty Taskins blinzelte von der obersten Treppenstufe mit der Skepsis einer stark Kurzsichtigen auf sie herunter. „Was haben Sie sich nur in den Kopf gesetzt?"

„Ich habe mir gar nichts in den Kopf gesetzt." Sophie antwortete nur deshalb mit ausgesuchter Höflichkeit, weil sie dringend ein Zimmer brauchte. Und ein Bett. Die lange Eisenbahnfahrt, die Hitze, ihre schweren Taschen und die Unsicherheit wegen all dem Neuen hatten ihr zugesetzt. „Einen Studienplatz habe ich schon bewilligt bekommen. Ich werde an der Universität Chemie studieren."

„Na, ich werd' nicht wieder! Gibt's denn so was?" Die Frau

drehte sich um, öffnete die äußere Gittertür und hielt sie ihr auf. „Eine Chemikerin. Da sind Sie womöglich auch noch eine von diesen Stimmrechtlerinnen, was?"

„Eigentlich bin ich überhaupt nichts", antwortete Sophie und folgte ihr in das kühle Haus hinein. „Jedenfalls bis jetzt noch nicht."

„Mein Harry, der hat nicht viel davon gehalten, die Frauen mitwählen zu lassen. Hat die Sufragetten immer 'ne Horde unheilstiftender Yankees genannt. Aber er is' nich' mehr, mein Harry, schon seit sieben Jahren is' er nich' mehr. Von 'ner Chemikerin hätte er wahrscheinlich auch nicht viel gehalten, aber so was juckt ihn jetzt nich' mehr, den alten Querkopf." Die Gesichtszüge der Frau waren so verkniffen, daß sie Sophie an sauer eingelegtes Gemüse erinnerte. Mit einem Augenpaar, das hinter tiefen Falten hervorlugte, musterte sie Sophie. „Wer sind denn Ihre Eltern, kleine Miss?"

„Mein Vater ist Peter Harland aus Harmony. Ihm gehört dort die Apotheke."

„Und Ihre Mama, wie findet die denn Ihre ganze Chemie?"

„Mama ist gestorben, als ich vierzehn war", antwortete Sophie und wehrte sich dabei gegen einen Angriff des alten Kummers. „Aber ich glaube, sie hätte sich gefreut. Daddy ist derjenige, der zuerst nicht so richtig wollte."

„Tja, so sind die Männer halt. Zu allem muß man sie mühsam breitschlagen." Die Falten in ihrem Gesicht wurden noch tiefer, als sie kurz lächelte. „Meine Mammi hat früher immer gesagt: Die beste Methode, 'nen halsstarrigen Mann von etwas zu überzeugen, besteht darin, ihm mit Karacho 'ne Bratpfanne zwischen die Augen zu donnern."

Sophie erwiderte das Lächeln. Die merkwürdige Frau gefiel ihr. „Am College ist mir gesagt worden, daß Sie vielleicht ein Zimmer zu vermieten haben, Mrs. Taskins."

„Hab' ich auch, kleine Miss. Da sind Sie bei mir goldrichtig." Sie nahm Sophie eine ihrer Taschen ab und stapfte auf die Treppe zu. „Hab' immer schon was für höhere Bildung übriggehabt. Freut mich ungemein, daß jemand genug Traute und Grips hat, um was zu schaffen, wozu's bei mir nie gelangt hat.

Da wird einem richtig warm ums Herz. Ein Glück, daß der Herrgott Sie zu mir geschickt hat!"

Sophie blieb stehen, um wieder zu Atem zu kommen, bevor sie das Kaufhaus betrat. Die Türen waren aus Stahl und Glas und größer als sämtliche Türen in ganz Harmony, sogar größer als die Kirchentür. Im Kaufhaus herrschte Hochbetrieb. Die Kunden sahen alle furchtbar elegant und beschäftigt aus.

„Gehen Sie nun rein oder nicht?"

Sophie fuhr auf dem Absatz herum. Vor ihr stand eine mißbilligend dreinschauende Frau mit einem Kind an der Hand. Beide trugen allerfeinste Sonntagskleidung. Die Frau sah aus, als wäre sie einer Modezeitschrift entsprungen. Auf ihrer makellosen Frisur thronte ein schickes Hütchen mit zwei schwarzen Federn an der Seite, und ihre Perlenkette sah sündhaft teuer aus. Sophie ging ihr hastig aus dem Weg.

„Nein, Ma'am, bitte gehen Sie nur."

„Danke", sagte sie frostig und wandte sich zu dem Kind um. „Komm endlich." Die Tür öffnete sich und verschlang die beiden, doch Sophie blieb allein vor dem Eingang zurück.

Im Schaufenster des Kaufhauses erblickte sie ihr Spiegelbild. Das geblümte Kleid, das in Harmony so hübsch gewesen war, wirkte in der Großstadt irgendwie billig und geschmacklos, ganz zu schweigen von den beiden Haarkämmen und ihren abgewetzten geknöpften Stiefeln. Sophie umfaßte ihre Handtasche fester und schob die Eingangstür auf.

Im Innern des Kaufhauses angelangt, mußte sie erst einmal überwältigt stehenbleiben. Einen so großen Laden hatte sie noch nie gesehen. Auf endlos langen Regalen wurde alles feilgeboten, was man sich nur erträumte. Die Kunden begutachteten die Ware mit Kennerblick, als sei ein solches Kaufhaus das Alltäglichste auf der Welt. Sophie hatte das Gefühl, am Boden festgenagelt zu sein.

„Kann ich Ihnen behilflich sein?"

Sie verschluckte einen aufgeschreckten Schrei, wirbelte auf dem Absatz herum und sah sich einem Mädchen in ihrem Alter gegenüber. Nur, daß sie sogar noch aufgetakelter war als die Frau vor dem Eingang: perfekt sitzende Frisur, nagelneue Kleidung der neusten Mode und angemalte Lippen. Als Sophie das Abzeichen auf ihrem Kragenaufschlag sah, verschlug es ihr die Sprache. Das Mädchen war eine Verkäuferin. Sie arbeitete hier.

Die junge Dame musterte Sophies altmodische Kleidung und ihr verlegenes Gesicht und sagte dann herablassend: „Möchten Sie etwas kaufen?"

„Ja, Ma'am." Sophies Stimme war fast bis auf ein Flüstern geschrumpft. „Ich brauche nur ein paar Bleistifte und Papier und dergleichen."

„Bürobedarf ist im oberen Stockwerk links", sagte die Verkäuferin kurz angebunden und kehrte ihr mit erhobener Nase den Rücken.

Sophie war schon drauf und dran, unverrichteter Dinge wieder zu gehen, als eine Männerstimme sagte: „Lassen Sie sich bloß nicht von dieser schnippischen dummen Gans ins Bockshorn jagen."

Sie drehte sich um und sah mitten in ein lächelndes Gesicht hinein. Sie konnte sich selbst nicht erklären, warum die Freundlichkeit in seinen Augen ihr Gefühl nur noch verstärkte, hier vollkommen fehl am Platze zu sein.

„Ich ... ich gehöre nicht hierher."

„Aber klar tun Sie das. Sie dürfen sich nur nicht von diesen Großstadtleuten einschüchtern lassen, und wenn Sie's schon sind, dann lassen Sie's sich nur nicht anmerken." Er warf ihr ein verschwörerisches Grinsen zu.

Er hatte das frische Aussehen eines Farmerssohnes. Seine leuchtendroten Haare hatten denselben Schnitt, der ihr heute morgen bei der Immatrikulation schon mehrfach aufgefallen war: in der Mitte gescheitelt und seitlich glattgekämmt. Die Haare hatten denselben Farbton wie die Sommersprossen, mit denen sein ganzes Gesicht übersät war. Freundlichkeit und Intelligenz leuchteten aus seinen himmelblauen Augen.

„Sie hätten mich mal letztes Jahr am ersten Vorlesungstag

erleben sollen. Als ich mir hier ein paar Schreibwaren besorgen wollte, hat mich auch eine hochnäsige Tusnelda angemeckert, aber ich weiß bis heute nicht, was ich eigentlich verbrochen hatte. Ich hab' mich schleunigst verdünnisiert und mich 'nen ganzen Monat lang nicht in der Stadt blicken lassen."

„Studieren Sie auch hier am College?"

Er nickte.

„Das einzige, was mich je in die Großstadt locken konnte." Er deutete mit seinem Kinn nach oben. „Die Abteilung, die Sie suchen, ist im zweiten Stock."

„Ich fange auch gerade ein Studium am College an", sagte Sophie. Eigentlich konnte sie es selbst noch gar nicht fassen. Es war nicht ihre Art, sich auf Gespräche mit fremden jungen Männern einzulassen, aber sie hatte sich noch nie im Leben so einsam und verlassen gefühlt. „Ich bin gerade heute morgen angekommen."

„Herzlich willkommen in der Großstadt. Ich heiße Lowell Fulton." Er ging neben ihr die Treppe herauf.

„Nett, Sie kennenzulernen, Mr. Fulton. Ich heiße ..." Auf der obersten Treppenstufe blieb Sophie überwältigt stehen. „So was gibt's doch nicht!" entfuhr es ihr. Auch dieses Stockwerk bestand aus zahllosen, vor Waren überquellenden Regalreihen.

„Nur keine Panik. In einer Woche kennen Sie sich hier aus wie in Ihrer eigenen Westentasche. Was suchen Sie denn genau?"

„Die üblichen Schreibwaren." Einen Moment lang zögerte Sophie, doch dann kam sie zu dem Schluß, daß dieser junge Mann durchaus vertrauenswürdig zu sein schien. „Und einen Rechenschieber."

Lowell lachte kurz auf. „Was wollen Sie? Einen Rechenschieber?"

Sophie nickte. Glücklicherweise hatte ihr Vater sich zu guter Letzt doch noch bereiterklärt, die Kosten für einen Teil der Dinge zu übernehmen, die nicht in dem Stipendium enthalten waren. Sie hatte sofort gewußt, worin ihre erste

Anschaffung bestehen würde. Von einem Rechenschieber hatte sie schon seit Jahren geträumt.

„Ich werde Chemie studieren, aber ich will auch ein paar Mathematikkurse belegen. Ich will mit Statistik umgehen können, und ..." Der junge Mann neben ihr war plötzlich stehengeblieben. Sophie sah ihn erstaunt an und fragte: „Stimmt etwas nicht?

„Chemie?" fragte er, die Stimme so ausdruckslos wie seine Augen. Sophie begriff nicht, was plötzlich in ihn gefahren war, nicht einmal dann, als er kühl fragte: „Sie sind das Harland-Mädchen, nicht?"

„Ja. Woher wußten Sie ..."

Doch er fiel ihr unhöflich ins Wort. „Die Rechenschieber gibt's am Ende von dem Regal da hinten", sagte er, machte auf dem Absatz kehrt und ging eilig die Treppe hinunter, ohne sich auch nur ein einziges Mal zu Sophie umzudrehen.

Sophie sah hinter ihm her. Vor Staunen stand ihr der Mund offen. Plötzlich sehnte sie sich danach, Lena bei sich zu haben. Lena hätte ihr geholfen, mit einem Lachen über diese merkwürdige Begegnung hinwegzugehen und ein paar Witze über die rauhen Umgangsformen in der Großstadt zu machen. Den ganzen Sommer lang waren ihr ähnliche Gedanken gekommen, oft gerade dann, wenn sie am wenigsten damit gerechnet hatte, und diesen Augenblicken hatte sie einen hohlen, stumpfen Schmerz verspürt. Da stand sie nun am Anfang ihres größten Abenteuers, im Begriff, sich einen ihrer sehnlichsten Wünsche zu erfüllen, doch so einsam wie jetzt hatte sie sich noch nie in ihrem Leben gefühlt.

Mit einem Seufzen setzte sie sich in Bewegung und ging an dem langen Regal entlang. Der Tag hatte seinen ganzen Sonnenschein eingebüßt, sogar in dem Moment, als sie ihren langersehnten Rechenschieber in den Händen hielt.

15

Am nächsten Morgen war sie schon mit Anbruch der Dämmerung auf den Beinen. Die ganze Nacht lang hatte sie kaum ein Auge zugetan, was jedoch keineswegs an einer mangelhaften Unterbringung gelegen hatte: Nettys Holzhaus war in tadellosem Zustand. In der Dunkelheit hatte sie unzählige fremde Geräusche gehört, und in ihrem Kopf waren die Gedanken Karussell gefahren. So viele neue Eindrücke. So wenig Vertrautes.

Und so entsetzlich allein.

Sie rutschte aus dem fremden Bett und fing an, sich anzuziehen. Das Waschgestell war zwar blitzsauber gescheuert, aber wackelig und verkratzt. Der einzige Spiegel im Zimmer war so betagt, daß das Silber an vielen Stellen abgeblättert war. Sophie begutachtete sich nervös in den spärlichen Resten der Spiegelfläche.

Ihre Augen schauten verängstigt drein, und ihr Gesicht wirkte verkrampft. Ihre Haare lagen dunkel und eng an ihrem Kopf, kein bißchen modisch gewellt. Ihr ganzer Körper war lang und schmal und entbehrte jeglicher Kurven, die ihre kantige Geradlinigkeit auflockerten. Sophie seufzte und strich sich den kleinen Spitzenkragen an ihrer Bluse glatt. Ihr erster Tag am College, und sie hatte eine solche Angst vor ihrer eigenen Courage, daß sie befürchtete, nicht einmal ihren eigenen Namen behalten zu können.

Vor der Holztür mit dem Messingschild, auf dem die Hörsaalnummer zu lesen war, blieb sie stehen. Das Universitätsgebäude hätte ihre kleine Schule in Harmony mit Leichtigkeit verschlingen können und dabei noch jede Menge Platz übrig gehabt. Von diesen riesigen Gebäuden gab es hier gleich ein halbes Dutzend. So viele Studenten und soviel Lärm auf einmal hätte Sophie im Leben nicht für möglich gehalten.

Ihr ganzes inneres Universum konzentrierte sich auf diesen Moment. Vor ihr lag ein völlig neues Leben. Denn hinter dieser Tür erwarteten sie ihre größten Hoffnungen und Träume. Dennoch zögerte sie, weil ihr plötzlich Zweifel kamen. Vielleicht hatte sie ja gar nicht das Zeug zum Studieren. Vielleicht hatten Miss Charles und sie die Anforderungen vollkommen falsch eingeschätzt. Wie sollte sie es nur je ertragen ...

„Haben Sie etwa vor, den ganzen Tag lang den Eingang zu versperren, Miss Harland?"

Sophie schrak auf und drehte sich um. Vor ihr stand eine vertraute Gestalt mit unvertraut feindseligen blauen Augen. Lowell Fulton. Sonderbar, daß sie sich den Namen überhaupt gemerkt hatte.

„Tut mir leid. Ich wollte nur ... Ist das der Hörsaal, wo Professor Dunlevy seine Vorlesung hält?"

„Wenn Sie das nicht selbst wissen, dann sind Sie hier vielleicht an der falschen Adresse. Haben Sie sich das schon mal überlegt?" Diese abfällige Bemerkung kam von einem zweiten jungen Mann, der genauso kühl und abweisend wirkte wie der erste.

Lowell blieb stehen, wo er war.

„Haben Sie mir nicht erzählt, daß Sie im ersten Semester sind? Hier findet Chemie fürs zweite Studienjahr statt."

„Ich ... das heißt ..." Sophie schluckte gegen das Zittern in ihrer Stimme an. „Mir ist gesagt worden, ich solle mit diesem Kurs anfangen."

Ein Flackern huschte über seine blauen Augen. Es geschah so schnell, daß es Sophie vollkommen entgangen wäre, wenn sie ihn nicht so aufmerksam beobachtet hätte.

Ein weiterer Kommilitone spottete: „Na, hoffen wir, daß das kein Irrtum war."

Sophie trat einen Schritt zurück. Eine Gruppe von sechs oder sieben jungen Männern schob sich an ihr vorbei, um den Hörsaal zu betreten. Sie hörte, wie einer von ihnen zu dem ersten sagte: „Der haben wir's aber gründlich gegeben, Lowell, was?"

Sophie blieb noch einen Moment lang stehen. Die kalte Abneigung, die ihr entgegengeschlagen war, hatte sie erschrocken. Dann ging sie seufzend durch die Tür in den Hörsaal und suchte sich einen Platz in der allerletzten Reihe. Anscheinend würde die Erfüllung ihrer Hoffnungen und Träume vorerst auf sich warten lassen.

Professor Dunlevy erwies sich als haargenau der Hochschullehrer, den sie sich erhofft hatte: ein Mann, der mit Feuereifer bei der Sache war und der sich darauf verstand, seine Kenntnisse und seine Begeisterung an die Studenten weiterzugeben. Er war mit Abstand der unattraktivste Mann, den Sophie je gesehen hatte: Graumelierte Haarbüschel standen ihm in alle Himmelsrichtungen vom Kopf ab, als hätte er sich soeben unter elektrischen Strom gesetzt. Seine Augen traten leicht hervor, und auf der Vorderseite seines Laborkittels trug er die Reste von den Laborversuchen einer ganzen Woche mit sich herum. Sobald er jedoch mit seiner Vorlesung begann, wurde alles andere plötzlich unwichtig.

Nachdem er diese erste Vorlesung beendet hatte, rief er von seinem Pult: „Miss ... Moment, wo habe ich denn die Liste? Ach ja, hier ist sie, Sophie Harland. Bleiben Sie bitte noch kurz, Miss Harland. Ich habe mit Ihnen zu reden."

Einer der Studenten, die an ihrem Platz vorbei auf die Tür zuströmten, murmelte gehässig: „Ach nee, verlassen Sie uns schon so bald wieder?"

Sophie setzte eine entschlossene Miene auf und hob den Kopf, um ihm in die Augen zu sehen. „Nein", antwortete sie einsilbig.

Er bemühte sich, ihrem Blick standzuhalten, doch es wollte ihm nicht gelingen. Mit einem verwirrten Gesichtsausdruck wandte er sich ab und ging. Obwohl es ihr unendlich schwerfiel, zwang Sophie sich dazu, ihren Kopf hochzuhalten, und zu ihrer Überraschung stieß sie in Lowells Gesicht nicht auf die erwartete Feindseligkeit. Statt dessen sah er sie beim Vorbeigehen nur forschend an. Er wirkte nachdenklich und unsicher, und wieder sah sie ein rätselhaftes Flackern in seinem Blick.

Als sich der Hörsaal geleert hatte, ging Sophie zum Podium nach vorn. Dr. Dunlevy deutete auf einen Stuhl. „Hier, setzen Sie sich doch. Ich wollte Sie nur kurz persönlich begrüßen."

„Vielen Dank", sagte Sophie. Die aufrichtige Wärme in seinen Worten tat ihr so gut, daß ihre Stimme ein wenig ins Zittern geriet.

„Ich war dabei, als Sie vom Stipendienausschuß befragt wurden, aber es sollte mich nicht wundern, wenn Ihnen mein malerisch schönes Gesicht nicht weiter aufgefallen ist", spaßte er.

„Ich war etwas nervös", gestand sie.

„Verständlich, verständlich." Er schickte sich an, seine Vorlesungsunterlagen zu stapeln, doch ein paar lose Blätter wollten sich nicht fügen und flatterten zu Boden. Sophie half ihm, sie aufzuheben.

„Danke, Miss Harland." Er richtete sich wieder auf und sprach weiter. „Was Sie da zu sagen hatten, hatte Hand und Fuß. Ich fand es geradezu begeisternd, mit welcher ... nun, Leidenschaft scheint mir das richtige Wort zu sein, Sie über Ihre wissenschaftlichen Interessen gesprochen haben."

„Daran war alles echt", versicherte Sophie ihm.

„Das glaube ich Ihnen." Er setzte sich ihr gegenüber auf einen Stuhl. „Wie ich gehört habe, kommen Sie aus Harmony. Das kenne ich gut. Ich stamme aus Greenville, keine dreißig Meilen von Harmony entfernt. Auch ein netter Ort. Jeder kannte jeden. Die Leute ließen einem so leicht nichts durchgehen, und eigentlich hat's auch keiner drauf ankommen lassen."

Sophie sah zu, wie er seine langen Beine von sich streckte, und fragte sich, was sie nur sagen sollte. Auf eine kleine Plauderei mit einem Professor war sie nicht vorbereitet gewesen. In solchen Dingen hatte sie überhaupt keine Erfahrung.

„Sagen Sie, Miss Harland, wie sind Sie von den anderen Studenten unseres Fachbereichs aufgenommen worden?"

Als Sophie nicht antwortete, sagte er: „Kommen Sie, nur heraus mit der Sprache. Seien Sie ehrlich."

„Ziemlich mies."

„Das habe ich mir schon gedacht. Ganz widerstandslos würde die Immatrikulation unseres ersten weiblichen Chemiestudenten nicht über die Bühne gehen, das war klar. Besonders, wenn besagter weiblicher Student nicht nur begabt, sondern auch noch hübsch ist." Er beugte sich zu ihr vor. „Aber ich verrate Ihnen ein Geheimnis über Ihre Kommilitonen, wenn Sie mir versprechen, es für sich zu behalten. Bei den meisten besteht eine himmelweite Differenz zwischen ihrer Selbsteinschätzung und ihren wahren Fähigkeiten. Im Gegensatz dazu beträgt die Differenz zwischen ihrem Speicherungsvermögen und ihrem Gedächtnisschwundfaktor null."

Sie mußte schmunzeln.

„Mit anderen Worten, sie vergessen alles so schnell, wie sie es gelernt haben."

Sein gummiartiges Gesicht verzog sich zu einem finsteren Stirnrunzeln.

„Wozu mache ich mir eigentlich die Mühe und werde Wissenschaftler, wenn selbst die Studienanfänger meine gehobene Rhetorik gleich auf Anhieb verstehen?" Er betrachtete sie einen Moment lang und fragte dann: „Haben Sie Lowell Fulton schon kennengelernt?"

„Leider ja."

„So ein Pech. Ich hatte gehofft, ihm zuvorzukommen. Lowell ist ein Sonderfall. Er stammt aus dem westlichen Teil des Bundesstaates, aus der Nähe von Asheville. Anständiger Kerl, ehrlich und fleißig. Er war letztes Jahr einer der Stipendiaten. Ein Freund von ihm, sein bester Freund sogar, hat sich dieses Jahr um das Stipendium beworben."

„Au weia!" sagte Sophie.

Dr. Dunlevy nickte.

„Es hat ihm ziemlich zugesetzt, als er hörte, daß ein anderer Bewerber, und dazu noch ein weiblicher, seinem Freund in letzter Minute das Stipendium vor der Nase weggeschnappt hat. Sein Freund hat sich jedoch mittlerweile eine Arbeit besorgt und will nun genug Geld zusammensparen, um nächstes Jahr mit dem Studium anzufangen, egal, ob er das Stipendium nun bekommt oder nicht. Anscheinend ist der Bursche nicht aus Zucker und läßt sich so leicht nicht unterkriegen. Ein heller Kopf dazu, aber unter uns gesagt, kann er Ihnen nicht das Wasser reichen."

Sophie dachte an ihre Begegnung mit Lowell am Vortag. „Ich hatte mich schon gewundert, warum Mr. Fulton urplötzlich etwas gegen mich zu haben schien."

„Er wird sich schon wieder fangen, hoffentlich jedenfalls. Das wäre in seinem eigenen Interesse. Die Studienzeit ist nicht dazu da, sich Feinde einzuhandeln, sondern um Freunde und Verbündete zu gewinnen. Genau das werde ich ihm noch selbst sagen. Wer sich nämlich auf solche Intrigen einläßt, dem werden sie nur zur Schlinge um den eigenen Hals."

„Sie möchten also, daß ich ihm noch eine Chance gebe?" fragte Sophie. Sie hatte begriffen, worauf Professor Dunlevy hinauswollte.

„Sehen Sie, ich wußte es doch gleich, daß Sie zu den ganz Hellen gehören."

Sophie schüttelte unsicher den Kopf. „Ich weiß nicht, ob ihm genug daran liegt, um ..."

„Lassen Sie ihm etwas Zeit, um sich von seiner Enttäuschung zu erholen. Wenn er merkt, welche Fähigkeiten in Ihnen stecken, wird er schon das Kriegsbeil begraben." Dr. Dunlevy stand auf. „Ich möchte nämlich vermeiden, daß meine beiden begabtesten Studenten ihre Studienzeit damit vergeuden, sich gegenseitig das Leben schwer zu machen."

Sophie bedankte sich bei dem Professor und verließ den Hörsaal. Jetzt war ihr schon erheblich wohler zumute als noch vor Beginn der Vorlesung. Auf dem Weg zu ihrer nächsten Veranstaltung dachte sie im stillen, daß das Studium womöglich gar nicht so ein Alptraum zu werden drohte, wie sie befürchtet hatte.

Die Veränderung kam so überraschend für Lena, daß sie sie beinahe auf das warme Spätsommerwetter geschoben hätte.

Angefangen hatte alles damit, daß Daniel eines Morgens bei der Stallarbeit Lieder pfiff. Schon allein das fand Lena so verwunderlich, daß sie sich vom Herd abwandte, wo sie gerade das Frühstück zubereitete. Für die Arbeit auf der Farm hatte Daniel sich noch nie begeistert; Schweine und Kühe interessierten ihn weit weniger als Maschinen. Daß er auf einmal bei der Stallarbeit so fröhlich vor sich hinpfiff, und das obendrein noch vor dem Frühstück, war so ungewöhnlich, daß Lena sich fragte, ob er womöglich Fieber hatte.

Dann stand Martha plötzlich in der Küchentür. „Guten Morgen, Kind", sagte sie und kam auf steifen Knien näher.

„Mutter!" Lena konnte kaum ihren Augen trauen. „Was machst du denn hier? Warum liegst du nicht im Bett?"

„Höchste Zeit, daß ich meine alten Knochen etwas in Bewegung setze." Martha hielt sich an einem Stuhl fest und zog mit der freien Hand den Morgenmantel enger um sich. Während der Sommermonate hatte sie soviel Gewicht verloren, daß der Morgenmantel lose an ihr herabhing. Sie küßte ihre Tochter auf die Wange.

„Na, wie hast du denn heute nacht geschlafen?"

„Ich? Gut." Lena rieb sich über die Stelle, die Marthas Lippen berührt hatten. Solche Zärtlichkeiten war sie gar nicht mehr von ihrer Mutter gewöhnt, seitdem diese krank geworden war. „Und du?"

„Besser, als ein alter Sauertopf wie ich es verdient hätte. Den ganzen Sommer hab' ich nicht richtig schlafen können, aber letzte Nacht war's kühler, und ich hab' herrlich geschlafen."

„Du bist kein Sauertopf", widersprach Lena leise.

Martha ging nicht auf ihre Bemerkung ein, sondern spähte durch das hintere Fenster.

„Wie ich sehe, haben mich meine Ohren nicht betrogen."

„Ich weiß gar nicht, was mit ihm los ist", sagte Lena und beobachtete, wie Daniel beim Schweinefüttern ein neues Lied anstimmte.

„Ich aber", erwiderte Martha. „Dein Bruder hat sich in Carol Simmons verliebt – bis über beide Ohren."

Lena starrte sie entgeistert an.

„Das kleine blonde Mädchen, das in unserem Chor mitsingt?"

„So klein ist sie gar nicht, und sie ist entschieden mehr eine junge Frau, als sie ein Mädchen ist." Die Ränder von Marthas Lippen hoben sich eine Spur. „Gestern abend, als du schon zu Bett gegangen warst, ist er zu mir gekommen. Mir scheint, um unseren lieben Daniel ist's geschehen."

Lena sah von ihrer Mutter wieder nach draußen, wo Daniel sich gerade einen Schwall Wasser über den Kopf pumpte. „Ich weiß gar nicht, was ich dazu sagen soll."

„Ich aber." Martha streckte die Schultern so gerade, wie es ihre schmerzenden Gelenke zuließen, und sah ihrer Tochter direkt ins Gesicht. „Ich habe viele Nächte im Gebet über das zugebracht, was damals passierte, nachdem du mit Daniel über deine Freundin Sophie gesprochen hast. Ich kann nicht behaupten, daß mir keine Zweifel gekommen wären. Aber Schmerzen können einem manchmal Unwahrheiten vorspiegeln. Und als ich gestern abend die glücklichen Augen meines Sohnes vor mir sah, da hat Gott mir etwas so klar gemacht, als wäre er vom Himmel gekommen und hätte geradewegs in mein Ohr gesprochen."

Mit leuchtenden Augen fuhr Martha fort: „Du hast's goldrichtig gemacht, Lena. So schwer es dir auch gefallen ist – und ich weiß genau, wie aufgewühlt du warst –, und genauso weiß ich, daß du das einzig Richtige getan hast. Und ich bin sehr, sehr stolz auf dich."

„Oh, Mama", flüsterte Lena.

„Weißt du, es vergeht kein Tag, an dem ich nicht für meine ‚andere Tochter' bete", sagte Martha und nahm Lena fest in die Arme. „So, und wenn du dich nicht auf der Stelle um den Speck kümmerst, hast du gleich Kohle in der Pfanne."

Lena drehte sich zum Herd um, und im selben Moment wurde die Küchentür aufgerissen.

„Menschenskinder, hier riecht's aber lecker!" Daniel trat seine Stiefelsohlen auf der Matte ab und schloß die Tür. Mit einem fröhlichen Grinsen auf dem schmalen Gesicht kam er auf Lena zu und legte einen Arm um sie.

„Na, wie geht's denn meinem Schwesterherz heute morgen?"

„Gut", brachte sie hervor und blinzelte gegen ihre Tränen an. „Ganz prima sogar."

16

Als Sophie eines Nachmittags, zwei Monate nach ihrer Ankunft in Raleigh, von der Universität nach Hause kam, fand sie Netty im Garten vor, wo sie emsig bei der Arbeit war. Die flache Waschbütte und das metallene Waschbrett hatte sie sich neben der Pumpe aufgestellt. Auf einem Klapptisch häufte sich ein Berg tropfender, ausgewrungener Bettlaken. Ohne das Kurbeln der Mangel zu unterbrechen, sah Netty auf, als Sophie näher kam.

„Was machen Sie denn heute für 'n langes Gesicht?"

„Ich kann kaum glauben, was mir heute passiert ist", sagte Sophie kläglich.

Netty stieß ein kurzes Brummen aus, und Sophie brauchte einen Moment, bis sie gemerkt hatte, daß ihre Vermieterin soeben gelacht hatte.

„Dann muß es wohl wahr sein. Die wahrsten Sachen sind meistens die unglaublichsten."

„Die anderen haben es tatsächlich darauf angelegt, mir die Laborkurse zu versperren. Niemand will mein Partner sein."

„Ich hab' zwar jedes Wort gehört", sagte Netty, „aber verstanden hab' ich bloß Bahnhof. Was ist denn daran so schlimm?"

Sophie erklärte ihr, warum die Laborkurse so wichtig für sie waren. Netty hörte mit unbewegtem Gesichtsausdruck zu, während sie gegen die Sonne anblinzelte und der Stärkedunst über den Laken hing. Mit der einen Hand schob sie unablässig neue Laken auf die Mangel zu, während sie mit der anderen die beiden Walzenrollen in Bewegung hielt. Bläuliches Wasser spritzte um ihre Füße auf den Boden. Als Sophie geendet hatte, schob Netty schweigend das letzte Laken durch den Wringer,stützte beide Hände gegen ihren Rücken und richtete sich langsam auf. Mit ihren vogelähnlichen Augen blinzelte sie Sophie an.

„Mir scheint, da winken Ihnen ungeahnte Möglichkeiten."

„Jetzt bin wohl ich diejenige, die bloß Bahnhof versteht", antwortete Sophie. „Soll ich Ihnen eben helfen, die Laken aufzuhängen?"

„Bleiben Sie, wo Sie sind, kleine Miss, sonst bekleckern Sie sich das schöne Kleid nur mit Stärkewasser."

„Was winken mir denn für Möglichkeiten?"

„Na, ich weiß ja nicht, aber wenn sich keiner die Arbeit mit Ihnen teilen will, dann brauchen Sie sich am Ende auch mit keinem die Lorbeeren zu teilen."

Sophie legte verblüfft ihre Bücher auf den Boden und ließ sich auf ihnen nieder. „So hab' ich's eigentlich noch gar nicht gesehen."

„Die Professoren sind schließlich nicht dumm; sonst wären sie ja keine Professoren. Wenn sie merken, daß Sie prima Arbeit leisten, und zwar ganz allein, dann heißt's aber: alle Achtung!"

„Ich bin mir aber gar nicht so sicher, ob ich es überhaupt allein schaffen werde", gestand Sophie.

Netty klemmte sich ein paar Wäscheklammern zwischen die Lippen, schlug das oberste Laken mit einem nassen Knall aus und warf es über die Wäscheleine. Nachdem sie es mit den Klammern festgesteckt hatte, sagte sie zu Sophie: „Tja, wenn Sie mich fragen, sind Sie wieder mal an einem Punkt angelangt, wo's nur eins gibt: den Herrgott um Hilfe bitten."

Sophie senkte den Blick. Sie brachte es nicht fertig, ihrer Vermieterin einzugestehen, daß sie und Nettys Herrgott nicht gerade auf sehr freundschaftlichem Fuß standen.

„Aha, der erste Schritt ist also schon gemacht", sagte Netty, die Sophies gesenkten Kopf falsch deutete. Sie schlug das nächste Laken aus, warf es über die Leine und steckte es fest. Dann sprach sie weiter. „Einen stolzen Kopf zu verneigen ist das Schwerste auf der Welt. Keiner bittet gern um Hilfe. Und Hilfe anzunehmen, wenn man sie braucht, ist fast noch schwerer.“

Sophie riß ein Büschel Gras aus und warf es in den böigen Wind. Während der Nacht hatte es den ersten Winterfrost gegeben, doch inzwischen schien die Nachmittagssonne beinahe heiß vom Himmel. Weil ihr das Gespräch immer unangenehmer wurde, wechselte sie schnell das Thema.

„Wie ist es eigentlich gekommen, daß Sie hier ganz allein eine Pension betreiben?“ erkundigte sie sich.

Netty antwortete erst, als die nächsten beiden Laken an der Leine hingen. „Ich war zu Hause die Jüngste, das kleinste von sieben Kindern und schmal wie ’n Hering. Als ich fünfzehn war, hat mich mein Vater mit einem Witwer verheiratet. Hab’ den Mann kaum gekannt, als ich mit ihm vor’m Altar gestanden hab’.“

„Schrecklich, so was“, sagte Sophie leise.

Das abgearbeitete Gesicht spähte zwischen den immer zahlreicher werdenden Laken hervor. „Eigentlich nicht. So war eben früher das Leben. Einfache Leute wie wir hatten damals nicht viel zu melden. Wenn Daddy etwas für notwendig hielt, dann wurde das auch gemacht und fertig.“

„Haben Sie ihn geliebt? Ihren Mann, meine ich.“

„Irgendwie schon, doch. Gott gebietet uns ja, alle unsere Mitmenschen zu lieben.“ Ihre hellen Augen glitzerten sie an. „Am schwersten tut man sich aber mit der Nächstenliebe bei denen, die man tagein, tagaus um sich hat.“ Sie schlug das nächste Laken aus. Als ihr Mund wieder frei von Wäscheklammern war, fuhr sie fort: „Wir sind in die Stadt gezogen, weil mein Mann eine Holzhandlung aufmachen wollte. Kurz danach ist er dann urplötzlich gestorben. Da stand ich dann mit ’nem Haufen unbezahlter Rechnungen, einem Geschäft, das noch gar nicht richtig in Gang gekommen war, und diesem alten Kasten von Haus. Mir war zwar mächtig bange, und mutterseelenallein war ich auch, aber ich kann nicht behaupten, besonders traurig gewesen zu sein. Zum ersten Mal hatte ich meine Freiheit. Die Holzhandlung hab' ich bei der erstbesten Gelegenheit verkauft. Dadurch wurde der Schuldenberg erheblich kleiner. Hab' mir gedacht, entweder mach ich jetzt mit Gottes Hilfe was aus meinem Leben, oder ich kann mich gleich begraben lassen."

Sophie drehte sich um, als aus dem offenen Wohnzimmerfenster Gelächter nach draußen drang. Insgesamt wohnte ein halbes Dutzend junger Studentinnen bei Netty. Alle bis auf Sophie machten eine Lehrerinnenausbildung, doch sie schienen mehr Eifer darauf zu verwenden, nach einem Mann Ausschau zu halten, als ihr Studium erfolgreich abzuschließen. Sie behandelten Sophie mit der distanzierten Höflichkeit, die eine junge Dame aus gutem Haus einem ausländischen Gast entgegenbrachte. Offenbar war es ihnen ein Rätsel, wie man als Frau ausgerechnet Chemie studieren konnte und das obendrein mit einer solchen Ernsthaftigkeit.

Netty glättete das letzte Laken. „Haben Sie da drüben schon Freundschaft geschlossen?" wollte Netty wissen.

„Noch nicht." Wieder verspürte sie den stechenden Schmerz, den das Wort „Freundschaft" ausgelöst hatte. Daß Lena so weit weg war und, was noch viel trauriger war, daß es zu einem solchen Bruch zwischen ihnen gekommen war, hatte eine Wunde in Sophie hinterlassen, die sie manchmal gerade dann quälte, wenn sie am wenigsten damit rechnete.

„Höchstens mit Dr. Dunlevy vielleicht, wenn man bei einem Professor von Freundschaft sprechen kann. Ich komme prima mit ihm aus." Sie zögerte einen Moment und sagte dann, ohne selbst zu begreifen, warum: „Außerdem habe ich einen Studienkameraden namens Lowell Fulton. Meistens habe ich das Gefühl, daß er mich nicht ausstehen kann, aber ab und zu sieht er mich an oder sagt etwas zu mir ... ich weiß selbst nicht, aber vielleicht zwickt ihn inzwischen sein Gewissen, weil er mich zu Anfang aus der Uni ekeln wollte."

„Ist er einer von der zielstrebigen Sorte? Ziemlich gescheit?"

„Dr. Dunlevy hat mir gesagt, daß Lowell und ich seine beiden besten Studenten sind", antwortete Sophie stolz und verlegen zugleich. „Wie zielstrebig er ist, weiß ich nicht. Jedenfalls hören die anderen auf ihn. Sie scheinen ihn irgendwie zu bewundern."

„Solche Leute kenn' ich. Von der Sorte gab's mehrere in unserer Holzhandlung. Halten Sie sich bloß fern von dem, rat ich Ihnen." Netty stellte die Waschwanne hochkant und goß die Lauge auf dem Boden aus. „Einer wie der hat's doch bloß darauf abgesehen, sich auf Kosten anderer hervorzutun. Dazu brauch' ich ihn erst gar nicht zu sehen, das weiß ich auch so. Alle Frühaufsteher sind zielstrebig, aber für diesen Burschen ist zielstrebig gar kein Ausdruck mehr. Der will doch bloß selbst im Rampenlicht stehen. Anscheinend hat er gemerkt, daß er an Ihnen Konkurrenz gekriegt hat, und er denkt, daß es ihm jetzt an den Kragen ging."

„Vielleicht haben Sie ja recht." Sophie stand auf, klopfte sich das lose Gras vom Rock und sagte leise: „Vielen Dank, Netty. Für alles."

Netty nickte mit einer schnellen, vogelartigen Bewegung. Sie warf Sophie einen langen, eindringlichen Blick zu. „Hab' nie Kinder gehabt", sagte sie langsam, und Sophie glaubte, einen Schatten über ihre schmalen Augen huschen zu sehen. „Aber das eine sag' ich Ihnen ganz ehrlich: Wenn ich je mit 'ner Tochter gesegnet worden wäre, dann hätte ich's dem Herrgott gedankt, wenn's eine wie Sie gewesen wär."

In ihrem traumhaft hübschen pfefferminzgrünen Kleid, das ihre Haarfarbe und ihre zarten Hauttöne zur vollsten Geltung brachte, betrat Lena die Kirche. Sie blieb kurz stehen, um den Duft der Blumen einzuatmen, und fragte sich dabei, woher mitten im Januar nur die vielen Lilien kamen.

Es war wirklich lieb von Carol gewesen, sie sich zur Brautjungfer auszusuchen. Obwohl sie einander mochten und schätzten, waren sie nicht sehr eng miteinander befreundet gewesen, doch Carol besaß einen seltenen Instinkt für das, was ihrem zukünftigen Mann Freude machen würde. Daniel hatte die Neuigkeit, daß Lena die Brautjungfer sein sollte, mit überraschter Begeisterung aufgenommen. Mehr an Dank brauchte Carol nicht. Lenas Dankbarkeit war eine zusätzliche Faser in dem Gewebe, das die beiden Familien durch diese Heirat miteinander verband.

Die Kirche war gedrängt voll. Alle drehten sich um und lächelten, als Lena vor der Braut durch den Mittelgang nach vorn schritt. Carols orchideenhafte Schönheit schien heute auf jeden abgefärbt zu haben, denn selbst die grobschlächtigsten Farmer hatten etwas selten Gewinnendes an sich. Obwohl Martha nach wie vor die Spuren ihrer Erkrankung an sich trug, war ihre Erscheinung strahlend.

Lena nahm den Brautstrauß entgegen, trat einen Schritt zurück und tupfte sich eine Träne aus dem Augenwinkel. Sie hatte Carol zwar fest ins Herz geschlossen, doch diese Hochzeit zwang sie dazu, endgültig die Hoffnung zu begraben, daß Sophie zu ihrem Glauben an Gott zurückfinden würde und daß Daniel und sie sich von neuem ineinander verliebten. Lena hatte sehnsüchtig gehofft, daß Sophie nach Harmony zurückkehren würde, um für immer zur Familie zu gehören. Daraus sollte nun nichts mehr werden. Bitte, lieber Herr, betete Lena inständig im stillen, bitte hol Sophie doch zu dir zurück, zu ihrem Glauben an dich, selbst wenn sie nie wieder nach Hause ...

Plötzlich fühlte sich Lena von dem neuen Assistenzpastor aus ihren Gedanken gerissen. Hatte er gerade gelächelt? Und hatte er sie damit gemeint? Seitdem Collin Mills vor drei Monaten nach Harmony gezogen war, hatte sich in der ganzen Stadt herumgesprochen, daß seine Verlobte sechs Wochen vor der geplanten Hochzeit gestorben war. Über ein Jahr war das jetzt schon her. Dennoch diente er seinem Gott mit aller Hingabe, hieß es überall, und die Kinder aus der Gemeinde hingen wie Kletten an ihm. Außerdem besaß er ein ungemein sympathisches Lächeln.

Collin stand neben dem Bräutigam. Sein schwarzer Talar

ließ seine Haare noch hellblonder erscheinen. Ihre Blicke begegneten sich, und Lena spürte seinen tiefen Kummer mehr, als sie ihn in seinen Augen sah. Vor Anteilnahme kamen ihr erneut die Tränen. Sie wischte sich noch einmal über die Augen, doch glücklicherweise gehörten Tränen bei Hochzeiten zur Tagesordnung. Niemand ahnte den wahren Grund ihrer Rührung.

Sie richtete nun ihre gesamte Aufmerksamkeit auf den Traugottesdienst.

„Nimmst du, Carol Simmons, diesen Mann zum Ehemann und gelobst ihm deine Treue in guten und in schlechten Zeiten, in Reichtum und in Armut, in Krankheit und in Gesundheit, bis daß der Tod euch scheidet?"

„Ja", erklang Carols glockenhelle Stimme mit dem gleichen Leuchten, das auf ihrem Gesicht lag.

Lena freute sich von Herzen – für Daniel, für Carol und sogar für sich selbst. Es tat so gut, einen Grund zum Lächeln zu haben. Doch selbst dieser Gedanke erinnerte sie noch einmal an Sophie. Wenn Sophie nur hier wäre und diesen Moment miterleben könnte, dann würde ihr nichts mehr zu ihrem Glück fehlen.

17

Eine Woche vor Beginn des Herbstsemesters kehrte Sophie zum College zurück. In Harmony hielt sie nichts mehr. Ihr Vater kam auch ohne sie im Geschäft zurecht, und zu Hause ging er stumm in einer Welt umher, die nur er sehen konnte. Ihre Gegenwart schien ihn irgendwie zu irritieren, als habe er sich an seine Einsamkeit gewöhnt. Dies erschwerte ihr die Sommermonate in Harmony um ein weiteres, denn sie wollte sich möglichst im Haus aufhalten, um nicht gesehen zu werden. Bei jedem Gang durch die Stadt riskierte sie eine Begegnung mit Lena oder, was noch schlimmer gewesen wäre, mit Daniel und seiner jungen Frau. Sie hatte das Haus nur wenige Male verlassen, und dann allein, um Amanda Charles zu besuchen, die demnächst eine Stelle in Winston-Salem antreten sollte, wo ihr Verlobter Arbeit gefunden hatte. Wenn Amanda erst fortgezogen war, würde sie noch einen Grund weniger haben, in den Ferien nach Harmony zu fahren. Mit großer Erleichterung kehrte sie nach den Sommerferien nach Raleigh zu den stillen Universitätsfluren und ihrer heißgeliebten Forschungsarbeit zurück.

Sophie hatte den ganzen Sommer damit verbracht, wissenschaftliche Zeitschriften zu lesen und sich mit den Forschungsergebnissen anderer Wissenschaftler vertraut zu machen. Als ihr Vater sie zum ersten Mal mit einem Zeitschriftenartikel über Immunologie angetroffen hatte, hatte er ihr schräg über die Schulter gesehen, sich die Brille zurechtgerückt und genauer auf die Seite geblinzelt. Dann hatte er ihr nur einen verwirrten Blick zugeworfen. Seine Tochter war ihm fremd geworden.

Sie hätte ihm gerne erzählt, wie wichtig diese Forschungen eines Tages sein könnten. Und wie sie sogar die leeren Stellen in ihrem Leben auszufüllen begonnen hatten, die ihre Einsamkeit und der Tod ihrer Mutter und der Verlust von Lenas Freundschaft in ihr hinterlassen hatten. Vielleicht sogar der Bruch mit Daniel, auch wenn sie sich oft gefragt hatte, ob sie je völlig darüber hinwegkommen würde. Doch inzwischen hatte sie gemerkt, wie faszinierend und ausfüllend ihr Studium und ihre Forschungsarbeit waren. An manchen Tagen, wenn es ihr gelungen war, ein besonders verwickeltes Problem zu lösen, dachte sie, daß sie womöglich das Leben ihrer Mutter hätte gerettet haben können, wenn sie nur früher mit ihrem Studium hätte beginnen können. Aber dazu war es zu spät. Vielleicht würde sie wenigstens dazu beitragen, einem anderen Mädchen den Kummer zu ersparen, der sie selbst getroffen hatte.

„Ach, sieh mal an, wen haben wir denn da?"

Sophie sprang vor Schreck fast von ihrem Laborhocker. Mit einer Hand rettete sie ihr Mikroskop vor dem Umstürzen und schnauzte den Eindringling an: „Was soll denn der Blödsinn? Wozu schleichen Sie sich so hinterhältig heran?"

Lowell Fulton kam mit offenen, ausgestreckten Händen auf ihren Labortisch zu.

„Tut mir leid. Ich hatte nicht damit gerechnet, daß jemand hier ist, weiter nichts."

„Tja, so kann man sich irren. Ich bin sehr wohl hier." Die scharfe Abweisung in ihrer Stimme war das Ergebnis eines ganzen Jahres, in dem sie von allen gemieden und geschnitten worden war. Sie schob sich die Haare aus dem Gesicht und beugte sich wieder über das Mikroskop. „Wenn Sie mich entschuldigen, ich habe zu tun."

Doch Lowell ließ sich nicht abwimmeln.

„Ja, ich auch. Anscheinend hatten wir die gleiche Idee, im Labor schon mal etwas vorzuarbeiten."

Sophie machte ein undeutliches Geräusch und fragte sich im stillen, wie sie ihn nur dazu bewegen könnte, sie endlich in Ruhe zu lassen. Zu dumm, daß die Scherereien gleich am ersten Tag wieder anfangen mußten.

Doch er ging keineswegs, sondern sah ihr eine Weile bei der Arbeit zu, bis ihre Hände trotz aller Entschlossenheit, sich nicht von ihm aus der Ruhe bringen zu lassen, immer unsicherer wurden.

„Ich habe diesen Sommer eine Menge nachgedacht", sagte er beiläufig.

„Das muß ja ein ganz neues Erlebnis gewesen sein", brummte Sophie.

Lowell ging über diese Bemerkung hinweg. „Ich habe mir überlegt, Ihnen anzubieten, dieses Jahr Ihr Laborpartner zu sein."

Vor Überraschung schnellte ihr Kopf in die Höhe. „Wie bitte?"

„Ist ja nur so ein Vorschlag von mir." Er sagte es lässig und mit ungerührter Miene. „Ich habe Sie letztes Jahr bei der Laborarbeit beobachtet. Sie haben ein paar sehr vorzeigbare Ergebnisse zustande gebracht. Das sagt selbst der alte Dunlevy."

„Und da haben Sie sich gedacht, als mein Laborpartner könnten Sie aus meiner Arbeit Gewinn schlagen, oder wie darf ich Ihren Vorschlag verstehen?"

Ein Schatten huschte über sein Gesicht, doch er zuckte nur mit den Schultern und sagte: „Ganz im Gegenteil, meine Hilfe könnte Sie sogar noch weiterbringen."

„Ihre Hilfe?" Als ob er bessere Arbeit leistete als sie! Sie traute ihren Ohren kaum. „Nein, danke. So, und wenn Sie mich jetzt entschuldigen, ich habe bereits vorhin gesagt, daß ich zu tun habe."

Sophie widmete sich wieder ihrem Mikroskop. Lowell zögerte zunächst kurz, anscheinend wollte er noch etwas sagen, drehte sich dann aber um und ging weg. Doch sie konnte sich nicht gleich wieder auf ihre Arbeit konzentrieren. *So eine Frechheit*, dachte sie, und vor Empörung war ihr Brustkorb wie eingeschnürt. Das ganze letzte Jahr hatte sie gegen seine kalte Schulter und die abfälligen Bemerkungen der anderen Studenten angekämpft, und dann kreuzte er auf einmal unerwartet auf und tat so, als sei nichts gewesen. Sophie bemühte sich, diesen Vorfall abzuschütteln, doch in Gedanken sah sie immer wieder den Ausdruck auf Lowells Gesicht vor sich, als sie sein Angebot abgelehnt hatte. *Ach, er hat es nicht anders verdient*, sagte eine Stimme in ihr. Eine zweite meldete jedoch Zweifel an: *Oder sollte das vorhin ein echtes Friedensangebot sein? Warum auf einmal so versöhnlich? Hatte er es wirklich nur auf seinen eigenen Vorteil abgesehen?* Sie kannte ihn nicht besonders gut und sah keinen Grund, auf seinen Vorschlag einzugehen. Trotzdem hinterließ die ganze Unterhaltung von vorhin in ihr etwas Nagendes, Aufwühlendes. Erneut kämpfte sie um ihre Konzentration, doch sie wurde das unbestimmte Gefühl nicht los, soeben den ersten großen Fehler des neuen Semesters gemacht zu haben.

Mit einer Geschwindigkeit, die Lena nie für möglich gehalten hätte, war wieder ein ganzes Jahr vergangen. Zwanzig Monate nach der Hochzeit ihres Bruders wurde es wieder Herbst, und die ganze Umgebung war mit Tönen und Geräuschen gesättigt, die Lenas Welt und Herz zum Bersten erfüllten. Jahreszeiten und Ereignisse prägten sich ihr zuerst durch ihre ihnen eigenen Geräusche ein, danach durch ihre Gerüche und erst an dritter Stelle durch das, was sie dem Auge boten. Darüber hatte sie noch nie mit jemandem gesprochen, weil sie befürchtete, ausgelacht zu werden. Für sie war jeder Sommerabend ein Orchester, das aus dem Wind, rauschenden Kiefern, klim-

pernden Windspielen und dem Zirpen der Grillen bestand.
Durch geöffnete Fenster drangen Unterhaltungen zu einsamen Verandasitzern nach draußen. In der heißen Ferne bellten
aufgeregte Hunde. Im Sommer drängten sich die Geräusche in
der Luft. Der Winter dagegen war die Jahreszeit der Stille und
der gedämpften Töne: eine in Schnee gehüllte, gepolsterte
Welt, tropfende Eiszapfen an raureifüberzogenen Dachvorsprüngen, sanftes Geläut von silberhellen Schlittenglocken.
Jede Jahreszeit hatte ihre eigenen Geräusche und Gerüche. Im
Zusammenspiel erfüllten sie Lenas Sinne mit Harmonie und
Heimatgefühl. Schon allein aus diesem Grund konnte sie sich
das Leben in einer anderen Stadt nicht vorstellen. Die vertrauten Geräusche würden ihr zu sehr fehlen.

Wie immer, wenn sie an fremde Gegenden dachte, wurde
sie an Sophie erinnert. Doch Lena hatte inzwischen gelernt,
mit solchen Gedanken umzugehen und sie rechtzeitig in
Schach zu halten, bevor sie sich einen Weg nach innen bahnen
und ihr Schmerz verursachen konnten. Sie hüpfte die Stufen
zu Daniels und Carols Haustür hoch, öffnete sie und rief in das
Haus hinein: „Ist jemand zu Hause?"

„Hier oben", hörte sie Carol antworten.

Lena ging ins obere Stockwerk, wo Carol gerade das Baby
wickelte. Es war ein Bild von Mutterglück, wie sie über den
Kleinen gebeugt dastand, die Augen so voller Liebe und
Lachen, daß sie vor Intensität sprühten.

„Hältst du ihn mir mal?" fragte sie, halb zu Lena gewandt,
um sie mit einem Lächeln zu begrüßen.

„Aber gern." Mit ihren Händen streckte sie ihm auch ihr
Herz entgegen, und sie schmiegte das zappelnde Bündel an
sich, um seine Babyfrische und den sauberen Milchduft tief
einzuatmen. Jedes Mal, wenn sie den Kleinen sah, hatte sie das
Gefühl, sein Gesicht zum ersten Mal zu sehen.

„Du bist ein liebes Kerlchen", murmelte sie und schmiegte
ihr Gesicht an seinen weichen Hals.

Carol wusch sich an dem Waschbecken die Hände und warf
Lena im Spiegel ein Lächeln zu.

„Mit acht Monaten ist er wahrscheinlich noch viel zu klein

dazu, aber ich meine manchmal, daß er uns versteht", sagte sie voller Mutterstolz.

„Aber klar versteht er uns", nickte Lena dem lächelnden Säugling zu. „Du bist schließlich ein ganz besonders gescheites Kind, stimmt's? Aber sicher!"

Carol kam näher, wischte sich die Hände an der Schürze ab und freute sich an dem Anblick der beiden. Ihre Augen lächelten, doch dann wurden sie von Ernst verdunkelt.

„Du, hör mal", sagte sie sanft, jedoch voller Sorge, „du mußt dringend mehr an die frische Luft. Du bist ja ganz blaß!"

Lena wandte ihr Gesicht nicht von dem Säugling ab. Sie wollte um keinen Preis zeigen, wie weh ihr diese Bemerkung getan hatte Sie war sich dessen bewußt, daß sie nicht etwa nur blaß aussah, sondern einfach verheerend. Sie kam kaum zum Schlafen, weil sie ihrem Vater helfen mußte, ihre Mutter zu pflegen. Ihr Vater konnte es nicht wagen, seine Arbeitsstelle zu kündigen, und ihre Mutter mußte rund um die Uhr versorgt werden. Eigentlich war sie vollkommen überfordert, doch das war nun einmal nicht zu ändern.

Sie kitzelte den kleinen Daniel unterm Kinn und antwortete möglichst unbeteiligt: „Mama hat ein paar anstrengende Tage hinter sich."

„Aber du kannst doch nicht Tag und Nacht nur arbeiten, Lena. Das schafft niemand."

„Warte, bis ich Mama wieder auf den Beinen habe", sagte Lena mit erzwungener Heiterkeit. „Dann sollst du mal sehen, wie ich mich amüsieren werde."

Als Carol darauf nicht antwortete, drehte Lena sich zu ihr um und sah in ein sorgenvolles Augenpaar hinein.

„Du bist deinen Eltern eine gute Tochter und ein Segen für die Familie", sagte Carol. „Trotzdem machen Daniel und ich uns oft Gedanken um dich. Wenn du nicht aufpaßt, wirst du vor lauter Schufterei noch krank. Wenn ich mal mit dem kleinen Daniel komme, um dich zu entlasten, fällt dir nichts Besseres ein, als einkaufen zu gehen oder irgend etwas schrecklich Langweiliges zu erledigen." Sie zögerte und fügte hinzu: „Du bist noch jung. Eigentlich gehörst du unter Gleichaltrige.

Da ist zum Beispiel der Pastor. Collin Mills ist ein ausgesprochen netter Mann, und er ist viel zu häufig allein. Ich finde ..."

„Du wirst's nicht glauben, aber dein Sohn muß noch mal
gewickelt werden", sagte Lena mit betonter Munterkeit. Sie
reichte ihrer Schwägerin das Kind und sagte: „Macht euch nur
keine überflüssigen Sorgen um mich, Carol. Mir geht's wirklich gut."

18

Die Wochen vor der Abschlußfeier waren herrlich aufregend und gleichzeitig entsetzlich verwirrend. Um Ostern hieß es plötzlich überall, daß Sophie Harland fast sämtliche Auszeichnungen gewonnen hatte und obendrein als beste Examenskandidatin ihres Jahrgangs galt.

Die Folge war eine allmähliche Veränderung in der Art, wie sich ihre Kommilitonen ihr gegenüber verhielten. Bis auf eine Handvoll Hartgesottener brachten ihr inzwischen alle Respekt entgegen. Nur diese feindselige Minderheit blieb hartnäckig bei der Behauptung, eine Frau habe in den Wissenschaften nichts zu suchen. Es fiel Sophie nicht mehr schwer, sie zu ignorieren, besonders jetzt, wo so viele das Gespräch mit ihr suchten. Immer wieder passierte es jetzt, daß junge Männer stehenblieben, sie mit einem Lächeln begrüßten und sich mit ihr unterhielten. Junge Frauen schienen ihre Leistungen voller Stolz zu würdigen, als sei in ihren Augen eine ungewöhnlich hohe Intelligenz eine ausreichende Entschuldigung dafür, ein so unfrauliches Ziel zu verfolgen.

Doch es fiel Sophie nicht leicht, den Schutzwall abzubauen, hinter dem sie sich die ganze Zeit versteckt hatte. Durch die lange Abkapselung hatte sie es verlernt, mit anderen ungezwungen zu plaudern. Schließlich wurden sie und Lowell Fulton als Mitverfasser eines Artikels genannt, den Dr. Dunlevy veröffentlicht hatte, und die Beachtung, die ihr von allen Seiten entgegengebracht wurde, wurde noch größer.

Ihre Verbindung nach Harmony hing mittlerweile nur noch an einem seidenen Faden. Nach wie vor schrieb sie jede Woche ihrem Vater. Da die Apotheke mit einem eigenen Telefon ausgestattet war, meldete sie am ersten Sonntagabend jeden Monats ein Ferngespräch dorthin an. Doch ihr Vater reagierte nur mit kurzen, gemurmelten Antworten und ab und zu mit einer planlos beschriebenen Postkarte, die sie kaum entziffern konnte.

Zu ihrer außerordentlichen Überraschung fand sie in der Woche vor Ostern einen Brief von Martha Keene in ihrem Briefkasten an der Universität. Der Name und die Absenderadresse versetzten ihr einen Schock. Sie riß den Umschlag auf und überflog hastig den Briefbogen. Aus jedem Abschnitt sprang ihr nur ein einziger Name entgegen – Lena. Sofort knüllte Sophie den Brief zusammen. Sie war selbst darüber erstaunt, was für einen scharfen Schmerz er auslöste. Sie stopfte ihn in ihre Handtasche und nahm sich vor, ihn zu Hause ungelesen in den Müll zu werfen.

Doch das Erschrecken und die Erinnerungen, die der Brief an die Oberfläche gezogen hatte, konnte sie nicht abschütteln, weshalb sie ihr Vorhaben aufgab, den Nachmittag im Labor zu verbringen. Statt dessen machte sie sich auf den Rückweg zur Pension.

Die zweite Bestürzung dieses Tages erwartete sie auf Nettys Eingangstreppe, als sie gerade um die Ecke gebogen war. Es verstörte sie maßlos, Lowell Fulton aus der Haustür kommen zu sehen. Mit seinem Auftauchen dort war er in ihren Privatbereich, in ihre persönliche Schutzzone eingedrungen. Sie fühlte sich angegriffen und verletzt.

Sein Gesicht leuchtete dagegen auf, als er sie sah. „Ach, da sind Sie ja. Ich habe mich schon nett mit Ihrer Vermieterin unterhalten", sagte er und kam näher. „Bei uns zu Hause nennt man so jemanden eine Seele von Mensch, der sofort jeden wie die eigene Verwandtschaft willkommen heißt. Ein schöneres Kompliment gibt's gar nicht."

Er sprach lässig und ungezwungen weiter, doch die Tatsache, daß er sich mit Netty unterhalten hatte, verursachte ihr nur noch größere Beklemmungen. Kühl fragte sie: „Was wollen Sie eigentlich hier, Lowell?"

„Ich wollte in Ruhe mit Ihnen reden, jedoch nicht auf dem Unigelände", sagte er. Ihr forscher Ton hatte ihn anscheinend keineswegs aus dem Konzept gebracht. „Im Labor sind Sie immer so beschäftigt. Da dachte ich mir, hier, unter freiem Himmel redet sich's leichter."

„Also gut, da bin ich. Was gibt's denn?"

Er zeigte auf die Veranda. „Wollen wir uns nicht setzen?"

Sophie schüttelte entschieden den Kopf. „Nein. Kommen Sie zur Sache."

Er starrte auf sie herunter. „Sie machen's einem aber nicht gerade leicht, wissen Sie."

Aus unerfindlichen Gründen wurden ihre Handflächen feucht. In letzter Zeit hatte Lowell sie häufiger mit unerwünschter Aufmerksamkeit bedacht. „Ich habe Sie gefragt, was Sie wollen."

Er holte Luft und atmete langsam aus. „Ich wollte Sie fragen, was Sie im nächsten Jahr vorhaben."

Einen Moment lang überlegte sie, ob sie seine Frage überhaupt beantworten sollte, doch er wirkte so offen und aufrichtig, daß sie ihm die Wahrheit erzählt hatte, bevor sie selbst wußte, wie ihr geschah. „Ich weiß es noch nicht genau. Wahrscheinlich nehme ich eine Stelle bei einem der pharmazeutischen Unternehmen an, die sich zur Zeit in Raleigh niederlassen."

Er bohrte seine Schuhspitze in den Bürgersteig. „Dunlevy hat mir nach der Promotion eine Forschungsstelle angeboten."

„Hab' ich schon gehört." Professor Dunlevy hatte es ihr selbst erzählt und ihr das gleiche Angebot gemacht. Sophie war sich nicht sicher gewesen, ob sie die abgeschirmte, von Männern dominierte Atmosphäre an der Universität viel länger ertragen konnte, so gern sie auch unabhängige Forschungen betrieben hätte. „Meinen Glückwunsch."

„Ich dachte ..." Er verstummte, betrachtete lange den Himmel, holte tief Luft und sagte: „Ich dachte, ich frag' Sie einfach, ob Sie Lust haben, hierzubleiben und mit mir zusammenzuarbeiten."

„Mit Ihnen?" Jetzt begriff sie, wie der Hase lief. „Sie meinen wohl: für Sie, oder etwa nicht?"

Lowell erwiderte ihren entsetzten Blick. „Ganz und gar nicht!"

Doch Sophie hatte sich schon in einen Sturm der Entrüstung hineingesteigert. „Ich weiß noch genau, wie Sie mich am ersten Studientag behandelt haben, Lowell Fulton. Und wie Sie mich das ganze erste Semester angeguckt haben, als wünschten Sie sich, Sie könnten mich zu Eis gefrieren."

Seine breiten Schultern sackten zusammen. „Das war ein entsetzlicher Fehler."

„Allerdings." Sie suchte nach weiteren Angriffsflächen, an denen sie ihren Zorn auslassen konnte, doch sein Ton hatte so erbärmlich geklungen, daß sie es bei einem wiederholten „Allerdings" beließ.

„Es tut mir wirklich leid, Sophie. Es tut mir schon lange leid, und ich habe ein paarmal versucht, Ihnen das zu sagen, aber Sie ... ach, ich war ein Feigling. Kaum tue ich den Mund auf, schon drehen Sie sich auf dem Absatz um. Ich wollte mich schon längst entschuldigt haben."

„Ich kann's mir lebhaft ausmalen", sagte sie verbittert, doch plötzlich begann die Erinnerung an Begegnungen mit Lowell an ihr zu nagen, Begegnungen, bei denen Lowell auf sie zukommen wollte, doch sie hatte stolzerfüllt alle Gesprächsversuche von vornherein abgeblockt. Auch jetzt hatte sie keine besondere Lust dazu, ihn anzuhören. Sie schob den Gedanken an eine Aussöhnung von sich und fuhr fort: „Sie waren damals bloß neidisch auf mich, und genau das sind Sie auch heute noch."

„Ich lasse mich nicht von Ihren Vorwürfen einschüchtern", sagte er entschlossen. „Ich gebe zu, daß ich neidisch war. Damit lag ich vollkommen schief, und ich habe Sie alles andere als anständig behandelt. Das tut mir sehr leid." Er schwieg einen Moment lang und sagte dann: „Sogar als ich mich wie ein dämlicher Egoist aufgeführt habe, mußte ich Sie mit Ihrer Zivilcourage und Ihrer Begabung insgeheim einfach bewundern. Begreifen Sie denn nicht ..."

„Ich begreife alles", schnitt sie ihm das Wort ab, doch es fiel ihr nicht leicht, das Feuer ihrer Wut in Gang zu halten. Mit seiner aufrichtigen, ruhigen Art untergrub er ihre störrische Entschlossenheit. „Und das aus dem Mund desselben jungen Mannes, der mich zu Anfang wie schädliche Bakterien behandelt hat."

Er verzog das Gesicht, doch sein Ton blieb gefaßt und sein Blick direkt.

„Sie haben recht: Es steht mir nicht zu, Sie um Verzeihung zu bitten, aber ich tue es trotzdem."

Eine Blume des Schmerzes sproß plötzlich in ihrer Herzgegend auf. „Was haben Sie da gesagt?"

„Ich bitte Sie um Verzeihung", wiederholte er. „Ich habe Gott schon um Verzeihung gebeten. Jetzt bitte ich Sie." Mit einem Anflug von Humor sagte er: „Jesus hat gesagt, siebzig mal siebenmal sollen wir verzeihen. Ich weiß, ich hab's auf die Spitze getrieben, aber über vierhundertundneunzig Vergehen bin ich denn vielleicht doch noch nicht hinaus."

Sophie sah nur auf ihre Schuhspitzen herunter und sagte nichts.

Leiser und flehender sprach er weiter. „Es ist fast so schwer, um Verzeihung zu bitten, wie zu verzeihen, aber ich tu's trotzdem. Es tut mir leid, daß ich so gemein zu Ihnen war. Und daß ich die anderen auch noch dazu angestiftet habe. Das war idiotisch von mir. Ich schäme mich für alles, was ich gesagt habe – und getan –, aber ich kann's nicht ungeschehen machen. Ich kann Sie nur bitten, mir zu verzeihen und es noch einmal neu mit mir zu versuchen." Er machte eine lange Pause. „Können Sie mir wohl verzeihen? Ich möchte gern Freundschaft mit Ihnen schließen."

Freundschaft. Das Wort durchbohrte sie bis in ihr tiefstes Inneres, und plötzlich schien der Brief, den sie in ihrer Handtasche trug, zu brennen. Sophie ging auf unsicheren Beinen um Lowell herum. „Nein, das geht nicht ..."

„Sophie, bitte!"

„Ich ... Sie ..." Sophie brach ab, drehte sich um, machte eine vage Handbewegung und hastete auf das Haus zu. Sie hatte keineswegs die Absicht, sich noch einmal so tief verwunden zu lassen.

„Ach, da sind Sie ja." Netty hatte das Bügelbrett im Wohnzimmer aufgestellt, als Sophie zur Haustür hereinkam. „Jemand hat nach Ihnen gefragt."

„Ja, ich weiß." Sophie sank auf den nächsten Stuhl. „Ich habe ihn gerade getroffen."

„War das der Student, von dem Sie mir erzählt haben, Sie wissen schon, Ihr Studienkollege von der chemischen Fakultät?"

„Ja."

„Das hatte ich schon befürchtet." Die Bügeleisen standen auf dem Kanonenofen aufgereiht. Netty nahm sich eins davon mit einem von der Hitze geschwärzten Topflappen, ließ es auf das Bügelbrett krachen, fuhr darauf hin und her und stellte es mit einem Scheppern wieder auf den Ofen. Dann nahm sie das nächste, prüfte es mit einem angefeuchteten Finger, besprengte das Tischtuch mit Wasser und bügelte es glatt. Zwischendurch sah sie kurz auf und sagte: „Ich fürchte, ich habe einen entsetzlichen Fehler gemacht."

Sophie starrte sie an. „Wieso denn das?"

„Irren ist zwar menschlich, aber ich kann's nicht ausstehen, wenn ich etwas falsch mache. Besonders nicht, wenn es Leute wie Sie betrifft. Zu dumm, daß mir das passiert ist." Sie stellte das Bügeleisen auf den Ofen zurück, faltete die Tischdecke zusammen, breitete die nächste aus und bügelte weiter. „Ich glaube, ich habe mehr auf Ihre Gefühle gehört, als ich gesollt hätte, so ungern ich das auch zugebe. Und vielleicht habe ich mich zu sehr eingemischt und meine eigene Vergangenheit mit Ihren Angelegenheiten verwechselt."

„Was wollen Sie mit all dem eigentlich sagen?"

„Daß Ihr junger Mann ein feiner, anständiger Kerl ist", antwortete Netty voller Überzeugung.

„Er ist überhaupt nicht *mein* junger Mann."

„Das wäre aber anders, wenn Sie es nur wollten." Das nächste Bügeleisen krachte vielsagend auf den Ofen. „Jawohl, ein Herz aus Gold, und ein Christ ist er obendrein auch."

Sophie starrte die faltengesichtige Frau an und spürte, wie ihre ganze Welt ins Wanken geriet. Nettys Worte hatten ihre Verwirrung nur noch größer gemacht. Sie holte Luft und sagte leise: „Ich weiß nicht, was ich tun soll."

„Ihnen wird schon was einfallen", sagte Netty mit unerschütterlicher Zuversicht. „Das bezweifle ich keine Sekunde lang."

Lowells letzte Worte fielen ihr wieder ein und damit auch alles, was ihnen vorausgegangen war.

„Die Karre ist hoffnungslos festgefahren", sagte sie mit einem Seufzen. „Da ist jetzt nichts mehr zu machen."

„Schluß mit der Schwarzseherei, kleine Miss! Das bringt Sie keinen Schritt weiter."

„Aber Sie ahnen ja nicht, was er alles ..."

Netty brachte sie zum Schweigen. „Jetzt verrate ich Ihnen mal eine Lebensweisheit, die zu erwerben ich viele Jahre gebraucht habe: Was gewesen ist, ist gewesen. Schwamm drüber! Wenn die Vergangenheit Sie quälen will, denken Sie an was anderes – es sei denn, Sie suchen nach einer Lösung. Das kann man nämlich, wissen Sie, die Grübelei abstellen, indem man sich innerlich abwendet. Einfach ist es nicht, aber es ist zu machen. Wenn man ständig an altem Unrecht festhält, reißt man bloß die Wunden auf, die Gott heilen will. Was gewesen ist, ist gewesen und fertig, haben Sie gehört?"

Sophie nickte einmal kurz. Sie hatte sehr wohl gehört.

„Das Leben ist voller Ungerechtigkeiten, besonders wenn man damit gesegnet worden ist, eine Frau zu sein. Sie müssen den Entschluß fassen, nicht nachtragend zu sein, wenn Ihnen Unrecht geschieht. Lassen Sie's los und leben Sie weiter. Morgen ist ein neuer Tag."

Sophie zupfte einen losen Faden aus ihrem Saum. „Ich weiß

wirklich nicht, ob es ein solcher Segen ist, eine Frau zu sein. Für mich überwiegen die Ungerechtigkeiten."

„Aus Ihnen spricht Ihre Enttäuschung, nicht Ihr Kopf." Netty stützte ihre von der Arbeit schwieligen Hände in die Hüften. „Stellen Sie sich bloß mal vor, ohne das Herz einer Frau durchs Leben gehen zu müssen. Denken Sie mal daran, was Ihnen da alles entgehen würde: der Glanz des Sonnenaufgangs, der Gesang der Vögel, ein ruhiger Moment im Gebet. Vergessen Sie nie, was ich Ihnen jetzt sage: Eine Frau muß ihre Segnungen mit einem Herzen bezahlen, das sowohl für Freude als auch für Leid empfänglich ist." In ihren Augen blitzte die Weisheit vieler Lebensjahre. „Und für Freundschaft. Sogar für die Liebe, so merkwürdig das auch aus dem Mund einer alten Schrulle wie mir klingen mag. Aber so ist es wirklich. Wenn der Herrgott Sie mit Liebe segnet, dann seien Sie stark und fraulich genug, um Ihr Herz zu öffnen und sie anzunehmen. Nehmen Sie sie tief in sich auf. Lassen Sie sie wachsen. Hegen und pflegen Sie sie, wie nur eine Frau es kann."

Lena behielt einzig und allein deshalb die Nerven, weil der kleine Daniel und die neugeborene Caroline auf sie angewiesen waren. Gebraucht zu werden war jetzt ihre einzige Rettung. Wenn sie die beiden Kinder nicht zu versorgen hätte, wäre sie genauso gebrochen wie ihr Vater.

Ihr Bruder Daniel erreichte das Grab nur deshalb, weil sein Vater und einer seiner besten Freunde ihn halb dorthin führten und halb trugen. Es tröstete niemanden, daß die Grippe-Epidemie inzwischen fast vorbei war. Carol hatte die Grippe bekommen, als sie noch im Wochenbett lag, und die ganze Verwandtschaft hatte kaum begriffen, wie ernst es um sie stand, als die Krankheit sie auch schon dahingerafft hatte. Ihr plötzlicher Tod hatte Daniel so hart getroffen wie eine Axt, die mit einem Schlag einen Baum fällt.

Auch Lenas Mutter war außer sich vor Trauer. Es ging ihr

ohnehin sehr schlecht, denn sie lag nachts meistens vor Schmerzen wach. Ständig mußte jemand ihr die geschwollenen Gelenke mit Salbe einreiben, und immer häufiger griff sie zu schmerzstillenden Mitteln. In ihrem geschwächten, ausgelaugten Zustand war sie nicht in der Lage, eine solche Krise zu verkraften.

Mit der winzigen Caroline auf dem Arm ging Lena hinter dem Sarg her. Der kleine Daniel klammerte sich mit einer Faust an ihrem Rock fest und mit der anderen an einem von Marthas geschwollenen Fingern. Er wimmerte leise, doch Lena fragte sich, wieviel er mit seinen zwei Jahren von der ganzen Tragik verstand. Dennoch reichte ein einziger Blick in die Richtung seines Vaters, um neue Tränen auf das Gesicht des kleinen Jungen zu malen.

Eine Welle der Trauer, gekoppelt mit der zusätzlichen Belastung, die nun auf sie zukam, drohte sie zu überwältigen. Als alle auf der langen Stuhlreihe Platz genommen hatten, senkte sie ihr Gesicht auf die Wange des schlafenden Säuglings. Sie fühlte sich von ihrem tiefen Kummer geschwächt und von den ununterbrochenen Hilfsdiensten ausgemergelt. Eigentlich neigte sie nicht zum Selbstmitleid, doch sie hatte das Gefühl, keinen Funken Eigenleben mehr zu besitzen. Martha brauchte ständig Pflege, und dazu kamen der Haushalt und jede Menge zusätzlicher Pflichten. Und jetzt auch noch dieses Unglück.

Lena strich dem Baby die seidigen Haare aus der Stirn und zog den kleinen Daniel dichter an sich heran. Die beiden warmen, runden Kinderkörper gaben ihr die Kraft, ihre Entschlossenheit zu stärken und ihre müden Schultern zu heben. Sie würde es schon schaffen. Wie, das wußte sie zwar noch nicht; immerhin hatte der Tag nur vierundzwanzig Stunden und sie nur ein einziges Händepaar. Trotzdem würden sie ihr Bruder und die beiden Kinder in den nächsten Tagen und Wochen dringend brauchen.

Eine großgewachsene Gestalt blieb direkt vor ihr stehen und verdeckte die Sonne. Sie sah auf und geradewegs in das Gesicht des Assistenzpastors. Collin Mills lächelte diesmal nicht, während er sich vor Lenas Stuhl auf ein Knie aufstützte.

Er legte ihr eine starke Hand auf den Arm und sagte leise: „Sie haben meine tiefste Anteilnahme, Miss Keene."

Das aufrichtige Mitempfinden in seiner Stimme raubte ihr fast die Fassung, und ihre innere Staumauer bekam immer größere Risse. Mit dem Säugling auf dem Schoß und dem kleinen Daniel neben ihr konnte sie sich nirgends verstecken. Ihr blieb nichts anderes übrig, als gegen die Tränen anzublinzeln und zu flüstern: „Danke, Pastor Mills."

Mit seinen graugrünen Augen betrachtete er sie ernst. Er wich nicht von seinem Platz, und während er sie ernst und eindringlich ansah, fragte er leise: „Werden Sie denn zurechtkommen?"

„Ich weiß zwar nicht, wie", antwortete sie wahrheitsgemäß, „aber irgendwie wird's schon gehen. Das muß es schließlich."

Er nickte, als habe er nichts anderes erwartet. Ein kurzes Zögern folgte, doch dann sagte er noch leiser als zuvor: „Erlauben Sie mir, daß ich Ihnen helfe?"

Diesmal gelang es ihr nicht, die Tränen zurückzuhalten. Doch es war mehr als ihre Trauer, die sie ihr über das Gesicht strömen ließ. Lena konnte die sonderbaren Gefühle nicht begreifen, die nun der Reihe nach aus ihr hervorpurzeln wollten. Sie nahm eine Ecke der Babydecke, wischte sich über die Wangen und nickte zaghaft. So traurig dieser Tag auch war, so steckte doch ein Hoffnungsschimmer in dem Angebot von Collin Mills.

19

Bis zum August galten die beiden überall in Harmony als Paar. Collin war das reinste Energiebündel. Seine weißblonden Haare wehten ihm bei dem kleinsten Windzug wirr um den Kopf. Ständig schob er sie sich mit einer Hand aus der Stirn, meistens während er in eine lebhafte Unterhaltung vertieft war. Er tat alles mit seinen Händen und mit mitreißender Begeisterung. Manchmal, wenn er Lena von einem jungen Menschen erzählte, der sich gerade zum Glauben an Jesus bekehrt hatte, oder einer neuen Veranstaltungsreihe für die Gemeinde, an der er gerade arbeitete, hatte sie das Gefühl, daß sie die einzige Verbindung zwischen Collin Mills und dem Erdboden war.

Die Leute lächelten, wenn sie die beiden zusammen sahen, und darüber freute sie sich. Collins Bekannte schienen aufrichtig darüber erleichtert zu sein, daß er sie gefunden hatte, eine so unerschütterliche, ruhige und verläßliche junge Frau. Und er mochte sie wirklich sehr; das bezweifelte Lena keine Sekunde lang. Ein einziger Blick in seine graugrünen Augen sagte ihr, daß er bis über beide Ohren verliebt war – in sie. Lena konnte noch immer kaum glauben, wie ihr geschah. Bei einer begabten und intelligenten Schönheit hätte sie so etwas eher für möglich gehalten, aber nicht bei sich selbst. Doch dann bestätigte ihr nur ein kurzer Blick in sein Gesicht das, was sie verstandesmäßig nicht fassen konnte.

Den ersten Abend im September verbrachte Lena mit untergeschlagenen Beinen auf der Schaukelbank auf der Veranda. Der Spätsommer war schon in vollem Gang. Das Wetter war im allgemeinen klar, und richtig warm wurde es nur noch um die Mittagszeit. Sie stieß sich mit den Zehenspitzen ab und schaukelte hin und her, und das sanfte Quietschen der Schaukel fand ein Echo in dem Zirpen der Grillen aus dem Gebüsch.

Lena atmete tief ein und kostete den Moment des Ausruhens zwischen einem anstrengenden Tag und den Anforderungen der kommenden Nacht genüßlich aus. Zu ihrer Erleichterung wurde sie im Moment nicht von ihrer Mutter gebraucht.

Ein klarer Mond mitten in einer himmelsweiten Sternenwolke tauchte den Abend in Silber. Ein Schatten sprang von einer Kiefer auf die andere, gefolgt von dem Schrei eines Nachtkäuzchens. Von Zufriedenheit erfüllt zog Lena das Schultertuch enger um sich.

Für ihre innere Stimmung wußte sie selbst keine genauen Gründe, doch sie war zu deutlich, um geleugnet zu werden, und zu herrlich, um nach Ursachen zerpflückt zu werden. Mit einem Seufzen setzte sie die Schaukel so sanft wie möglich in Bewegung, um den anmutigen Zauber dieses Abends nicht zu zerstören.

In der Ferne stieß eine Eisenbahn ihren klagenden Pfiff aus, und Lena wurde unwillkürlich an Sophie erinnert. Doch dieser Gedanke quälte sie heute nicht mit der gewohnten Trauer über den Fortgang ihrer Freundin und die tiefe Kluft zwischen den beiden Freundinnen. Lena war noch nie auf Sophies hungrigen, scharfen Verstand eifersüchtig gewesen. Ihre Freundin war viel intelligenter als sie und würde es weit im Leben bringen. Doch würde sie je wissen, wie friedvoll ein ruhiger Abend umgeben von einer ländlichen Kleinstadt und ihrem himmlischen Vater sein konnte?

Lena hob ihr Gesicht zu den Sternen, sog einen Duft in sich hinein, den ein schwacher Windhauch herangetragen hatte, und betete wie so oft für ihre beste Freundin, denn als solche betrachtete sie Sophie auch jetzt noch. „Lieber Herr", flüsterte sie mehr mit ihrem Herzen als mit den Lippen, „bitte schließe doch deine Arme um Sophie ...“

„Miss Lena?“

Lena hielt die Schaukel an und spähte in die Dunkelheit hinein. „Collin? Bist du's?“

„Ja, ich bin's. Darf ich näher kommen?“

Beim Klang seiner Stimme lebte jede Faser ihrer Seele auf. „Aber natürlich.“ Ihre friedvolle Stimmung endete keineswegs, sondern verschob sich nur, als rücke dieses innere Geschenk ein Stück beiseite, um ihm auf der Schaukel Platz zu machen. „Warum nur so steif und korrekt?“ spaßte sie fröhlich. „Man sollte fast glauben, wir hätten einander noch nie gesehen, anstatt gerade gestern noch in der Kirche nebeneinander gesessen zu haben.“

Collin stieg die Stufen hoch und trat in den weichen Lichtschein hinein, der durch die Drahtgittertür nach draußen fiel. Er trug seinen besten dunklen Anzug. Seine blonden Haare hatte er sorgfältig gebürstet. Der Hut, den er in den Händen trug, machte nervöse Drehbewegungen, während er jetzt auf sie zukam.

Lenas Blick fiel auf seine angespannten Gesichtszüge, die übermäßig intensiven Augen und die gestreckten Schultern. Dieser Anblick ließ ihr Herz schneller schlagen. Sie setzte beide Füße auf den Verandaboden und flüsterte: „Oh!“

„Miss Lena, ich bin gekommen, um dir zu sagen, wie sehr ich dich liebe“, sagte er in einem ungewohnten Vortragston, als habe er diese Worte so lange einstudiert, bis sie jegliche Bedeutung verloren hatten. Trotz der kühlen Abendluft ließen Schweißperlen seine Stirn in dem schwachen Licht aufglitzern. „Wie sehr ich dich liebe“, wiederholte er, und diesmal erfüllte sein Herz jedes Wort mit Sinn. „Ich möchte dich heiraten, Lena Keene. Willst du meine Frau werden?“

„Oh, Collin.“ Ihre Stimme klang plötzlich so leicht und sachte wie der Abendwind. „Aber natürlich will ich das.“

„Wie bitte?“ Collins Stimme hatte sich dem Ton ihrer Stimme angepaßt.

Aus unerklärlichen Gründen gelang es Lena kaum, zu

atmen. Sie flüsterte: „Ich habe Ja gesagt, Collin. Ich werde gern ..."

Aus dem Fenster im oberen Stock erklang eine Stimme mit einer schwachen walisischen Einfärbung. „Sprich lauter, Kind. Ich kann ja kein Wort verstehen."

„Mama?" Lena sprang auf die Füße, lief an den Rand der Veranda und sah nach oben. „Was machst du denn da bloß? Du gehörst doch ins Bett!"

„Ich will wissen, ob du genug gesunden Menschenverstand hast, um dem jungen Herrn die richtige Antwort zu geben." Martha rüttelte an dem Fenster, bis es nachgab und sich weit genug öffnen ließ, daß sie den Kopf nach draußen strecken konnte. „Jetzt antworte dem guten Mann endlich, damit wir alle zur Ruhe kommen können."

„Das habe ich schon, Mama." Lena lachte und warf dem verwirrt dreinschauenden Collin einen Blick zu. „Ich habe ihm mein Jawort gegeben."

„Bravo! Da freu' ich mich aber!" und sofort verschwand Marthas Kopf wieder, und die Vorhänge fielen wieder an ihren Platz zurück. „Bestell dem jungen Mann einen schönen Gruß von mir", sagte sie.

„Wird gemacht, Mama. Gute Nacht." Schmunzelnd ging Lena zu Collin zurück, der wie vom Donner gerührt dastand. „Schon gut. Sie funkt uns jetzt nicht mehr dazwischen."

„Vielleicht ... vielleicht gehe ich am besten wieder", stotterte er.

„Unsinn! Komm, setz dich zu mir auf die Schaukel." Sie warf ihm ein herzliches Lächeln zu. „Schließlich passiert es nicht alle Tage, daß ein Mädchen von dem vortrefflichsten Mann in ganz Harmony einen Heiratsantrag bekommt."

„Die Beschreibung paßt zwar nicht auf mich", sagte Collin und setzte sich neben sie, „aber irgendwie bringst du es fertig, daß ich mir so vorkomme."

Sie umschloß seine große Hand mit ihren beiden Händen. Mein Mann, dachte sie und hatte dabei das Gefühl, als wolle ihr Herz ihre Rippen sprengen. „Ich glaube, ich habe unbewußt den ganzen Abend auf dich gewartet."

„Ich will mein Bestes tun, um dir ein guter Ehemann zu sein."

Sie sah in das Gesicht, das sie so liebgewonnen hatte, und fand die gleiche Liebe darin wieder. Sie war über ihre eigene Gelassenheit erstaunt. Ihr ganzes Leben lang hatte sie von dem Moment geträumt, an dem sie diese Worte hören würde. Jetzt, wo es soweit war, fühlte sie sich von einer so starken Gewißheit und einem solchen Frieden umhüllt, daß für Aufgeregtheit und Herzklopfen gar kein Platz mehr blieb.

„Daran zweifele ich keine Sekunde", versicherte sie ihm. „Du hast ein viel zu gutes Herz, um das nicht zu sein."

In der Ferne war wieder das langgezogene Pfeifen einer Lokomotive zu hören, und plötzlich kam ihr das Flüstern, das der Wind vorhin an sie herangetragen hatte, wieder in den Sinn. Lena zitterte. Vielleicht war dies ja die Erhörung des Gebets, das sie seit so langer Zeit betete.

„Frierst du, Liebling?"

Liebling. Dieses Wort kam so unerwartet, daß sie einen Moment brauchte, um sich klarzumachen, daß sie damit gemeint war. Sie und niemand anders.

„Nein, ich bin nur so glücklich." Sie lehnte ihren Kopf an seine Schulter und spürte seine Kraft und seine verläßliche Stabilität. Morgen würde sie den Brief schreiben, und sie wußte schon jetzt genau, was sie schreiben wollte. „Restlos glücklich."

Den ganzen Sommer über war Sophie zwischen zwei Welten hin und her gerissen gewesen.

Dr. Dunlevy hatte einen Artikel zu schreiben, der im September bei einer Konferenz vorgelegt werden sollte. Wegen der zusätzlichen Arbeitsbelastung hatte er Sophie eine befristete Laborstelle angeboten. Sophie nahm sie mit großer Erleichterung an. Die Vergütung war außerdem so gut bemessen, daß sie sich jedes Wochenende eine Fahrkarte nach Harmony leisten konnte, wenn sie wollte. Zudem ersparte ihr dieser Auftrag die Qual, den ganzen Sommer in dem viel zu stillen Haus ihres Vaters zubringen zu müssen, wo ihre einzige Gesellschaft aus Büchern bestand. Obendrein bekam sie auf diese Weise einen Eindruck von einem reinen Forscherdasein und konnte sich überlegen, ob sie nicht doch an der Universität bleiben wollte.

Es war leichter, als sie befürchtet hatte, Lowell aus dem Weg zu gehen. Er arbeitete in einem anderen Labor, und es hatte den Anschein, daß auch er bestrebt war, ihr möglichst nicht in die Quere zu kommen. Sie tat ihr Bestes, dies als begrüßenswerte Veränderung zu werten, doch das wollte ihr nicht recht gelingen. Zweimal war sie drauf und dran gewesen, ein Gespräch mit ihm zu beginnen, doch dann hatte sie im letzten Moment der Mut verlassen. Danach wich sie ihm und den Schatten in seinen Augen einfach nur aus.

Sophies Arbeit in Dr. Dunlevys Labor barg die Aussicht auf künftigen Erfolg und Anerkennung. Weder das eine noch das andere hatte sich eingestellt, doch sie waren so greifbar nahe, daß Sophie in Kürze damit rechnen konnte.

Mehrere Arzneimittelhersteller ließen sich gerade in der Umgebung nieder und eröffneten Entwicklungslabors und Fabriken. Von drei dieser Firmen wurde Sophie umworben. Jede Woche kamen Vertreter zu ihr, um sich mit ihr zu unterhalten und ihr in letzter Minute noch einen zusätzlichen Anreiz zu bieten. Die Großzügigkeit ihrer Angebote empfand sie als schmeichelhaft und zugleich auch als beängstigend. Für welche Firma sollte sie sich entscheiden? Von Dr. Dunlevy war diesbezüglich wenig Hilfe zu erwarten. „Nehmen Sie die Stelle mit dem höchsten Gehalt", hatte er gescherzt. Sophie kannte ihn gut genug, um zu wissen, daß ihm selbst an Geld nicht viel gelegen war.

Zugleich hatte ihr die Universität auf Dr. Dunlevys Drängen hin eine wissenschaftliche Teilzeitstelle angeboten, die es ihr ermöglichen würde, ihre Doktorarbeit zu schreiben und bald zu präsentieren. Der Gedanke daran, Doktor Sophie Harland zu werden, war reizvoller für sie, als sie zugeben mochte.

Dennoch hatte sie mit Problemen zu kämpfen, mit Fragen, die sie aus unbegreiflichen Gründen noch immer beschäftigten. Trotz ihres wachsenden Erfolges – sie verfügte inzwischen über mehr Geld als je in ihrem ganzen Leben, sie hatte eine anregende und ausfüllende Arbeit unter der Aufsicht eines angesehenen Wissenschaftlers, und drei namhafte Firmen ihres Spezialgebiets rissen sich um sie – war Sophie keine Spur glücklicher als zuvor. Eine hohle Unzufriedenheit nagte immer stärker an ihr; manchmal fühlte sie sich von ihrem Erfolg geradezu bedroht. Es war, als entreiße ihr der Erfolg alle Schutzmechanismen und zwinge sie dazu, sich selbst kritischer denn je unter die Lupe zu nehmen.

„Sophie?"

Sie tauchte aus ihren Gedanken auf, drehte sich um und sah Lowell Fulton in der geöffneten Tür stehen.

„Ja?"

„Ich wollte Sie nicht erschrecken."

„Sie haben mich nicht erschreckt", sagte sie ausdruckslos und spürte ihre automatische Barriere in sich aufsteigen.

„Natürlich nicht", lenkte er sofort ein. Er schien es nicht besonders eilig zu haben, denn er lehnte sich gemütlich an den Türrahmen und sah sich in dem Labor um. „Wie kommen Sie mit der Arbeit voran?" erkundigte er sich.

„Gut", sagte sie. Die einsilbige Antwort blieb zwischen ihnen in der Luft hängen. Sie begriff selbst nicht, weshalb sie sich in seiner Gegenwart immer so verwundbar fühlte. Sie ließ ihren Bleistift zwischen den Fingern tanzen und ertappte sich dabei, wie sie sich wünschte, die Vergangenheit loslassen zu können, um seine dargebotene Freundschaft anzunehmen. Sie brauchte ihn. Nein, berichtigte sie sich, irgend jemanden brauchte sie, egal wen. Doch der alte Widerstand gegen neue Freundschaften ließ sich nicht so leicht ausschalten.

„Ich dachte", sagte sie mit der unvermeidlichen Kälte in ihrer Stimme, „daß Sie Ihre Ergebnisse bis zu demselben Termin vorlegen müssen wie ich."

„Ach, der Tabak ist längst in der Scheune", sagte er lässig.

„Wie bitte?"

„Ich habe das Projekt vor vier, fünf Tagen abgeschlossen."

Wie so oft fühlte sie sich von Lowell vollkommen überrumpelt. Ihr Blick fiel auf ihre eigenen Ergebnisse. Sie hatte noch eine ganze Woche Arbeit vor sich. Mindestens.

„Ich wollte Sie eigentlich nur fragen", sprach Lowell weiter, „ob Sie sich schon überlegt haben, was Sie ab Ende des Monats vorhaben."

„Noch nicht", antwortete Sophie.

„Wissen Sie, diese Firmen sind auch hinter mir her", sagte er. „Ich habe mir überlegt, daß es vielleicht gar nicht so schlecht wäre, erst mal eine Zeitlang Industrieluft zu schnuppern und dann später an die Uni zurückzukommen. Wie fänden Sie das?"

Er schien erheblich mehr über sie zu wissen als sie über ihn.

„Wollen Sie damit sagen, daß Sie immer noch an einer Zusammenarbeit mit mir interessiert sind? Wollen Sie mir etwa vorschlagen, gemeinsam irgendwo anzufangen?"

„Kann schon sein", sagte er mit unerschütterlicher Gelassenheit.

Bevor sie antworten konnte, zeigte er auf ihren Schreibtisch. „Wie finden Sie sich bloß in diesem Durcheinander zurecht?" Die Frage war unbefangen und frei von jeglicher Boshaftigkeit, so daß Sophie sich dazu entschloß, darauf nicht verärgert zu reagieren.

„Ein unordentlicher Schreibtisch ist das beste Anzeichen für ein Genie", antwortete sie. Alle Schärfe war aus ihrer Stimme gewichen.

„Das mag zwar stimmen", antwortete er, „aber er sorgt auch für fragwürdige Laborergebnisse. Außerdem bringt er einen zeitlich in Verzug."

Während sie noch nach einer passenden Antwort suchte, kam Lowell näher und setzte sich ihr gegenüber. „Ich bin dafür, daß wir uns zusammentun", sagte er, und seine Stimme war leise, aber ernst. „Ich arbeite methodisch, Sie eher chaotisch. Aber dafür fehlt mir Ihre Weitsicht – und vielleicht sogar etwas von Ihrem Können."

Damit hatte er ein beträchtliches Eingeständnis gemacht, ohne sich selbst schlecht zu machen. Beide wußten, daß er über einen brillanten Verstand verfügte; es war zwecklos, das leugnen zu wollen.

Dann sah er ihr zu ihrer Überraschung geradewegs in die Augen und sagte mit entwaffnender Ehrlichkeit: „Außerdem will ich schlicht und einfach von Ihrem Ruhm etwas abbekommen."

Mit seiner arglosen Offenheit nahm er ihr den Wind aus den Segeln.

„Von welchem Ruhm?"

„Der Ruhm, der auf Sie zukommen wird", antwortete Lowell. „Sie sind viel zu begabt dazu, um nicht berühmt zu werden. Früher oder später werden Sie eine Entdeckung machen, die die Welt verändern wird. Das spüre ich in den Knochen. Aber Sie brauchen mich, und wenn Sie sich gegenüber ehrlich sind, dann werden Sie das zugeben. Ihre Laborergebnisse sind ... na, sagen wir: schlampig. Sie haben keine Geduld mit Leuten, die Ihnen nicht folgen können. Sie brauchen jemanden, der die verwaltungstechnischen Angelegenheiten für Sie regelt, der für Sie mit der Außenwelt redet und der Ihre Ergebnisse veröffentlicht."

Er hatte genug gesagt. Anscheinend hatte er sich alles gründlich überlegt. Als Sophie nicht entrüstet widersprach, beugte er sich mit Begeisterung versprühenden Augen über den Schreibtisch und sagte: „Sophie Harland, wenn wir uns zusammentun, sind wir unschlagbar. Absolut unschlagbar."

Die Zeit schien plötzlich stillzustehen. Sophie wußte nicht, wie lange sie unter dem Bann seines Blickes und der nachhallenden Kraft seiner Worte dasaß. Schließlich brachte sie eine Antwort zustande: „Ich werde es mir überlegen."

Eine Wolke zog über sein Gesicht. „Na, dann überlegen Sie mal", sagte er resigniert. Offensichtlich hatte er eine andere Antwort erwartet. Er stand auf und wollte sich gerade abwenden, als ihm etwas einfiel. „Ach ja, das hätte ich ja fast vergessen. In Ihrem Fach lag ein Brief für Sie. Weil Sie so beschäftigt waren, hab' ich ihn mitgebracht, damit Sie sich den Weg sparen können."

„Vielen ..." Ihre Worte verblichen zu einem Nichts, als sie den Namen des Absenders auf dem Umschlag erblickte.

Lena.

„Was ist denn?" Lowell beugte sich über den Schreibtisch. Ein forschender Ausdruck stand in seinen Augen. „Sie machen ja ein Gesicht, als hätten Sie ein Gespenst gesehen." Sie hatte den Brief noch immer nicht angenommen.

„Bitte gehen Sie noch nicht", sagte Sophie mit steifen Lippen. Sie sah auf den Brief zurück. Sie wußte genau, daß sie weder den Willen besaß, ihn zu öffnen, noch den Mut, ihn ungelesen zu vernichten. Die Nächte, nachdem sie Marthas Brief verbrannt hatte, waren seit ihrem Zerwürfnis mit Lena die schlimmsten gewesen.

Mit einer zitternden Hand schob sie den Brief von sich und flüsterte: „Würden ... würden Sie ihn mir bitte vorlesen?"

Erstaunen zeichnete sich in Lowells Gesicht ab, und er ließ sich auf einen Stuhl sinken. „Was soll ich?"

Sophie schob ihm den Brief über ihren ungeordneten Schreibtisch zu. „Bitte."

Zögernd nahm er den Brief, ohne den Blick von ihr zu wenden. „Sie sind ja kreidebleich. Ist er von einem Verwandten?"

Sie schüttelte den Kopf. Es war nur ein kurzes Zittern.

Er sah auf den Brief. „Aus Harmony. Das ist doch Ihr Heimatort."

Vor Beklommenheit konnte sie nichts sagen. Sie war sich noch nie so verletzbar, so hilflos vorgekommen. Einen entsetzlichen Moment lang befürchtete sie, er würde ihr den Brief wieder zuwerfen und ihre Bitte mit derselben Kälte ausschlagen, mit der sie ihn behandelt hatte. Doch sie war jetzt zu verwundbar, zu aufgewühlt, um das zu ertragen. Sie war auf seine Hilfe angewiesen. Aber Lowell warf nur einen letzten Blick auf ihr Gesicht und schlitzte dann den Umschlag auf, um den Brief herauszunehmen. Er glättete ihn auf der Schreibtischkante, räusperte sich und begann zu lesen:

„Liebste Sophie!
Ich habe herrliche Neuigkeiten, die ich Dir unbedingt
schreiben muß. Ich heirate! Allen Ernstes. Und zwar den
wunderbarsten Mann der Welt. Collin Mills heißt er. Ich
wünschte, ich könnte Dir ausführlich von ihm erzählen. Ich
könnte ganze Romane über ihn schreiben, aber es ist schon
spät am Nachmittag, und ich müßte eigentlich längst das
Abendessen vorbereiten. Mama geht es heute wieder einmal
nicht gut."

Lowell machte eine Pause und sah auf.

Sophies Gedanken wirbelten im Kreis. Der Brief war in denselben einfachen Sätzen abgefaßt, in denen Lena immer
sprach, und obwohl sie von einer tiefen Männerstimme vor-
gelesen wurden, hatte Sophie das Gefühl, als hätte soeben ihre
Freundin das Labor betreten und stehe direkt vor ihrem
Schreibtisch. Ihre Freundin. Der Gedanke an Lena riß alle alten
Wunden wieder auf, doch irgend etwas war jetzt anders.
Sophie fühlte sich auf sonderbare Weise angesprochen und
näher gerufen. Mühsam blinzelte sie gegen ihre Tränen an und
konzentrierte sich auf die Worte, die Lowell las.

„... als Trauzeugin hätte ich natürlich am liebsten meine
beste Freundin. Es wäre mir eine solche Ehre, wenn Du zu
unserer Hochzeit kommen würdest. Auf ein Datum haben
wir uns noch nicht geeinigt, aber wir wollen keine lange
Verlobungszeit. Wann würde es Dir am besten passen? Ich
halte Dich auf dem laufenden. Bitte schreib mir doch, wenn
Du einen Augenblick Zeit hast, Sophie, und gib mir
Bescheid, ob Du kommen kannst.
Ich muß Schluß machen. Mama ruft gerade.
Liebe Grüße, Deine Lena."

Wie betäubt sah Sophie zu, wie Lowell den Brief vorsichtig
wieder zusammenfaltete und sie erneut ansah. In seinem rück-
sichtsvollen Blick fand sie den Anker, den sie brauchte. um
nicht die Fassung zu verlieren. Bestimmt rätselte er, warum

dieser Brief eine solche Betroffenheit bei ihr auslöste, doch die Emotionen in ihrem Gesicht hielten ihn anscheinend davon ab, ihr Fragen zu stellen.

Sie holte mühsam Luft. Das Einatmen verursachte ihr Schmerzen. Trotz aller Entschlossenheit drohte sie in Tränen auszubrechen. Sie wußte, daß sie nun zu keinem Wort imstande war, und bedankte sich nur mit einem zaghaften Lächeln und einem kurzen Kopfnicken.

Lowell faßte dieses Nicken als Andeutung auf, daß er jetzt überflüssig war. Also schob er den Brief in den Umschlag zurück, legte ihn auf den Schreibtisch und stand auf. An der Tür blieb er stehen und drehte sich noch einmal um. Nach einem langen Zögern sagte er: „Ich bin in meinem Büro. Wenn Sie noch etwas brauchen, kommen Sie ruhig zu mir."

Sie schluckte und versuchte, ein „Danke" hervorzubringen, doch es gelang ihr nicht. Ihr Blick fiel auf den Brief zurück, und eine Träne widersetzte sich ihrer Beherrschung und rann ihr über die Wange.

Lowell sah sie noch einen Moment lang an und sagte leise: „Jederzeit." Dann verließ er den Raum.

20

Sophie saß neben Lena auf der Schaukel. In ihrem ganzen Leben war sie noch nie so unbeholfen gewesen. Sie wußte nicht, was sie sagen oder tun sollte. Lena dagegen wirkte vollkommen gelassen und ungezwungen, als seien die beiden plötzlich wieder kleine Mädchen, die Gänseblümchenkränze flochten. Lena hielt die Schaukelbank in Bewegung und berichtete Sophie dabei mit nüchterner Stimme, was sich in den letzten paar Jahren ereignet hatte: Daniels Hochzeit, die Kinder, Carols Tod, die Krankheit ihrer Mutter, Collins Ankunft, das gegenseitige Näherkommen und schließlich der Heiratsantrag.

Sophie hörte zu und staunte darüber, wie ruhig und gefaßt Lena wirkte. Sie hatte immerhin viel Trauriges erlebt. Auch Sophie hatte eine Menge zu erzählen, doch damit wollte sie vorerst noch warten. Sie war so froh, jemanden zu haben, mit dem sie sich unterhalten konnte, jemanden, der sie verstand, ihre Gefühle nachvollziehen konnte, ihre Tiefen mit ihr durchlitt und ihre Triumphe mit ihr teilte. Dennoch genügte es ihr erst einmal, einfach nur zuhören zu können und diese plötzliche Veränderung zu verarbeiten. Ein schlichter Brief hatte ihr ganzes Leben mit einem Schlag umgekrempelt.

Jetzt hatte Lena zu Ende erzählt. Die beiden schaukelten lange, ohne ein Wort zu sagen, und ließen die Geräusche des Abends auf sich wirken.

„Für dich hört sich das alles bestimmt furchtbar ... furchtbar alltäglich an", sagte Lena nach einer Weile.

Alltäglich fand Sophie Lenas Erlebnisse keineswegs. Lena hatte das Leben in den vergangenen paar Jahren intensiver gekostet – sowohl das Bittere als auch das Schöne –, als sie es sich in ihrer abgekapselten akademischen Welt voller weltfremder Ambitionen je erträumt haben könnte.

„Tja, das Kleinstadtdasein eines unbedarften Farmersmädchens", schloß Lena mit einem Seufzen.

„Du bist überhaupt nicht unbedarft", fand Sophie nach langer Zeit endlich ihre Stimme wieder. „Und ein Mädchen bist du auch nicht mehr."

„Nein, da hast du wohl recht." Lena hielt die Schaukelbank nach wie vor in Bewegung. „Mir blieb gar nichts anderes übrig, als erwachsen zu werden. Die Verantwortung für Daniels Kinder hat dafür gesorgt, daß ich meine mädchenhafte Albernheit schleunigst abgelegt habe."

„Du scheinst ja wirklich durch die Mangel gedreht worden zu sein." Sophie dachte an Nettys nasse Bettlaken, die zwischen den Walzen der Mangel hindurchgequetscht und ausgepreßt wurden. War es Lena ähnlich ergangen? Waren ihre Mädchenträume, ihre kindliche Arglosigkeit, aus ihr herausgewrungen worden? Trotz der abendlichen Wärme erschauderte Sophie.

„Ich gebe zu, Sophie, daß ich's nicht leicht gehabt habe", räumte Lena ruhig ein. „Aber ich hatte Gott immer bei mir, sowohl in den guten Zeiten als auch in den schlimmen, und jetzt habe ich Collin."

In ihren Worten verbargen sich keine Anzeichen von Zerbrochenheit. Lena sprach mit einer neuen Ausgeglichenheit, einer neuen Charaktertiefe. Diese Veränderung war die Folge von Demut und von Wachstum. Einen kurzen Moment lang beneidete Sophie mit all ihren Ambitionen die junge Frau neben ihr. Sähe ihr Leben wohl jetzt ganz anders aus, wenn sie mit ihrem Kummer weniger aggressiv umgegangen wäre?

Um ein Haar wäre ihr der kurze Blick entgangen, den Lena ihr im Schein der Verandalampe zuwarf. „Erinnerst du dich noch an Kirsten Smith?"

„Wie könnte ich die je vergessen!" Sophie mußte lachen, als

sie daran dachte, wie sie Kirsten mitten auf die Hauptstraße von Harmony geschubst hatte. „Ein Körperbau wie ein Kanalarbeiter, nicht gerade ein Ausbund an Intelligenz. Sie hat dich früher mit Vorliebe schikaniert. Ich glaube, der hat man alles durchgehen lassen, weil ihre Mutter Lehrerin war."

„Ihre Mutter ist vor einiger Zeit gestorben. Seitdem geht Kirsten regelmäßig in die Kirche. Wir haben zusammen einen kleinen Bibelgesprächskreis gegründet."

Sophie starrte sie verblüfft an. „Du und Kirsten?"

„Außer uns kommen noch ein paar andere. Insgesamt sind wir ungefähr ein Dutzend. Wir treffen uns jeden Mittwoch, entweder hier bei mir oder bei Kirsten. Du mußt unbedingt auch mal kommen."

„Also, das gibt's doch nicht!" Sophie richtete den Blick wieder in den Abend hinaus. „Lena Keene und Kirsten Smith haben Freundschaft geschlossen. Wer hätte das gedacht!"

„Ja, Freundschaft als Christen", antwortete Lena unbeirrt. „Sie hat sich vollkommen verändert – von innen heraus. Neuerdings hilft sie mir bei Daniel zu Hause. Die Kinder haben einen Narren an ihr gefressen." Nach einer kurzen Pause fügte sie hinzu: „In Daniels Achtung ist sie auch mächtig gestiegen."

Sophie nickte. Sie hatte voll und ganz begriffen, was Lena damit sagen wollte, doch sie mochte nicht darauf eingehen. Jedenfalls vorläufig noch nicht. Sie atmete tief ein. „Hier draußen duftet die Luft immer besonders gut."

„Ja, finde ich auch. Die Rosen haben dieses Jahr lange gehalten. Es ist zwar früh kühler geworden, aber Nachtfrost hat es noch nicht gegeben. Jeden Tag haben wir das gleiche herrliche Spätsommerwetter."

Irgendwie war es sonderbar, dachte Sophie, daß der Abend so natürlich verlief und die Unterhaltung so ungezwungen. Es war, als wäre es erst vier Tage her, seitdem sie sich zum letzten Mal gesehen hatten und nicht fast vier Jahre. Sophie deutete Lenas Schweigen als Aufforderung, ihr etwas über sich selbst zu erzählen, doch aus Gründen, die sie selbst nicht begriff, wollte sie lieber noch eine Weile damit warten. Zuerst mußte sie sich daran gewöhnen, hier in Harmony bei Lena zu sein.

Und irgendwie schien Lena das zu verstehen, denn sie drängte sie nicht mit der kleinsten Frage, sondern saß einfach nur geduldig wartend da. Sophie warf einen Blick auf Lenas ruhige, ebenmäßige Gesichtszüge. Aus ihr war eine wunderhübsche, ausgeglichene junge Frau geworden.

Auf dem Gartenpfad näherten sich schwere Schritte. Dann rief eine fröhliche Stimme: „Ja, wen haben wir denn da?"

„Guten Tag, Mr. Keene", rief Sophie zurück. Sie hatte den Vater ihrer Freundin an der Stimme erkannt, bevor sie ihn in der Dunkelheit erkennen konnte.

„Höchste Zeit, daß du mich mit Kevin anredest", sagte er und trat mit einem herzlichen Lächeln und ausgestreckten Händen auf sie zu. Er musterte sie mit einem langen, forschenden Blick und schien von dem, was er in ihrem Gesicht fand, angetan zu sein. „Und ich werde dich von jetzt an nicht mehr Mädchen nennen."

Sie ließ sich von ihm in die Arme nehmen. Dann hielt er sie eine Armlänge entfernt von sich. In seinen Zügen war deutlich zu lesen, wieviel Zeit seit ihrer letzten Begegnung vergangen war. Seine Haare waren grau geworden und seine Augen etwas zurückgetreten. Die Krankheit seiner Frau hatte tiefe Spuren an ihm hinterlassen. Ohne sich den Grund erklären zu können, spürte Sophie, wie ihr jetzt die Tränen kamen, die vor zwei Stunden bei dem Wiedersehen mit Lena ausgeblieben waren. Hier in Kevin Keenes Gesicht stand die verlorene Zeit, die unausgetauschten Erlebnisse, die Trennung von Freunden, die ihr näherstanden als die eigene Verwandtschaft.

„Ich freu' mich riesig, dich wiederzusehen", sagte Kevin sanft. Dann drehte er sich zur Seite und sagte zu der Gestalt, die sich genähert hatte, ohne daß Sophie es bemerkte: „Sieht sie nicht prächtig aus, Daniel?"

„Und wie!" antwortete Daniel und trat in das Verandalicht. „Tag, Sophie. Wie geht's dir?"

„Gut, Daniel." Sie mußte mühsam schlucken. Auch jetzt noch bekam sie bei seinem Anblick eine Gänsehaut, doch nicht nur wegen allem, was zwischen ihnen gewesen war, sondern, weil er nach all den Jahren trotz des Kummers, der so schwer auf ihm lastete, noch immer ein so gutaussehender Mann war. Sein Lächeln war ihm geblieben, wenn es auch nicht mehr so ausgelassen wie früher war; ein Schatten seiner Trauer haftete ihm noch immer an. Als Sophie ihm die Hand reichte und seine innere Stärke und seine Charaktertiefe spürte, wußte sie irgendwie, daß er sich bald erholt haben würde und daß er an seinem Kummer nicht zerbrochen, sondern gewachsen war. „Wirklich bestens."

Kevins Stimme zwang Sophie, den Blick von Daniel zu wenden. „Was sagst du denn dazu, daß mein kleines Mädchen erwachsen ist und heiratet? Hast du den Bräutigam schon kennengelernt?"

„Morgen", kam Lena ihr mit der Antwort zuvor. „Gleich als allererstes."

„Ein prima Kerl ist er", sagte Kevin und gab seinem Sohn einen freundschaftlichen Klaps auf die Schulter. „Komm, Junge, gehen wir ins Haus, damit die beiden hier in Ruhe weiterplaudern können."

Er ging auf die Küchentür zu, drehte sich noch einmal um und rief über seine Schulter hinweg: „Ich kann dir gar nicht sagen, wie ich mich freue, dich hier zu haben, Sophie, besonders zu diesem Anlaß."

Daniel folgte seinem Vater, doch bevor er ging, sagte er so leise, daß nur Sophie es hören konnte: „Würdest du dich über einen Besuch von mir freuen?"

„Ja, sehr", sagte sie ebenso leise.

Dann war er auch schon ins Haus gegangen, doch Sophie spürte, wie ihr Herz anfing zu rasen. *Was hatte er sie da gerade gefragt? Was hatte sie ihm geantwortet? War sie etwa im Begriff, einer zweiten großen Enttäuschung Tür und Tor zu öffnen?*

Sie schob den Gedanken von sich und widmete Lena wieder ihre ganze Aufmerksamkeit. Der Abend verdichtete sich um sie herum und bedachte sie mit einer Vertrautheit und einem Frieden, der ungebrochen bis zum fernsten Horizont reichte. Sophie spürte, wie sich die Ruhe einen Weg in ihren Wesenskern bahnte. Sie langte mit dem Fuß nach unten und gab der Schaukel etwas Schwung, um Lena zu helfen, sie gleichmäßig in Bewegung zu halten.

So saßen sie eine Weile schweigend nebeneinander, nur von dem sanften Quietschen der Schaukel und den immer gedämpfteren Geräuschen des Abends umgeben, bis Sophie plötzlich einfiel: „Ich habe dir ja überhaupt noch kein Hochzeitsgeschenk besorgt!"

„Daß du meine Trauzeugin bist, ist das schönste Geschenk, das ich mir nur wünschen könnte", antwortete Lena, und ihre Stimme unterstrich, wie ernst sie ihre Worte meinte.

„Aber irgend etwas muß ich dir doch schenken", protestierte Sophie.

Jetzt wandte Lena ihr das Gesicht zu, und Sophie begriff, daß Lena auf diesen Moment gewartet hatte, seitdem sie, Sophie, angerufen hatte, um ihr zu sagen, daß sie kommen würde. Sehnsuchtsvoll hatte sie ihn erwartet.

„Es gibt nur ein Geschenk, das ich von dir annehme, Sophie Harland", sagte sie. „Würdest du wohl mit mir beten?"

Sophie war zwar überrascht, doch längst nicht so sehr, wie sie gedacht hätte. Statt dessen hatte der Augenblick etwas Offenbarendes an sich, ein Gefühl der Rückkehr – doch nicht zur Vergangenheit. Zerfranste Überreste von Kummer und Verstörtheit, von unbeantworteten Fragen webten sich in ihren Sinn hinein. Und dann wurde es plötzlich heller um ihre dunklen Zweifel und ihren Widerstand, und eine innere Ruhe erfüllte sie. Mit einer Gewißheit, die so stark und zugleich so sanft war, daß für weitere Fragen kein Platz mehr blieb, begriff Sophie, daß hier der Grund ihrer Heimkehr lag. Dessen war sie sich plötzlich vollkommen sicher.

Sie holte Luft. Der Abend war lautlos still geworden, oder vielleicht hatte sie vorübergehend ihr Gehör für alles verloren, was sich über die Veranda, über diesen Moment und Lenas Bitte hinaus abspielte. In ihr wurde es noch ruhiger, als zwinge sie die Wichtigkeit dieses Augenblicks dazu, sich wie noch nie zuvor zu konzentrieren und nicht nur ihre Gedanken und ihr Herz, sondern ihr ganzes Leben in diesen Moment einzubringen. Und in diese Entscheidung.

„Also gut", flüsterte sie, und obwohl die Worte leise gesprochen und hastig in den Abend hinausgeschickt worden waren, ließ ihre Bedeutung sie erzittern. Es war, als hätte der Ruf eines Unsichtbaren und Unhörbaren in ihrem tiefsten Innern eine Resonanz ausgelöst, und die Macht dieses Rufs versetzte ihren ganzen Körper in ein unstillbares Zittern.

„Oh, danke, Sophie, danke! Du ahnst ja nicht, wieviel mir das bedeutet und wie ich von diesem Moment geträumt habe." Lena langte herüber und nahm ihre Hand in ihre. „Soll ich anfangen?"

Sophie nickte und sah zu, wie Lena den Kopf neigte. Dann senkte auch sie den Kopf. Das Bewußtsein um Gottes Nähe umhüllte sie mit einer solchen Macht, daß sie sich sowohl umgeben als auch erfüllt von ihr fühlte: sanft, doch fordernd; eindringlich lebendig; erhellend und froh machend.

„Lieber Vater im Himmel, du kennst mich besser, als ich mich selbst kenne", begann Lena mit einer Stimme voller Gefühl. „Du weißt, wie sehr ich für diesen Moment gebetet habe. Du weißt, wie lieb ich meine Schwester Sophie habe, wie arg ich sie vermißt habe. Wie alles in mir ..."

Lena konnte nicht weitersprechen. Sophie hörte sie leise weinen und spürte, wie die Tränen ihrer Freundin die letzten Barrieren in ihr wegzuspülen begannen. Sie zog ihre Hand aus Lenas Hand, wischte sich über die Wangen, und legte dann ihrer Freundin den Arm um die Schultern. Diese Geste schien Lena die Kraft zu geben, ihre Tränen zu besiegen. Sie streckte ihre Hand aus und umfaßte Sophies andere Hand. Zitternd holte sie Luft, dann noch einmal, und setzte ihr Gebet fort: „Ich bin noch nie im ganzen Leben so glücklich gewesen, Vater. Du hast mir so einen lieben Mann geschenkt, der mich gebeten hat, seine Frau zu werden, und jetzt hast du mir auch meine Freundin wiedergebracht. Ich weiß gar nicht, was ich sagen soll, Vater, außer danke. Danke für diesen Abend. Im Namen Jesu. Amen."

Sophie wußte, was sie zu sagen hatte. Die Worte warteten nur darauf, gesprochen zu werden. Dennoch ließ sie sich einen Moment Zeit. Nichts drängte sie zur Eile.

„Gott, es ist schon so lange her, seit ich mit dir gesprochen habe, daß ich kaum weiß, wie ich anfangen soll", sagte Sophie leise. „Deshalb muß ich dich jetzt für mich sprechen lassen."

Lena begann erneut zu weinen, und Sophie hielt inne, um sie fester in den Arm zu nehmen. Sie wartete mit der Geduld des von Liebe erfüllten Abends, bis Lena ruhiger geworden war, und fuhr dann fort: „Ich weiß wirklich nicht, womit ich eine solche Freundin verdient habe, aber ich danke dir für sie. Ich danke dir für ihre Gebete und ihre Liebe und dafür, daß wir hier wieder beisammensitzen."

Sophie machte eine lange Pause, um in die Nacht und in sich selbst hineinzuhorchen. Sie sammelte alles, was noch gesagt werden mußte, und sprach dann weiter:

„Ich danke dir auch für deine große Vergebung, durch die du mir erlaubst, hier zu sitzen und zu wissen, daß es in deiner Familie immer noch einen Platz für mich gibt. Ich weiß selbst nicht, warum ich mir so sicher bin, aber ich bin's. Es tut mir so leid, Vater, daß ich mich von dir abgewandt habe – und von Lena. Ich bitte dich um Vergebung und ich danke dir. Im Namen Jesu. Amen."

„Amen", sagte auch Lena und umfaßte Sophies Hand mit beiden Händen. „Amen."

Die beiden blieben noch lange nebeneinander sitzen, die Arme umeinander gelegt, und hörten sich die Geräusche der Nacht an. Sophie wußte jetzt, daß in diesen einfachen Gebeten zweier Freundinnen das Geschenk lag, endlich nach Hause zurückgekehrt zu sein.

21

Ein Lied vor sich hinsummend, arbeitete Sophie sich von Zimmer zu Zimmer voran. Weil die Haushälterin diese Woche nicht kommen konnte, hatte Sophie sich selbst an die Arbeit gemacht. Hausarbeit hatte noch nie zu ihren Lieblingsbeschäftigungen gehört, doch heute konnten nicht einmal das Ofenscheuern und das Wischen ihrer guten Laune Abbruch tun.

Sie wußte selbst nicht, woher plötzlich die viele Freude kam und warum sie so lebhaft aus ihr hervorsprudelte. Sie hatte das Gefühl, mehrere Zentimeter über dem Boden zu schweben. Ihre Füße waren federleicht, und ihr Herz barst förmlich vor Optimismus. Ihr Glücksgefühl schien auch die finsterste Ecke des Hauses heller zu machen, und dafür war sie sehr dankbar.

In der Woche seit ihrer Ankunft war Daniel mehrmals bei ihr gewesen. Obwohl noch keine konkreten Worte gefallen waren, wußte Sophie genau, daß sie ihm nur ihre Bereitschaft anzudeuten brauchte, wenn sie die Beziehung zu ihm wieder da aufnehmen wollte, wo sie vor vier Jahren so schmerzlich abgebrochen war.

Liebte sie Daniel noch? Vermutlich hatte die erste Liebe etwas Besonderes an sich. Etwas, was man nicht so leicht in den Wind schlug.

Aber reichte das? Würde sie eines Tages womöglich die Frage quälen, was sie der Welt vorenthalten hatte, indem sie ihrer Laborarbeit den Rücken gekehrt hatte?

Beim Staubwischen im Wohnzimmer kam ihr plötzlich ein rettender Gedanke. Sie legte das Staubtuch beiseite, richtete sich auf und staunte über die Eingebung: Sie konnte um Führung beten! Eine einfache Handlung, doch zugleich eine unsagbar schwerwiegende. Daraus folgte nämlich, daß sie das, was sie mit Lena auf der Schaukel erlebt hatte, als für ihr Leben maßgeblich akzeptieren mußte. Nicht nur das, sondern auch die Quelle dieses Erlebnisses.

Sie konnte um Führung beten. Die Macht hinter diesen Worten erfüllte sie und schmolz die letzten Barrieren des Stolzes und der Ablehnung dahin. Die Antwort würde nicht ihrem klaren, vernunftorientierten Verstand entspringen, sondern ihrem erwachenden Herzen. Gott, der Gott, den sie verworfen hatte, zu dem sie aber zurückgekehrt war, würde ihr den richtigen Weg weisen. Dessen war sie sich vollkommen sicher.

Sophie summte weiter.

„Du wirst mir fehlen, Kind."

Martha hatte es beinahe schroff gesagt, um jeden Anflug von Sentimentalität zu vermeiden. Mit einer Spontaneität, die selbst Lena überraschte, streckte sie ihre geschwollenen Hände aus und zog Lena fest an sich.

„Ach, Mama", sagte Lena, als sie ihrer Stimme wieder trauen konnte, „ich komme mir so ... so eigensüchtig vor. Wie kann ich nur so glücklich sein, wenn ..."

Martha schob sie zurück, um ihr ins Gesicht sehen zu können, und rüttelte sie sanft an den Schultern. „Rede keinen Unsinn, Kind. Du hast ja keinen blassen Schimmer, was Eigensucht überhaupt ist. Der gute Pastor braucht dich genauso dringend wie ich, das weißt du ganz genau."

Lena nickte mit Tränen auf den Wangen. Sie war bei aller Bescheidenheit davon überzeugt, daß sie Collin in seinem Beruf eine Hilfe sein konnte, ein Gedanke, der ihr Freude und Beklommenheit zugleich verursachte. Eine Menge an Verantwortung kam auf sie als Frau des Pastors zu. Lena wischte sich mit ihrem Taschentuch über die Nase und sah zu ihrer Mutter auf. „Kommst du auch ganz bestimmt zurecht?"

„Maria Herman ist eine tüchtige Frau. Ungeheuer tüchtig. Und so kräftig wie die Ackerpferde ihres Mannes", sagte sie mit dem Unterton von Endgültigkeit. „Wenn die mir nicht die Treppe hoch- und runterhelfen kann, oder in den Sessel oder ins Bett, wenn ich mich mal nicht fühle, dann schafft es keiner, und das steht felsenfest."

Lena tat sich noch immer schwer, die Pflege ihrer Mutter an jemand anderen abzugeben. Erneut kam ihr ein Schluchzen.

„Lieber hätte ich natürlich dich um mich", räumte Martha ein, „aber schließlich hindert dich nichts daran, ab und zu bei mir vorbeizuschauen, Kind. Der Pastor wird dich schon nicht zu Hause an die Kette legen."

Lena lächelte und schob sich eine verirrte Haarsträhne aus dem Gesicht. „Er hat gemeint, ich soll dich unbedingt jeden Tag besuchen."

„Dein Collin ist eine Seele von Mensch", sagte Martha. „Richte ihm aus, daß ich ihm von Herzen dankbar bin."

„Ach Mama", sagte Lena, und das Glück leuchtete ihr aus den Augen, „ich kann's selbst noch gar nicht fassen, daß Gott mir so einen wunderbaren Mann geschenkt hat."

Martha streckte die Arme aus und zog ihre Tochter noch einmal an sich. Sie wiegte Lenas Kopf an ihrer Schulter und strich ihr mit geschwollenen Händen über die feinen Haare.

„Genau wie du's verdient hast", sagte sie aus tiefster Überzeugung. „Haargenau."

226

22

Alle waren sich einig, daß es eine der schönsten Hochzeiten war, die Harmony je erlebt hatte.

Die Braut bot einen strahlenden Anblick. Durch den langen, schwebenden Schleier hindurch wirkte ihr Kleid irgendwie noch weißer als weiß. Der Schleier wurde von allen Anwesenden bestaunt. Noch vor Beginn der Trauung hatte sich das Geheimnis wie ein Lauffeuer in der Kirche herumgesprochen: Martha hatte den ganzen Sommer lang an dem Schleier gearbeitet, hieß es. Anscheinend hatte sie länger als alle anderen Beteiligten diesen Tag kommen sehen, und sie hatte von vornherein gewußt, daß sie täglich nur kurze Zeit handarbeiten konnte. Als die Braut jetzt durch den Mittelgang nach vorn schritt, bückte sich Sophie, um den Schleier auszubreiten, damit jedermann Marthas Kunstwerk gebührend bewundern konnte. Auf eine neun Fuß lange Stoffbahn aus fast durchsichtigem Tüll hatte Martha mehrere Hundert von winzigen rosafarbenen Rosenknospen gestickt. Während der ganzen Trauung zwang Sophie sich dazu, nur nicht in Marthas Richtung zu sehen. Ein Blick auf die geschwollenen Hände, die ineinander verknotet auf Marthas Schoß lagen, hätte sie ihre ganze Fassung gekostet.

Nach dem Traugottesdienst wurden die beiden jungen Damen zu Daniels Haus gebracht, damit die Braut sich dort umziehen konnte, weil bei Lena zu Hause die Vorbereitungen zu dem anschließenden Empfang auf Hochtouren liefen.

Daniel wohnte in einem urgemütlichen Lebkuchenhaus mit einem breiten Dach über einem durchgehenden Laubengang und pastellgrünen Fensterläden als Farbkontrast zu dem freundlichen weißen Anstrich. Nachdem Sophie ihrer Freundin aus dem Brautkleid geholfen hatte, ging sie wieder nach unten. Kirsten war dort, um die Kinder zu versorgen, und Sophie stellte fest, daß aus ihr eine sympathische, lebensbejahende junge Frau geworden war. Ihre äußere Erscheinung war frisch und unverdorben. Sie strahlte neben Freude und Ausgeglichenheit auch eine bemerkenswerte Tüchtigkeit aus. Man hatte das Gefühl, daß sie einerseits die gleiche Kirsten von früher war, während sie gleichzeitig ein völlig anderer Mensch geworden war.

Sophie erkundigte sich nach dem Ergehen ihres Vaters seit dem Tod ihrer Mutter und nach ihrer Arbeit im Kurzwarengeschäft. Sie erwähnte kurz ihre Forschungstätigkeit, was Kirsten mit einem höflichen Nicken aufnahm. Beide waren sich darin einig, daß die Hochzeit traumhaft schön gewesen war. Kirsten hatte auf einer der hinteren Bänke gesessen und auf Daniels Kinder aufgepaßt, während dieser als Collins Trauzeuge vorn gestanden hatte. Dann ging ihnen der Gesprächsstoff auch schon aus.

Nach einem langen Schweigen, das peinlich zu werden drohte, fragte Kirsten: „Möchtest du die Kinder mal sehen?"

„Ja, gern."

Sophie folgte Kirsten auf der Treppe nach oben in das Kinderzimmer. Der Anblick eines strahlenden kleinen Mädchens, das Kirsten fröhlich krähend beide Ärmchen entgegenstreckte, rührte sie zutiefst. Das Stoffdach des Himmelbetts war mit feinster elfenbeinfarbiger Stickerei verziert. Mit dem lächelnden Engel, der da an dem Gitter entlangtanzte, wirkte das Bettchen wie eine Himmelskutsche, die ihren bezaubernden kleinen Passagier kaum auf der Erde halten konnte.

Kirsten antwortete auf das Gurren des Kindes mit einem Echo. Das Kind quietschte vor Vergnügen und wippte auf stämmigen Beinchen auf und ab. Mit der einen Hand hielt es die schmale weiße Holzleiste umklammert, während es Kirsten die andere entgegenstreckte. Die Frau hob die Kleine aus dem Bettchen und drückte ihr einen Kuß unter das winzige Kinn, und die leuchtend blauen Augen in dem kleinen Gesicht schlossen sich fast vor Wonne. Kleine Fäuste langten in Kirstens braune Locken hinein, während das Kind selige Glucks|aute ausstieß.

Kirsten drehte sich zu Sophie um, die an der Tür stehenge|blieben war, und sagte stolz und schüchtern zugleich: „Das ist Caroline."

Sophie lächelte, als sich das Kind umdrehte, um sie aus der Geborgenheit von Kirstens Armen heraus zu beäugen. „Die ist aber niedlich!" sagte Sophie. „Wie alt ist sie denn?"

„Sieben Monate", antwortete Kirsten und schmiegte ihr Gesicht an die weichen Locken des Kindes. „Ihre Mutter hatte eine schwere Geburt bei ihr. Dann hat sie auch noch die Grippe bekommen, und daran ist sie wenig später gestorben. Aber das weißt du bestimmt schon alles." Kirsten lächelte. „Die Kleine hat zuerst viel geschrien und schlecht gegessen. Aber das ist eigentlich kein Wunder, wenn man bedenkt, was sie schon alles durchgemacht hat. Sie braucht einfach nur eine Extraportion an Liebe und Zuwendung."

In diesem Moment kam Sophie eine Einsicht, eine Erkennt|nis, die gleich auf Anhieb so einleuchtend war, daß sie nicht ihrem eigenen Denken entsprungen sein konnte. Obwohl eine solche Offenbarung etwas Unlogisches an sich hatte und ganz und gar nicht in ihre wissenschaftliche Methodik hinein|passen wollte, wußte Sophie genau, daß es sich nicht um einen Zufallsgedanken handelte. Diese Einsicht war ein wah|res Geschenk. Sophies Gedanke war: Sie gehören zusammen, diese Frau und das Kind. Ich gehöre nicht hierher, und es steht mir nicht zu, dieses Kind großzuziehen.

Als sie begriffen hatte, wie wahr dieser Gedanke war, hatte sie plötzlich das Gefühl, als sei das ganze Zimmer von einem unsichtbaren Licht durchflutet. Dieses Licht nahm sie nicht mit ihren Augen, sondern mit ihrem Herzen wahr. Sie stand an der Tür und spürte, wie das Zimmer in ein so starkes und zugleich so sanftes Licht getaucht wurde, daß sie ruhig und

still zusehen konnte, wie die verstecktesten Winkel ihres eigenen Herzens beleuchtet wurden. Das Licht vereinte sie alle,
das Kind und diese junge Frau und sie selbst; es verband sie
mit einer so reinen und überwältigenden Liebe, daß auch die
letzten Zweifel und Fragen aus dem Weg geräumt waren. Sie
hatte ihre Antwort gefunden.

23

An der Ecke, wo Lenas hübsches kleines Haus in Sicht kam, blieb Sophie stehen und steckte ein spitzenumrandetes Taschentuch in ihre Tasche zurück. Sie hatte nun wirklich lange genug geweint. Mehr Tränen würde es jetzt nicht mehr geben. Es hatte sie selbst überrascht, daß sie sich ihnen heute morgen noch einmal hingegeben hatte, denn sie hatte geglaubt, in der Nacht mit dem Weinen fertig geworden zu sein.

Es war kein leichter Abend gewesen. Das Gefühl, endlich loslassen zu müssen, hatte sie unter einen erstaunlichen Druck gesetzt. Sie hatte nicht damit gerechnet, daß die Emotionen, die sie erfüllt hatten, eine solche Tiefe besaßen. Doch schließlich hatte ihr Kissen ihre Tränen aufgesogen und Gott ihre Verbitterung ausradiert. Sie hatte bis zu diesem Zeitpunkt eine enorme Last des Schmerzes, der Schuld und des Zorns mit sich herumgetragen. Alle Bitterkeit war aus ihr hervorgeströmt: die Bitterkeit gegen Lena, weil sie ihr Daniel weggenommen hatte; die Bitterkeit gegen Gott, weil er ihr ihre Mutter genommen hatte, und die Bitterkeit gegen ihren Vater, weil er sich ihr gegenüber verschlossen hatte und in seiner stillen, einsamen Welt dahinlebte.

Doch im Verlauf der Nacht hatte Gott ihr geholfen, sich durch ihr durchlittenes Leid und alle Enttäuschungen hindurchzuarbeiten. Jetzt sah sie ein, daß sie vieles davon selbst verschuldet hatte. Sie hätte bei Gott und auch bei ihren Freunden Trost und Heilung suchen können. Viele hätten ihr gern geholfen, besonders ihr himmlischer Vater. Eigentlich hätte ihr das klar sein sollen. Deshalb kostete sie das Leid, das sie sich selbst zugefügt hatte, in dieser langen Nacht die meisten Tränen.

Gegen Morgen, als das Weinen endlich einem stillen Nachdenken gewichen war, begann sie zu begreifen, daß sie zwar keinen leichten Sieg erringen würde, doch daß sie unendlich viel gewonnen hatte. Sie besaß endlich die Freiheit, das Leben mit einer völlig neuen Einstellung anzugehen, und sie konnte endlich ihrem Vater verzeihen und sich ihm gegenüber öffnen. Auch konnte sie nun wieder Lenas Freundschaft in ihrem ganzen Umfang annehmen und erwidern. Sie konnte sogar Daniel und seinen beiden Kindern – und auch Kirsten – Gottes reichen Segen wünschen. Ein neuer und herrlicher Anfang lag vor ihr, ein Anfang voller Hoffnung und Abenteuer.

Sie war in einer selbstverschuldeten Kapsel eingesperrt gewesen – steif und ernst und voller Angst vor ihren Gefühlen. Doch das war jetzt vorbei. In vielerlei Hinsicht war sie zum allererersten Mal frei. Endlich besaß sie die Freiheit zu leben, zu lachen – und zu lieben.

Sophie ging weiter. Ihre Traurigkeit über den bevorstehenden Abschied ließ sie hinter sich. An ihre Stelle war ein Lächeln der Vorfreude auf einen neuen Anfang getreten, eine Vorfreude auf das, was sie in Raleigh erwartete.

Lowell würde erstaunt darüber sein, wie sehr sie sich verändert hatte, überlegte sie sich, und dieser Gedanke beschleunigte ihre Schritte. Sie versuchte, ihn beiseite zu schieben, als sie jetzt auf Lenas Eingangstreppe zuging, doch so leicht ließ sich der Gedanke an Lowell nicht abschütteln. Eine Zusammenarbeit mit ihm erschien ihr plötzlich als durchaus wünschenswert, sogar derart wünschenswert, daß sie es kaum erwarten konnte, ihm von ihrer inneren Wandlung zu erzählen und mit der Arbeit anzufangen. Vielleicht sollte sie ihm auf dem Weg zum Bahnhof schnell vom Telegrafenamt eine Nachricht schicken, überlegte sie und war dabei selbst von einem so ungewohnten Gedanken überrascht.

Sie lächelte erneut, als sie Lena im kühlen Schatten der

Veranda entdeckte. Von irgendwo tief in ihrem Inneren breitete sich ein Gefühl der Wärme in ihr aus. Sie mußte zwar bald abreisen, doch diesmal ohne die traurige Endgültigkeit eines der früheren Abschiede. Diesmal schaffte sie einfach nur Platz für neue Anfänge.

Die Hochzeitsreise hatte ihnen zwei herrliche Wochen an der Küste beschert. Dennoch war Lena gern wieder nach Hause gekommen. Inzwischen hatte sie sich so gut in ihrem neuen Zuhause eingelebt, daß sie sich ein Leben ohne Collin überhaupt nicht mehr vorstellen konnte.

Ein Geldgeschenk von ihren Eltern und ein zweites von der Kirche hatte es ihnen ermöglicht, ein kleines Haus zu beziehen, das keinen Steinwurf von ihrem Elternhaus entfernt lag. Sogar mit einer kleinen Veranda und einer Schaukelbank war es ausgestattet. Genau dort traf Sophie sie auch an, mit einer halb vollen Schüssel enthülster Erbsen auf dem Schoß.

Sophie blieb stehen und ließ den anheimelnden Anblick auf sich wirken. Dann mußte sie auf einmal lachen. „Du bist ja der Inbegriff einer glücklich verheirateten Frau, so wie du da sitzt!"

„Die Umstellung ist mir nicht schwergefallen – ganz im Gegenteil", gestand Lena fröhlich und wischte sich mit dem Saum ihrer Schürze über die Stirn. Feuchte Locken klebten in ihren Wangen. „Sieh dir bloß an, wie ich hier schwitze. Wer hätte gedacht, daß es bis in den November hinein noch so warm bleiben würde?"

Lena stand auf, nahm die Schüssel und steuerte auf die Tür zu. „Komm rein. Ich habe frische Limonade gemacht, und das Brot im Ofen ist auch gleich fertig. Collin hat versprochen, um diese Zeit kurz vorbeizukommen." Sie drehte sich um und warf Sophie ein Lächeln zu. „Wenn du Zeit hast, kannst du heute nachmittag ein paar Besorgungen mit mir erledigen. Ich habe dem alten Mr. Russel versprochen, eine Stippvisite bei ihm zu machen. Sherman erinnert sich bestimmt noch an dich."

„So lange kann ich nicht bleiben", sagte Sophie leise.

Etwas in ihrem Tonfall ließ Lena aufmerken. Eine unbestimmte Angst kroch an ihr hoch. „Warum denn nicht? Stimmt etwas nicht?"

„Keine Sorge. Alles in Butter", antwortete Sophie.

Lena studierte eingehend das Gesicht ihrer Freundin. Aufgewühlt oder verstört wirkte sie nicht. In ihrem Blick lag sogar eine Ausgeglichenheit, die Lena dort noch nie gesehen hatte.

„Ich bin nur gekommen, um dich zu fragen, ob du Lust hast, mich zum Bahnhof zu bringen. Ich fahre mit dem Zug um fünf", erklärte Sophie.

Lena stellte schnell die Schüssel ab, um sie nicht fallen zu lassen. „Zurück nach Raleigh? Heute?"

„Ich muß einige Entscheidungen treffen, die ich nicht länger auf die lange Bank schieben kann. Wegen meiner Arbeit, weißt du. Was ich als nächstes tun werde. Ich bin schon viel zu lange weggewesen." Diese Worte sprudelten so hastig aus ihr heraus, daß sie sich fast überschlugen. „Meine Arbeit wartet auf mich, Lena. Sie ist mir wichtig, und darauf verstehe ich mich am besten."

Lena tat sich schwer, darauf eine Antwort zu finden. „Aber ich dachte ... ich hatte gehofft ..."

Sophie kam ihr zuvor. „Daraus würde nie etwas Richtiges werden", sagte sie. „Es hat halt nicht sein sollen."

„Nicht sein sollen? Aber er liebt dich noch, Sophie, ganz bestimmt. Oder zumindest könnte er dich wieder lieben. Das kann ich in seinen Augen sehen und in seiner Stimme hören."

Sophie hielt ihrem Blick stand. „Und was ist mit Kirsten?"

„Kirsten ... ich glaube, sie würde ... sie würde schon darüber hinwegkommen", sagte Lena fast verzweifelt. „Und Daniel würde ..."

Sophie machte einen Schritt vorwärts und umfaßte Lenas Arm. „Hör mal gut zu", sagte sie eindringlich. „Kirsten liebt ihn. Sie liebt ihn und die Kinder. Und auch die Kinder haben sie ins Herz geschlossen. Du hast sie doch selbst mit ihnen zusammen erlebt. Sie war diejenige, die für sie dagewesen ist, die sich um sie gekümmert und wieder für Ordnung und Geborgenheit gesorgt hat. Sie liebt sie, als wären sie ihre eigenen Kinder."

Lena blinzelte gegen ihre Tränen an. „Das stimmt", flüsterte sie.

„Ich kann's einfach nicht", sagte Sophie. „Ich würde es nie fertigbringen, einer anderen Frau das Herz zu brechen, wie ..."

„Ach Sophie!" Lena umarmte sie. „Du ahnst gar nicht, wie leid ... Ich hatte nie die Absicht ..."

„Mir tut es auch sehr leid", unterbrach Sophie sie, „aber aus anderen Gründen, als du vielleicht denkst. Du hattest recht. Es wäre eine Katastrophe geworden", sagte sie, schwieg einen Moment lang und fuhr dann fort: „Es hat lange gedauert, bis ich endlich begriffen habe, was Verzeihen eigentlich ist."

Sie hielten einander lange umarmt. Keine wollte die andere loslassen, als gäbe es an Nähe aufzuholen, was sie zu lange entbehren mußten. Dann flüsterte Sophie: „Du, wir müssen gehen."

Lena nickte, wischte sich über die Augen und holte tief Luft.

„Wo hast du denn dein Gepäck?"

„Ich nehme nur das hier mit. Meinen Koffer lasse ich hier. Ich habe nämlich vor, in Zukunft öfter nach Harmony zu kommen", sagte sie mit einem Lächeln, als sie durch den Vorgarten zur Straße ging. „Ich überlege, mir ein Automobil zu kaufen."

„Ein Automobil?" Lena war froh, einen Grund zum Lachen zu haben. „Sophie Harland, du kommst vielleicht auf Ideen!"

„Daddy braucht jemanden, der ihn daran erinnert, daß die Welt nicht mit Brettern zugenagelt ist." Sophie zögerte und sagte dann: „Außerdem habe ich das Gefühl, nach dem vielen Nachdenken und Beten der letzten paar Wochen die Antwort gefunden zu haben, die ihm selbst noch fehlt."

Lena nahm ihre beste Freundin bei der Hand. „Du, ich werde für dich beten", sagte sie.

Sophie nickte. „Inzwischen habe ich eingesehen, wie dringend ich das nötig habe. Das werde ich nie mehr abstreiten." Nach einem kurzen Zögern fügte sie leiser hinzu: „Ich sehe ja jetzt schon eine Menge an Gelegenheiten, in denen ich meinen Glauben zur Anwendung bringen muß. Es gibt auch jemanden, der schon viel zu lange darauf wartet, daß ich meine Lektion über das Verzeihen in die Tat umsetze."

Lena wollte sie fragen, wie sie das meinte, doch etwas an Sophies in die Ferne gerichtetem Blick hielt sie davon ab. Schweigend gingen sie ein Stück weiter, bis Lena leise sagte: „Ich weiß zwar nicht, wer dieser geheimnisvolle Jemand ist." Sie unterbrach sich und warf Sophie einen kurzen Seitenblick zu. „Aber ich habe das Gefühl, daß du etwas wirklich Beachtliches leisten wirst."

Sophie schob das Abteilfenster nach unten, zog ihr spitzenumrandetes Taschentuch hervor und wischte sich mit einer energischen Handbewegung die Tränen vom Gesicht, als wollte sie ihnen ein weiteres Erscheinen kategorisch verbieten. Sie beugte sich vor, sah auf Lena herunter und brachte ein Lächeln zustande.

„Laß mich bloß nicht weg", sagte Sophie. „Nicht aus deinem Herzen. Nicht von dort, worauf es ankommt. Sonst fliege ich auf und davon, ohne jede Vergangenheit und Richtung."

„Nie im Leben", versprach Lena. „Wie soll es denn jetzt mit dir weitergehen?"

„Ich weiß noch nicht genau. Die Universität und zwei pharmazeutische Firmen haben mich schon unter Druck gesetzt. Zwar auf die höfliche Art, aber trotzdem." Wieder zögerte sie, etwas, was neu an ihr war. Es war wie ein Hinauslangen über ihre eigenen Grenzen, als gestehe sie sich endlich die Freiheit zu, nicht alles in ihrem Leben selbst bestimmen zu müssen. „Ich glaube, die endgültige Entscheidung sollte ich erst treffen, nachdem ich in Ruhe gebetet habe."

„Du ahnst ja nicht", sagte Lena, „welch eine Wohltat es ist, das von dir zu hören."

Die Lokomotive stieß einen langen Pfiff aus. Sophie langte

mit beiden Händen zum Fenster hinaus und umfaßte Lenas ausgestreckte Hände.

„Du mußt mir versprechen, daß ich die Zweite bin, der du Bescheid gibst, wenn ein kleiner Collin oder eine kleine Lena unterwegs ist."

„Ehrenwort", sagte Lena und ging neben dem Waggon entlang, der sich in Bewegung gesetzt hatte. „Aber eine Lena wird's nicht geben."

Ein letztes Drücken ihrer Hände, und dann wurden sie durch die Beschleunigung des Zuges auseinandergerissen.

„Du, ich hab' dich lieb!"

„Ich habe schon mit Collin gesprochen", rief Lena ihr zu. „Wenn Gott uns ein kleines Mädchen schenkt, dann nennen wir sie Sophie, nach meiner allerbesten Freundin."

Der Zug fuhr immer schneller und stieß große Qualmwolken aus. Lena zog ihr Taschentuch hervor und winkte damit über ihrem Kopf. Sophie beugte sich aus dem Fenster des Passagierwaggons und sah, wie ihre Freundin und die Stadt Harmony immer kleiner wurden. In ihren Augen standen Tränen, doch sie tröstete sich damit, daß sie wiederkommen würde. Bald. Ja, sie würde wiederkommen.

Lena stand da und winkte, bis das Sonnenlicht, die Wälder und die Ferne die Eisenbahn und Sophie verschlungen hatten. Sie winkte noch lange weiter, obwohl sie vor Tränen alles verschwommen sah und nur noch einen schimmernden, goldenen Dunst ausmachen konnte.

DIE CLASSIC-SERIE VON JANETTE OKE

In den in sich abgeschlossenen Büchern der Classic-Serie schildert Janette Oke bewegende Frauenschicksale aus der Zeit des „Wilden Westens". In einer rauhen Umgebung müssen mutige Frauen ihren Weg finden und ihren Glauben beweisen.

Julia – Eine Frau gibt nicht auf
Gebunden, 240 Seiten, Bestell-Nr. 815 213

Damaris – Auf der Suche nach Geborgenheit
Gebunden, 240 Seiten, Bestell-Nr. 815 267

Judith – Zum Leben berufen
Gebunden, 240 Seiten, Bestell-Nr. 815 338

Anna – Allein auf sich gestellt
Gebunden, 240 Seiten, Bestell-Nr. 815 374

Susanna – Sie nannten Sie Mrs. Doc
Gebunden, 260 Seiten, Bestell-Nr. 815 415

Laura – Aufbruch in eine neue Welt
Gebunden, 240 Seiten, Bestell-Nr. 815 431

Maria – Zur Liebe befreit
Gebunden, 240 Seiten, Bestell-Nr. 815 454

DIE BELIEBTE RENDEVOUS-SERIE
BEI SCHULTE & GERTH

Lisa Tawn Bergren
Zuflucht der Herzen
Taschenbuch, 320 Seiten
Bestell-Nr. 815 580

Lisa Tawn Bergren
Leuchtfeuer der Sehnsucht
Taschenbuch, 208 Seiten
Bestell-Nr. 815 581

Lisa Tawn Bergren
Insel des Glücks
Taschenbuch, 256 Seiten
Bestell-Nr. 815 582

Robin Jones Gunn
Pfade der Liebe
Taschenbuch, 240 Seiten
Bestell-Nr. 815 583

Sharon Gillenwater
Melodie des Frühlings
Taschenbuch, 240 Seiten
Bestell-Nr. 815 584

Marilyn Kok
Zeit der Hoffnung
Taschenbuch, 256 Seiten
Bestell-Nr. 815 585

DIE „RUSSLAND-SAGA"

Die Bestseller-Serie von Michael Phillips / J. Pella

Soziale Gegensätze und politische Unruhen prägen das Russische Reich des 19. Jahrhunderts. In diese Zeit hinein werden das Bauernmädchen Anna und die Fürstentochter Katrina geboren. Die „Rußland-Saga" erzählt die packende Geschichte der beiden Frauen und ihrer Angehörigen und entführt den Leser in eine Welt voller Spannungen, Sehnsüchte und Hoffnungen.

Anna und Katrina (Band 1)
Zwei Frauen zwischen Liebe und Krieg, Adel und Armut
Paperback, 432 Seiten, Bestell-Nr. 815 192

Unruhe der Herzen (Band 2)
Auf der Suche nach Liebe in stürmischen Zeiten
Paperback, 360 Seiten, Bestell-Nr. 815 222

Triumph der Hoffnung (Band 3)
Was hat Bestand im Angesicht von Aufruhr und Gefahr?
Paperback, 400 Seiten, Bestell-Nr. 815 261

Katrinas Vermächtnis (Band 4)
Das Exil ist beendet – beginnt nun die Freiheit?
Paperback, 400 Seiten, Bestell-Nr. 815 294

Traum der Freiheit (Band 5)
Ist Liebe stärker als Haß und Gewalt?
Paperback, 400 Seiten, Bestell-Nr. 815 358

Morgenrot über St. Petersburg (Band 6)
Wo gibt es Halt in stürmischen Zeiten?
Paperback, 420 Seiten, Bestell-Nr. 815 472